오합지졸 특공대

오합지졸 특공대

박혜지 소설집

삶창

오합지졸 특공대

박혜지 소설집

최고의
거짓말

하늘이 높푸른 시월의 어느 오후, 필승고시원의 갑, 을, 병, 정 네 사람은 고시원 근처 편의점 앞 노상에 펼쳐놓은 파라솔 아래에 앉아 지나가는 사람들을 무연히 쳐다보고 있었다. 그들의 얼굴에는 저마다 슬프고 지치고 무엇엔가 실망한 기색이 역력했는데, 그중 나이가 제일 많은 갑이 가장 심했다. 그들은 그다지 어린 축에 드는 것은 아니었지만 그들 표정에 어린 어두운 측면을 나이 탓으로 돌릴 만큼 그렇게 나이든 것도 아니었다. 달리 말해, 그들의 얼굴은 어두웠으나 그 어두운 얼굴에서 연륜이나 세월이 할퀴고 간 흔적 같은 것은 발견할 수 없었다. 요컨대 그들은 단지 무엇엔가 깊게 실망한 젊은이들일 뿐이라는 이야기다.

"아아, 나는 확실히 머리가 나쁜 거야. 그렇지 않다면 매번 이렇게 떨어질 리가 없어. 도대체 이게 몇 번째지…."

다 먹은 쭈쭈바 봉지를 쭉쭉 빨고 있던 정이 탄식하자 제일 나이 많은 갑이 목소리를 내리깔고 말했다.

"야, 번데기 앞에서 주름 잡냐? 시끄럽고, 제발 그 쭈쭈바 봉다리나 좀 갖다 버려라."

그러자 짧은 치마를 입고 지나가는 여자의 다리를 훔쳐보고 있던 을이 말했다.

"한두 번 경험한 일도 아닌데 뭘 그래. 시험 떨어졌다고 내일 당장 세상이 끝나는 것도 아니고, 미니스커트 입던 아가씨들이 갑자기 긴 치마를 입게 되는 것도 아니잖아. 요는, 이제 그만 무뎌질 때도 되었다 이 말이지."

"이 새끼는 하여간 되게 밝혀. 실속도 없으면서."

내내 스마트폰을 주무르던 병이 을의 뒤통수를 가볍게 때리며 핀잔을 주었다. 그러고는 계속 말을 이어나갔다.

"이 스마트폰에는 말이야, 다양한 정보와 기발한 상상력, 기상천외한 도전과 설상가상의 실패 등 모든 게 다 들어 있어. 한마디로 이 세상을 손바닥만 하게 응축시켜 놓은 신비의 기계라 할 수 있지. 그런데 스마트폰을 들여다볼 때마다 내 머릿속을 떠나지 않는 한 가지 의문이 있는데 말이야, 과연 스마트폰이 더 똑똑할까 똑똑한 스마트폰을 만든 인간이 더 똑똑할까 하는 거야."

"새끼, 지금 스마트폰 있다고 자랑하냐?"

"요새 세상에 스마트폰 없는 형이 이상한 거야. 스마트폰을 갖고 있다는 것은 이제 스펙 축에도 못 든다고."

"하긴. 디지털 세상에서 아날로그로 살려니 힘들긴 하다."

"우리 영화 하나 만들까? 제목은 '아날로그라도 괜찮아'."

"스마트폰으로 촬영하고?"

"그렇지."

시답잖은 농담을 주고받으며 갑과 정이 낄낄거렸다.

"내 얘기 다 안 끝났어. 제발 지방방송 좀 끄시지."

병이 발끈하자 을이 느물거리며 말했다.

"이 디지털 다채널 시대에 지방방송을 끄라니, 그게 말이 돼? 넌 지금 세상의 이치에 역행하겠다는 거야? 너, 독재자야? 파시스트 야?"

"그게 아니고, 지금 내가 중대한 내기를 하나 제안하려던 중요한 순간이니 조금만 집중해 달라는 거야. 조금만 예의를 지켜달라는 거지."

"우리 의견은 묻지도 않고 자기 맘대로 제안 따위나 하는 게 썩 거시기하긴 하지만 무슨 내기인지 어디 들어나 볼까? 심심하고 별 볼 일 없는 인생에 볕이 들게 될지도 모르니."

갑이 의자에 올린 책상다리를 풀고 바닥에 아무렇게나 뒤집혀 있던 자신의 삼선 슬리퍼에 발을 끼우며 병에게 계속 이야기하라는 듯 눈짓을 했다. 이에 힘을 얻은 병이 갑과 을과 정을 하나씩 쳐다보며 이야기를 시작했다.

"나는 스마트폰을 볼 때마다 이 똑똑한 기계를 두고 왜 인간들이 자꾸 시험에 들어야 하나, 그런 생각이 들어. 이 조그만 기계에 대고 물어보기만 하면 모든 답이 금세 툭툭 튀어나오는데 말이지. 그래서 생각한 건데, 내가 제안할 내기는 왕을 뽑자는 거야. 기억력의 왕, 상상력의 왕, 거짓말의 왕을 말이야. 그래서 한낱 기계 따위가 도저히 침범할 수 없는 인간의 영역을 증명해보자는 거야."

"뭐가 그리 어려워. 쉽게 풀어서 말해. 당최 이해가 안 되잖아."

을이 투덜거렸다.

"무슨 얘기냐면 말이야, 각자 돌아가면서 자기가 할 수 있는 가장 최초의 기억을 말하는 거야. 여기에는 각자의 상상력을 가미할 수 있는데, 그 얘기가 거짓말임을 절대 들켜서는 안 돼. 한마디로 말해 모두가 믿을 수 있는 가장 오래된 거짓말을 가장 그럴듯하게 하는 사람이 우리의 왕이 되는 내기인 거지."

"한마디로 사기의 왕을 선출하자는 거네. 그거 재미있겠는데?"

"그런데 왕이 되면 뭘 할 수 있지?"

"명령을 할 수 있지. 왕이 아닌 자들에게. 왕이 아닌 자들은 왕에게 복종을 하는 거고."

"좋아. 나는 콜."

갑이 한쪽 손을 치켜들며 말하자 을과 정도 각자 한쪽 손을 치켜들며 동의했다.

그리하여 필승고시원의 갑, 을, 병, 정 네 사람은 고시원 근처 편의점 앞 노상에 펼쳐놓은 파라솔 아래에 앉아 각자가 할 수 있는 최고의 거짓말을 열심히 구상했다.

얼마간의 시간이 흐르고 모두의 준비 상태를 점검한 뒤 이윽고 내기가 시작되었는데, 연장자인 갑이 가장 먼저 최고의 거짓말을 하게 되었다.

갑이 한 최고의 거짓말

나는 첫돌이 막 지난 어느 날을 기억해. 그날은 우리 엄마가 아기를 낳는 날이었어. 당시의 나는 어설픈 걸음마로 여기저기 돌아다니면서 탐색하고 통찰하고 호기심을 채우고 다시 사색하여 마침내 어떤 깨달음을 얻는 게 취미였는데, 그날은 도무지 그런 걸 할 분위기가 아니었어. 내 마음속 어딘가에 어두운 적막이 드리운 것처럼 거대한 고독이 밀려와서 아침부터 무척 우울한 기분이었지. 그래서 엄마 곁을 떠나고 싶지 않았어. 위로받고 싶었지. 엄마의 품속, 그 따뜻하고 말랑말랑한 젖가슴에 얼굴을 묻고 달고 향긋한 냄새를 맡으면 내 깊은 우울이 씻은 듯 나을 것 같았어. 게다가 엄마가 '우리 아기'라고 하면서 엉덩이를 톡톡 두들겨준다면 금상첨화였겠지.

그런데 그날 아침 크고 거칠고 무지막지한 손이 나를 포획했어. 그건 바로 우리 아버지의 손이었는데, 그 손은 무척이나 불친절했어. 내 기분은 아랑곳하지 않고 나를 잡아채서는 무조건 밖으로 끌고 나가려고 하는 거야. 나는 있는 힘껏 버텼지. 밖으로 나가고 싶지 않다고, 나는 지금 무척 우울한 상태이며 위로가 필요하다고, 누구의 말도 다 소용없고 오직 엄마의 달콤한 음성만이 듣고 싶다고 말하려 했지만 그때 내가 할 수 있는 말이란 안타깝게도 '엄마'란 말

한마디뿐이었어. 그래서 내 의지와는 상관없이 계속 '엄마, 엄마, 엄마'만 외쳐댔지. 아버지는 내가 떼를 쓰고 있다고 생각했나 봐. 인정이라곤 하나도 없는 그 큰 손으로 내 엉덩이를 두들겼어. 퍽, 퍽. 두 대씩이나. 그러고는 시뻘겋게 핏발 선 눈에 힘을 주면서 나를 위협하는 거야.

"이놈의 새끼."

참으로 밑도 끝도 없는 한마디였어. 도대체 뭘 주장하려고 하는 건지 알 수 없었지. 너무나 기가 막혀서 웃음이 나왔는데, 그것이 또 아버지의 심기를 건드렸나 봐. 이번에는 나를 덥싹 안더니 거꾸로 들고 마구 흔드는 거야. 그러면서 또 하는 말이

"이래도 말을 안 들을 테냐."

이러더라고. 내 참 어이가 없어서. 도대체 무슨 말을 했어야 듣든지 말든지 하지. 나는 내 입장을 말하려고 했어. 그런데 또 나오는 소리는 '엄마, 엄마, 엄마'인 거야. 무척 답답하더군. 말은 안 통하고, 피는 거꾸로 솟고, 너무나 어지러워서 나는 그만 울음을 터뜨리고 말았어. 사나이 체면이 말이 아니었지. 자존심이 무척 상했어. 아마 그 순간부터였던 것 같아. 아버지를 적으로 생각했던 게. 나는 울면서 그가 파시스트라는 걸 전광석화같이 깨달았지. 그리고 알아버렸어. 아버지와 나 둘 중 하나가 죽을 때까지 결코 화해하지 못하리란 걸.

그런데 말이지. 그때 나를 가장 서운하게 했던 건 바로 할머니였어. 할머니는 늘 말씀하셨지.

"눈에 넣어도 하나도 안 아픈 내 강아지. 나는 너밖에 없다."

나는 그 말을 철석같이 믿고 있었어. 눈에 넣어도 하나도 안 아플 리야 없겠지만 그래도 할머니에겐 나밖에 없을 거라고 말이야. 그런데 내 믿음에 균열이 가는 소리를 그 아침에 듣고 말았지. 할머니는 말했어. 답답한 내게, 자존심이 상한 내게, 울고 있는 내게, 잔혹하게 예비된 운명 앞에서 떨고 있는 내게.

"아가, 아버지하고 나가 있어라. 곧 네 동생이 태어날 텐데 정성스럽게 맞이해야지."

나밖에 없다더니, 나밖에 없다더니! 그렇게 말하고 싶었지만 이번에도 역시 '엄마'란 말밖에는 할 수가 없었어.

내 마음은 슬픔으로 가득 차올랐어. 그래서 이번에는 진짜로 엄마를 부르며 엄마를 쳐다봤어. 짧은 순간 동안 너무나 그리워진 얼굴. 그런데 엄마를 본 순간 나는 즉시 후회하고 말았어. 엄청난 충격이 나를 휩쌌지. 엄마는 온통 찡그린 얼굴로 땀을 뻘뻘 흘리고 있었는데, 앙다문 입술 사이로 서느런 신음이 뱀처럼 풀려나왔어. 그런데 그건 그냥 신음이 아니었어. 지금도 나는 당시 엄마의 입을 뚫고 나온 그 말들을 똑똑히 기억하는데, 그건 바로 이런 거였어.

"저 개새끼가 달거리도 시작하기 전에 애를 배게 하더니 기어이 이런 고통을 주는구나. 차라리 나를 죽여라 이 새끼야, 나를 죽여라."

나는 엄마가 무서웠어. 아니, 애 낳는 모든 여자들이 무서웠지. 애를 낳는 순간 뱀처럼 차가운 말들도 함께 낳을 수 있는 것이 여자야. 그 순간의 여자들은 한 마리의 상처 입은 짐승과도 같아서 자신 이외에는 그 누구도 돌볼 처지가 못돼. 그 순간만큼은 모성도 공감도 배려도 사라지고 말지. 나는 엄마에게 보호받을 수 없음을 직감적으로 느꼈어. 어쩌면 곁에 있다가 잡아먹힐 수도 있겠다고 느꼈지. 그게 애 낳던 순간의 엄마에게서 느꼈던 공포의 실체였어.

나는 모든 것을 체념한 채 우악스러운 아버지의 손길에 내 몸을 맡겼어. 어쩔 수 없었지. 기분 나쁘다고 우산을 찢어버리면 고스란히 비를 맞는 건 나니까. 살면서 그런 순간들이 종종 찾아왔어. 어설프고 불편하기 짝이 없는 보호지만 그것이 꼭 필요할 때가 말이야. 그것이 파시스트 아버지에게 저항할 수 없는 이유였고, 끝내 파시스트 아버지의 그늘을 포기하지 못한 아들의 한계였지.

그날의 나는 너무나 고독했어. 그날 아침 눈을 뜰 때 나를 우울하게 만들었던 막연한 고독이 아닌 나의 전 존재를 걸고 느끼는 실제적인 고독이었지. 고독이 얼마나 구체적으로 느껴졌느냐 하면 말이지, 그것의 생김새와 냄새와 감촉까지도 생생하게 지각할 정도였어. 그것은 마치 씹던 껌과도 같았어. 그래서 내 인생이 씹던 껌 같은가 봐. 고독과 나는 아주 친한 사이여서 마치 한 몸인 것 같거든.

정이 한 최고의 거짓말

사실 나는 칠삭둥이야. 내가 엄마 뱃속에 있을 때 한 발의 총성이 울리고 나라의 수장이 쓰러졌어. 엄마의 심장이 쿵쿵 뛰었지만, 나는 왠지 모르게 기분이 좋아졌어. 그래서 나도 모르게 공중제비를 돌고 엄마 배를 발로 콩콩 찼어. 양수를 양껏 들이마셨다가 뱉어내기도 하고, 팔을 뻗어 만세도 불렀어. 어떤 기운이 나를 감싸서 한껏 들뜨게 만들었는데, 태어나서 그게 뭐였을까 곰곰이 생각해보니 그건 바로 자유였어. 엄마 뱃속에 올챙이처럼 붙어 있을 때는 한 번도 느껴보지 못한 그 느낌이 너무 좋아서 나는 엄마 배를 자꾸만 발로 걷어찼어. 톡톡, 톡 톡톡 톡톡톡. 마치 "엄마, 나 여기 있어요"라고 말하는 것처럼. 엄마는 무척 기뻐하며 환호성을 질렀는데, 나는 또 그게 너무 좋아서 공중제비를 한 바퀴 돌았어. 그게 나의 첫 태동이었지.

그런데 몇 달도 되지 않아 나는 다시 갑갑해지기 시작했어. 엄마의 자궁은 자꾸만 수축됐어. 팔다리를 뻗어 있는 힘껏 자궁벽을 밀어보았지만 아무 소용없었어. 나는 나날이 지쳐 갔어. 그러던 어느 날 더 이상은 못 참겠더라고. 갑갑하고 힘들어서 도저히 살 수가 없었어. 그래서 과감하게 탈출을 감행했지. 달수 따윈 문제가 되지 않았어. 달을 못 채우고 나와서 죽든, 뱃속에서 갑갑해 죽든 죽긴 매한가지였어. 기왕 죽을 거 세상 구경이나 한번 하고 죽자 싶었지.

다들 태어나봐서 알지? 아, 내 기억이 제일 오래된 기억이라면 다들 모를 수도 있겠구나. 형은 돌 지나서부터 기억하니까 당연히 기억이 안 나겠네. 내가 태어날 때의 상황을 자세히 얘기해볼 테니 형은 특히 잘 들으라고.

태어나는 일은 굉장히 힘들어. 우선 출구를 찾는 것부터가 일이지. 뿌연 양수 속에서 내가 나갈 문을 찾아 몇 차례 빙글빙글 돌면 당최 어지러워서 견딜 수가 없어. 이때 잘못하다간 탯줄이 목에 감겨 질식사하거나 뇌세포가 죽어 지능이 현격히 낮아질 수 있는데, 그렇게 되지 않기 위해서는 긴장의 끈을 늦출 수가 없는 거야. 아주 조심조심, 천천히 빙글빙글 돌면서 간신히 출구를 찾으면 이제는 나가는 게 또 일이야. 자궁문이 10센티 열려서 스스로 나갈 수 있는 여건이 조성되면 상관없지만 그게 아니라면 엄마 배를 가른 손에 의해 억지로 세상 밖으로 끌려 나가는 불상사를 맞을 수가 있어. 생각해봐. 남의 손에 억지로 이끌려 처음 맞이하는 세상이라니, 끔찍하지 않아? 그런 부자유, 생각만 해도 몸서리가 쳐져. 어쨌거나 우리 엄마의 자궁문은 정상적으로 잘 열렸어. 게다가 나는 7개월밖에 안 된 아주 작은 아기였지. 문을 통과하기는 아주 쉬웠어. 그런데 문을 통과하자마자 아주 좁은 통로가 떡 버티고 있는 거야. 이 통로는 아주 작은 아기일지라도 통과하기가 힘들어. 나는 어깨를 잔뜩 옹송그리고 유연하게 몸을 돌리면서 아주 조금씩 통로에서 벗어났어. 엄마가 때맞춰 적당히 힘을 주는 바람에 나오기가 한결 수월했지.

처음 대면한 세상은 차가웠어. 정수리부터 이마를 거쳐 턱, 목, 어깨, 가슴, 배, 엉덩이, 다리, 발가락에 이르기까지 점차로 차가워져서 몸이 파르르 떨렸는데, 이때 의사의 억센 손이 내 엉덩이를 탁 때렸어. 나는 너무나 깜짝 놀라고 당황스러워서 울음을 툭 터뜨렸지. 그 순간 갑자기 뜨거운 세상이 내 가슴속으로 쑥 들어왔어. 나는 나도 모르게 속으로 외쳤어. 아아, 좆됐다.

처음부터 세상은 다양한 방식으로 나를 놀라게 했는데, 그중에서 가장 놀라운 것은 세상이 생각 이상으로 부자유하다는 거야. 지금의 나를 봐도 딱 알 만하잖아. 갑갑한 게 싫어서 7개월 만에 자궁에서 탈출한 이 자유로운 영혼이 백만 청년 백수가 도전하는 공무원 고시에 올인하다니 말이야.

을이 한 최고의 거짓말

내가 아버지의 고환에서 한 마리의 정자로 헤엄치고 있을 때부터 내 실존의 고민은 시작됐어. 우리 아버지는 편향된 박애주의자였어. 쉽게 말해 바람둥이였다는 거지. 그래서 우리 어머니 눈에 눈물 마를 날이 없었지. 나는 여자를 울리는 야비한 남자인 아버지가 싫었고, 그래서 심각하게 고민했지. 나갈까 말까. 그런데 그런 고민이 무색하게도 아버지는 내가 자신의 몸을 통해 어머니의 몸으로 들어갈 기회를 좀처럼 만들어주지 않았어. 대신 다른 여자들에게는 그 기회가 항상 열려 있었는데, 이 때문에 내 고생이 이만저만이 아니었지. 나는 가련한 어머니를 배신하지 않기 위해 아버지의 고환에서 어머니의 몸속으로 들어갈 수 있을 때까지 최선을 다해 버텨야 했는데, 내가 방심한 사이 하마터면 다른 여자의 몸속으로 들어

갈 뻔한 적이 한두 번이 아니야.

내가 그 몸속으로 들어갈 뻔한 한 여자는 엄청나게 예뻤어. 아버지가 왜 그 여자에게 정신을 잃었는지 쉽게 수긍이 갈 정도로 예뻤지. 물론 우리 어머니도 아름다웠지만, 우리 어머니가 들판에 핀 수수한 풀꽃을 닮았다면 그 여자는 빨갛게 불타오르는 장미를 닮았지. 그 여자는 자신의 아름다움에 대해, 그 아름다움이 가진 유혹의 치명성에 대해, 그 치명적인 아름다움을 어떻게 사용해야 하는지에 대해 너무나 잘 알고 있었어. 그래서 아버지가 무척 많은 공을 들여야 했지. 우리 어머니가 아버지에게 한 번도 받아보지 못한 숱한 것들을 하나씩 차례로 받아 챙기면서도 그 여자는 조금도 기뻐하는 기색을 보이지 않았어. 애가 탄 아버지는 점점 더 비싸고 귀한 것들을 갖다 바쳤는데, 나는 아버지를 이해할 수 없었어. 그렇게 비굴하게 여자를 사로잡으려 하는 아버지를 말이야. 그는 여자를 한 송이 꽃으로 생각하는 것 같았어. 아니면 정복해야 할 신대륙쯤으로 생각했던가. 그러니까 자기 손으로 꺾든지 직접 깃발을 꽂아야 한다고 생각했던 거지. 어떤 수를 써서라도 말이야.

결국 값비싼 다이아 반지에 감동한 그 여자는 아버지에게 자신의 몸을 허락하기로 했어. 그러나 그 여자가 감동한 건 아버지가 아니라 다이아 반지였고, 그 여자가 허락하기로 한 건 마음이 아니라 몸이었어. 그걸 잘 알고 있었던 아버지는 불안했어. 그래서 한시 바삐 일을 처리하고 싶었지. 일단 자신과 하룻밤을 보내고 나면 자신의 놀라운 정력과 기교에 사로잡혀 어떤 여자도 빠져나갈 수 없다고 생각한 아버지는 어떻게든 여자와 하룻밤을 보내는 것이 중요했어. 그러나 그건 아주 터무니없는 생각이었어. 전적으로 자신만의 생각이었다고 이 부분은 정리하고 넘어가는 것이 좋겠어. 왜냐하면 이건 한 남자의 인생이 걸린 문제니까. 평생 자부심으로 여겨온 일이 실은 평균에도 못 미치는 것이었다는 사실을 알게 된다면 누구라도 절망할 수밖에 없을 테니까. 인생이 허무해지지 않겠어?

아버지는 여자에게 술을 먹이기 시작했어. 아주 독하지만 비싼 술을 비싸다고 강조하면서 먹였지. 비싼 걸 좋아하는 여자답게 여자는 독한 술을 넙죽넙죽 잘 받아 마셨어. 결국 여자는 취하고 말았지. 아버지는 회심의 미소를 지었어. 이때 어금니에 박아 넣은 노란 금니가 불빛을 받아 반짝였지. 여자는 그것을 보고 황홀한 기분을 느꼈어.

아버지가 그렇게 공들인 사과가 썩은 사과였다는 것을 나는 그날 밤 바로 깨달았지. 그 여자가 너무 예뻤기 때문에 그 여자 몸속으로 들어가서 아름다운 유전자를 받아볼까 한때 심각하게 갈등한 적도 있었지만 그날 밤 그 여자를 본 순간 그런 생각은 깨끗이 사라지고 말았어.

술에 취해 떡이 된 여자를 업고 가까스로 여관에 입성한 아버지는 아주 경건한 손길로 여자를 다루기 시작했어. 조심스럽게 옷을 벗기고 여자의 온몸을 대리석 조각상 다루듯 아주 섬세하게 쓰다듬었지. 술김에도 흥분이 되는지 여자가 살짝 몸을 뒤틀었어. 이에 아버지는 오금이 저릴 정도로 흥분했어. 에라, 모르겠다는 심정으로 아버지가 여자에게 달려들었을 때, 여자가 한 줄기 가느다란 신음을 흘렸어. 나는 이때 여자와의 결별을 냉정히 결심했어. 그 이유는 첫째, 여자가 취하지 않았다는 사실을 알게 됐고 둘째, 그 여자가 신음을 흘릴 때 그 여자의 입에서 나던 역겨운 냄새 때문이었어. 교활하고 더러운 여자는 딱 질색이거든.

내가 갈등을 일으킨 또 한 여자는 음식을 매우 잘하는 여자였어. 시든 풀잎도 그 여자의 손을 거치면 생동감 있는 맛으로 살아났지. 미뢰 하나하나를 일깨우며 혀의 뿌리 저 끝까지 기묘한 맛의 세계를 펼쳐 보이는데, 그 여자의 음식에는 그야말로 인간이 뒤집어쓴 모든 번뇌의 구름을 일시에 걷어버리고 광명천지 해탈의 언덕으로 이끄는 그런 맛이 있었어. 나는 매일 이런 음식을 먹을 수 있다면 비록 어머니의 몸이 아닐지라도 아버지의 축 처진 고환에서 벗어날 의향이 있다고 생각했지. 그깟 의리가 밥 먹여주는 것도 아니지 않느냐고.

그런데 사는 건 참 얄궂더라. 내가 아버지의 몸을 떠나 그 여자의 몸속으로 들어갈 결심을 한 그날, 나는 그 여자의 비루한 일면을 보고 말았던 거야. 아버지가 그 여자의 집을 찾아 이제 막 허름한 양철 대문을 두들기려던 찰나 그 여자가 자신의 아이들에게—아, 그녀는 사내아이 둘이 딸린 과부였어—하는 말이 들려왔어. "너희들은 아저씨 가실 때까지 밖에 있어라. 절대로 안을 들여다봐서도 안 되고 멀리 가서는 더더욱 안 된다. 너희들이 착하게 굴어서 아저씨가 무사히 가시면 그땐 너희들에게 맛있는 걸 배불리 먹여줄 수 있단다." 아아, 그 여자는 그런 사람이었어. 사랑을 위해 모정을 버릴 수도, 모정을 위해 사랑을 희생시킬 수도 없는. 우리 아버지는 더더욱 그럴 수 없는 사람이었지. 그 여자와의 이별은 내 예상보다 더 빨리 찾아왔어. 나비가 꿀을 빨 듯 그 여자의 맛있는 음식과, 그 여자의 헌신과, 그 여자의 사랑을 흠뻑 빨아 마신 아버지는 그날 밤 그 여자의 집 낡은 처마 밑에 떨며 웅크리고 앉은 어린 사내아이 둘을 보고 눈살을 한번 찌푸리고는 다시는 그 집을 찾지 않았어.

그리고 또 한 여자, 이 여자는 매우 지고지순한 여자였어. 어찌나 순종적인지 아버지가 죽으라면 죽는 시늉도 마다하지 않았지. 나는 이렇게 헌신적인 여자가 내 어머니가 된다면, 그의 충분한 보호 속에서 일생을 편안하게 살 수 있겠구나 싶었지. 헌신을 숙명처럼 지니고 사는 여자가 아들을 위해 무슨 일은 못하겠어? 내가 무위도식하며 사람 구실을 못한다 해도 그 여자의 품성이라면 아무런 불평 없이 나를 끝까지 먹여주고 입혀주리라는 확신이 있었지.

그런데 이번에는 아버지가 문제였어. 아버지가 이 여자에게 금방 싫증을 느껴버린 거야. 자고로 여자는 고슴도치처럼 가시를 세울 줄 알아야 한다는 게 아버지의 생각이었지. 그래서 아버지는 자신의 이 같은 생각을 여자에게 전하면서 이별을 통보했어. 여자는 마지막 순간이 되어서야 제대로 가시를 세웠는데, 그 여자의 입에서 온갖 악담이 막힌 댐이 터지듯 쏟아져 나왔어. 그 여자는 마치 입에 걸레를 문 것처럼 이 세상의 모든 더러운 말이란 더러운 말을 총동원해 아버지를 저주했어. 아버지는 정신을 잃을 정도로 어이를 상실했지만, 나는 한편으로 매우 통쾌했어. 제 목숨을 보호하기 위해 필사적으로 세워야 할 가시를 한낱 유희거리로만 여겼던 아버지에게 매우 합당한 대우였다고 생각했지. 나는 여자의 더러운 입을 힘껏 응원했어. 아버지는 온몸이 분노로 이글거리는 와중에도 자신의 고추가 발딱 서는 것을 기이하게 여기며 어리둥절해하다가 그때까지도 독설을 그칠 줄 모르는 여자 앞에 누런 가래침을 한 덩어리 칵 뱉어내고는 칼로 자른 듯 돌아서서 자신의 갈 길로 갔어.

나의 갈등과 길고 길었던 아버지의 편향된 박애주의가 드디어 어느 한 여자를 끝으로 막을 내리게 됐는데, 그 여자는 부잣집 외동딸이었어. 그 여자가 얼마나 부자였느냐 하면, 그 여자가 있는 곳 사방 100미터 안에서라면 그 여자가 풍기는 짙은 쇠 냄새를 맡을 수 있을 정도였지. 그건 바로 자유의 냄새, 환각의 냄새, 권력의 냄새, 사랑의 냄새, 돈의 냄새였지. 나는 그 냄새가 너무 좋아 이런 여자를 유혹한 아버지를 잠시나마 존경하기까지 했어. 그리고 마약에 취한 듯 그 여자의 몸속으로 나도 모르게 빨려들어 갈 수도 있겠다고, 아니 맨정신으로라도 기꺼이 그럴 수 있다고 생각하기도 했지.

그런데 말이지, 이번에는 여자 쪽에서 싫증이 난 거야. 여자에게는 푼돈에 지나지 않지만 아버지에게는 거액임에 분명한 액수의 돈을 쥐여주며 여자는 아버지에게 그만 만나자고 했어. 아버지는 울며 매달렸어. 아버지가 끝내자고 하기 전에 끝내자고 말하는 여자는 처음이었기 때문에 아버지는 제정신이 아니었지. 그래서 그만 자존심이고 뭐고를 생각할 겨를 없이 눈물을 터뜨리고 만 거야. 여자는 그런 아버지에게 염증을 느꼈고, 다시는 상대하기 싫다는 듯 험악한 사내 넷만을 남겨두고 바람처럼 재빠르게 사라져버렸어. 험악한 사내들은 울며 질척이는 아버지를 이런 말로 협박했어. "우리 아가씨가 다음과 같이 말씀하셨다. '그는 내게 있어 매우 좋은 장난감이었다. 그런데 나는 이제 그 장난감이 지겨워졌다. 그러니 어떻게 하면 좋을까?' 이에, 우리는 너를 아예 고장내버리려고 한다. 다시는 우리 아가씨를 만나지 못하도록 너를 고자로 만들 것이다."

아버지가 정말로 고자가 된 건 아니었어. 그러나 아버지의 편향된 박애주의는 회생 불가능한 고자가 됐지. 그날 이후로 아버지는 길고 긴 편력을 끝내고 평생을 억울한 사람으로 살았어. 어머니의 관대한 보살핌 속에서 이처럼 번듯한 아들을 낳았음에도 불구하고, 아버지는 늘 뭔가를 빼앗긴 사람처럼 굴었지. 나는 지금도 생각해. 그때 아버지가 진짜 고자가 되었다면, 아버지는 좀 더 행복하지 않았을까 하고 말이야.

병이 한 최고의 거짓말

나는 너희들에게 이런 말을 해 주고 싶어. 너희들이 운명을 알아? 그건 한 생을 온전히 살아본 사람만이 알 수 있는 거야. 그러니 너희들이 그걸 알 리가 없지.

사실 나는 한 생을 완결하고 다시 태어난 사람이야. 전생의 나는 만주와 한반도를 오가던 독립군이었어. 전생의 내 삶을 모두 말해주기에는 오늘 이 시간이 너무 짧기 때문에 지금은 내가 최후를 맞았던 그 어느 날의 이야기만을 해주려고 해.

내가 죽던 날은 날씨가 몹시 추웠어. 나는 독립운동자금을 구하기 위해 만주에서 한반도로 건너오고 있었어. 눈보라가 성난 말떼처럼 휘몰아치는 만주벌판을 달려 백두산을 넘어가고 있었지. 나는 동상에 걸려 한쪽 귀를 잃었고, 두 개의 손가락과 양쪽 발가락이 썩어 가고 있었는데, 고통이 아주 심했어. 그래도 나는 성실히 그 먼 길을 달려 백두산 중턱까지 온 거야. 날은 이미 저물어 사방이 깜깜하고, 눈은 허리까지 푹푹 쌓였고, 얼어서 썩어 가는 손과 발에서는 끊임없는 고통이 전해졌어. 나는 너무너무 춥고 무섭고 고통스러운 데다가 매우 졸렸어. 한 발짝 옮기는 것조차 엄두가 나지 않았지. 그런데 그때 저 멀리서 불빛이 반짝반짝하는 거야. 나는 비로소 살 길을 찾은 듯했지. 온몸의 힘을 짜내 불빛이 있는 곳으로 미친 듯이 달려갔어. 그런데 얼마 못 가 어떤 거대한 것과 부딪치고는 뒤로 벌렁 나자빠지고 말았어. 그 바람에 눈 속에 파묻히고 말았지. 눈 속에 파묻혀서 가만히 살펴보니 내가 부딪친 건 한 마리의 거대한 호랑이였어. 구부러진 조선소나무 위에 걸터앉아 부리부리한 두 눈을 황금빛으로 빛내며 길쭉한 곰방대로 담배를 뻑뻑 피워대고 있었어. 나는 화가 났어. 그래서 눈 속에서 용처럼 튀어 올라 호랑이에게 일갈했지.

"이 미련한 짐승아, 네가 감히 내가 누구인 줄 알고 앞길을 막는 것이냐? 나는 자나 깨나, 죽으나 사나 조선의 독립만을 생각하는 조선의 독립군이다. 지금 나는 조선의 독립을 위하여 밤길을 달려 남쪽으로 바삐 가고 있는 중이거늘, 네가 감히 조선의 호랑이로서 내 앞길을 막는 것이냐? 게다가 길다란 곰방대로 담배까지 뻑뻑 피워대는 것을 보니 나라의 운명이 백척간두에 걸린 것을 모르고 천하태평인 게로구나. 내 친일파를 뺨 때리고도 남을 너를 용서치 말아야 할 것이나, 너에게 개과천선할 기회를 줄 것이니 따르도록 하라."

나의 서슬 퍼런 기세에 호랑이는 장죽을 집어던지고 내 앞에 울며 엎드렸어. 호랑이가 눈물을 철철 흘리며 자신의 잘못을 반성하자 내 마음에 측은지심이 일었지. 나는 호랑이의 눈물을 닦아주며 다시 말했어.

"지금부터 너는 나의 다리가 되어라. 나는 지금 독립운동자금을 구하러 전라도로 가는 길이다. 너는 나를 태우고 지리산까지 가거라. 내가 지리산 기슭에 있는 마을로 내려가 독립운동자금을 구해 올 때까지 거기서 나를 기다렸다가 내가 자금을 구하여 돌아오면 다시 나를 태우고 이곳으로 오면 된다. 생각 같아서는 만주까지 태워달라고 하고 싶지만 나도 양심이 있느니라."

그렇게 나는 호랑이를 타고 그 밤을 달렸어. 비호처럼 빠르다는 말을 실감하면서. 나는 호랑이의 도움으로 그 밤 안으로 무사히 지리산에 도착했어. 그리고 민족 반역자이며 친일파인 내 아버지 집을 찾아 내려갔지. 그런데 거기에서 기막힌 운명이 나를 기다리고 있었어. 아버지가 나를 신고했냐고? 아니. 차라리 그렇게 죽었다면 영예롭기라도 하지. 독립군으로서 장엄하게 죽었을 테니까 말이야. 산다는 건 참 공교로운 거야. 죽는다는 건 참 허망한 거고.

부뚜막에 밥 한 그릇이 놓여 있는 거야. 왜 내가 숨어든 곳이 하필 부엌이었는지, 또 왜 부뚜막에 밥 한 그릇은 놓여 있었던 건지. 아주 사소한 우연으로 사람이 죽기도 하더라고. 밥을 보니 배가 고팠고, 배가 고파서 밥을 먹었어. 식은 밥을 허겁지겁 먹어서 그랬던지 갑자기 명치끝이 찌릿 하더니 숨이 막히는 거야. 가슴을 탕탕 치고, 목을 부여잡고, 몇 번 몸부림쳤으나 나는 끝내 죽고 말았어. 조선의 독립군이 눈보라 치는 만주벌판을 달려 백두산 호랑이를 타고 험준한 지리산까지 와서 그 기슭에 있는 친일파 아버지 집 부뚜막에 앉아 허겁지겁 밥을 먹다가 급체해 죽은 거야.

운명이란 이런 거야. 기껏 숨이 차게 42.195킬로미터를 달려와 승리의 소식을 전하려는 찰나 죽어버리는 것, 독립운동을 하러 왔다가 우연히 부뚜막에 놓인 밥을 먹고 급체해서 죽고 마는 것, 이제 살 만해졌을 때 덜컥 불치의 병에 걸리거나 심장마비가 오는 것. 어떻게 살아야 하는지 심각하게 묻게 되는 이유이기도 하지.

호랑이? 난 모르지. 끝내 날 기다리다 죽었든지, 기다리다 지쳐 제 갈 길로 갔겠지. 난 죽었기 때문에 나름대로 바빴어. 그래서 그런 것까지 챙길 여유가 없었다고.

갑, 을, 병, 정은 이야기를 모두 끝낸 후 각각의 이야기에 대해 진지하게 심사했다. 우선 병의 이야기는 너무 거짓말인 것이 드러나는 관계로 일차 탈락되었다. 그 다음으로 갑의 이야기가 넷 중 가장 최근의 이야기라는 이유로 탈락되었다. 정과 을이 최후의 경합을 벌였으나 이도 곧 정리되었는데, 정이 한 이야기는 너무 짧다는 이유로 최종 승리는 을에게 돌아갔다. 을의 이야기에 대한 심사평을 간단히 언급하자면, 우선 이야기의 분량이 이야기꾼의 성실성을 가늠케 했고, 자칫 부끄러울 수도 있는 이야기를 솔직담백하게 토로한 점을 높이 샀으며, 무엇보다 그나마 가장 믿을 만한 거짓말이었다는 점에서 최종 승리를 선언하는 데 부족함이 없었다는 것이다.

내기를 제안한 사람이자 일차 탈락자인 병이 한때 잠시 발끈했으나, 갑과 정의 핀잔에 이내 조용해졌다.

"이제 왕이 뽑혔으니 왕관 수여식이라도 해야 하나?"

갑이 말했다.

"형이 나이 제일 많다고 왕의 명령을 어겨선 안 돼, 알지?"

을이 갑에게 다짐하듯 물었다.

"당연하지. 우리가 직접 뽑은 왕인데. 무조건 충성해야지. 그렇지?"

정이 갑과 병을 바라보며 말했다.

"자, 그럼 이 시간 이후로 을이 우리들의 왕이다. 모두 박수!"

갑의 말에 따라 갑과 을과 병과 정이 박수를 치려고 할 때였다. 필승고시원 근처 편의점 앞 노상에 펼쳐 놓은 파라솔 옆으로 선거

유세 차량이 요란하게 지나가며 후보 연설의 한 자락을 내려 놓았
다.

"저는 국민 여러분의 충실한 종으로서, 국민 여러분의 행복과 번
영을 위해 이 한 몸 아낌없이 바치겠습니다. 국민이 주인이 되는 나
라를 만들겠습니다, 여러부운!"

자신들의 왕을 위해 박수를 치려던 필승고시원의 갑, 을, 병, 정
은 갑자기 우울한 기분에 휩싸였다. 그들은 누가 먼저랄 것 없이 조
용히 삼선 슬리퍼에 발을 끼우고 필승고시원을 향해 무거운 발걸
음을 옮겼다.

오합지졸
특공대

청소부 동 씨는 이른 새벽, 길을 나섰다. 안개의 무리가 성난 이리 떼처럼 이리저리 휩쓸려 다니고 있었다. 동 씨가 맡은 구역은 구불구불 이어진 언덕길로 이마를 맞댄 지붕들이 끝 간 데 없이 펼쳐진 곳이다. 골목마다 개똥과 고양이 똥이 널려 있고, 검게 변색된 껍딱지들이 바닥에 어지러운 무늬를 그려 놓았다. 종종 만취한 사람이 쏟아낸 토사물이 밤사이 그 위에 새로운 무늬를 덧칠해놓기도 했는데, 등굣길의 학생이나 출근길의 직장인들이 그곳을 지나다 웩웩 헛구역질을 하기도 했다. 게다가 이 동네 사람들은 새벽부터 빨래를 하는지 지저분한 길 위로 거품 섞인 물이 쉼 없이 흘러내렸다. 그 물은 개똥과 고양이 똥을 싣고, 검게 눌어붙은 껍딱지 위를 지나, 주홍색 토사물을 조금씩 허물어뜨리며 골목 곳곳에 무질서하게 놓여 있는 쓰레기더미로 흘러들었다. 그리하여 가뜩이나 고단한 동 씨를 스무 배쯤 더 고단하게 만들었다. 분리수거는커녕 쓰레기봉투조차 사용하지 않은 쓰레기들이 품질 나쁜 쌀 속의 뉘처럼 섞여 있는 일이 일상다반사고, 쓰레기봉투를 사용했다손치더라도 꾹꾹 누르고 눌러 억지로 여민 것들이어서 봉투가 터진 채 내용물이 빠져나온 경우가 허다했다. 게다가 간혹 쓰레기더미 사이에 닭 뼈라도 섞여 있는 날엔 그 모양새가 더욱 처참해서 동 씨의 입에서는 자동반사적으로 욕설이 튀어나왔다.

동 씨가 맡은 구역처럼 그가 끌고 다니는 삼륜 오토바이도 형편없긴 마찬가지여서, 무더운 여름 한 철을 난 그것에서는 아직까지 썩은 냄새가 풀풀 풍겼다. 청소부 동 씨는 동네 입구, 그러니까 까마득하게 이어진 산비탈 아래에 냄새 나는 삼륜 오토바이를 세우고, 손잡이에 매달아둔 까만 봉지를 꺼냈다.

여느 날과 다름없이 문 닫힌 철물점 앞에 채소 행상 트럭이 서 있었다. 동 씨는 주위를 잠시 살핀 후 트럭 뒤로 재빨리 몸을 숨겼다. 철물점의 닫힌 문과 서 있는 채소 행상 트럭 사이, 그곳은 청소부 동 씨가 비로소 청소부다워지는 곳이었다. 동 씨는 비좁은 공간에서 황급히 옷을 갈아입으며 이대로 트럭이 떠나버리면 어쩌나 조바심쳤다. 남은 바짓가랑이에 한쪽 다리를 마저 끼워 넣으려던 모습 그대로 얼어붙어버린 자신을 지나가던 사람들이 보고 수군거린다, 어느덧 안개도 사라지고 수십 개의 전등을 밝혀 놓은 듯 날은 밝다, 몸을 꿰뚫고 지나가는 빛이 자신의 팬티 정중앙에 뚫린 구멍을 엑스레이 필름처럼 찍어 사람들의 눈앞에 펼쳐 놓는다, 구멍 사이로 작은 고추가…. 여기까지 생각한 동 씨는 몸을 부르르 떨었다. 매일매일 하는 상상이었고, 매일매일 겪는 두려움이었다. 길거리에서 옷을 갈아입는다는 것은 무서우리만치 부끄러운 일이었다.

옷을 갈아입은 동 씨가 삼륜 오토바이에 시동을 걸자 해수병 걸린 노인의 기침 같은 소리가 났다. 동 씨는 언덕을 오르기 전, 안장에 올라 두 손을 모으고 간절한 마음으로 읊조렸다.

"신이시여, 제발 무사히 꼭대기까지 올라갈 수 있게 지켜주세요."

간절한 기도에도 불구하고 동 씨의 삼륜 오토바이는 멈출 듯 멈출 듯 언덕을 간신히 기어올랐다. 러닝머신 위를 달리듯 그렇게 한참을 달려 언덕을 반쯤 올랐을 때, 동 씨의 눈앞으로 이상한 검은 물체가 빠르게 지나갔다. 그러나 워낙 전광석화같이 빠른 속도로 지나가서 동 씨는 그것이 뭔지 제대로 보지 못했다. 그래서 그것이 지나갈 때 등줄기에 오소소 돋아나던 소름을 애써 무시한 채 청소부 동 씨는 그냥 지나가는 길고양이일 거라고 생각하고는 거친 욕설을 한마디 내뱉었다.

"에이, 씨발. 염통 터져 뒈지는 줄 알았네."

이 씨의 철물점에서 또 한 차례 도난 사건이 발생했다. 격노한 이 씨는 철물점 맞은편 담배 가게 앞 커피 자판기 주위에 옹기종기 모여 있는 사람들을 향해 방방 뛰며 소리쳤다.

"어떤 놈이여, 씨벌. 어느 손모가지가 감히 내 물건에 손을 대!

잡히기만 해봐. 내 당장 모가지를 뽑아버릴라니께. 어우, 열불나. 씨벌."

커피 자판기 주위에 옹기종기 앉아 제 분에 겨워 날뛰는 철물점 이 씨를 바라보는 사람들의 가슴속에 분노의 씨앗이 자라났다.

"뭐야, 씨발. 우릴 다 도둑놈으로 생각하고 있는 거야, 뭐야."

"그러게. 왜 우리한테 지랄이래, 지랄이."

그러나 자기들한테만 들릴 정도로 낮게 투덜거릴 뿐이었다.

"오늘은 이걸로 꽝인가 보네."

빈 종이컵을 쓰레기통에 던지며 오 박사가 일어섰다. 엉덩이를 터는 오 박사를 바라보며 담배 가게 성 씨가 말했다.

"오 박사, 자네들이 허구헌날 인력 시장에서 도태되는 이유를 사회·정치·경제학적으로다가 설명해 봐."

"귀에 딱지가 앉게 들어 놓고 또 뭘 설명하래요."

"그래도 맨날 신문 보는 자네만큼 세상 돌아가는 이치를 잘 아는 사람이 또 워디 있겠어? 속이라도 시원하게 말 좀 해줘 봐."

"시원하긴. 외려 더 답답하기만 하지."

"그래도 한번 설명 좀 해 봐. 이 긴긴 날 뭐하며 시간을 보내겠어. 야부리라도 들으면 좀 나을 거 아녀."

오 박사는 끈질기게 달라붙는 성 씨를 흰자위 가득한 눈으로 흘겨보았다. 새벽마다 인력 시장이 서는 담배 가게 앞에 나와 앉아 여러 사람들 앞에서 몇 마디 정부를 비판한 것을 대놓고 비꼬는 것 같아 속에서 울화가 치밀었다. 일용직 노동자 주제에 신문만큼은 꼭꼭 정기 구독으로 챙겨 보는 자신에게 '오 박사'란 별명을 붙인 것도 결코 좋은 뜻은 아니었을 것이라는 생각이 들자, 담배를 꼬나물고 히죽히죽 웃고 있는 쌍판도 꼴 보기 싫었다.

"젠장, 그건 한마디로 불경기라 그래요. 됐어요?"

노기 띤 음성으로 오 박사가 쏘아붙이자 해진 신발 바닥에 담배꽁초를 비벼 끄던 백수 청년 송이 웃으며 말했다.

"히히. 간단명료해서 좋구만요."

그러고는 갑자기 좋은 꾀가 생각났다는 듯이 손뼉을 치며 말했다.

"우리 철물점에 한번 안 가볼래요?"

"거긴 뭐하게. 가봤자 욕이나 배 터지게 얻어먹을 텐데."

"그래도 누명은 벗어야 될 거 아니에요. 지금 우리는 모두 도둑으로 몰렸다고요."

"간다고 누명이 벗겨져? 그 인간, 도둑이 잡힐 때까지 대한민국 사람을 죄다 의심할 걸. 대한민국이 뭐야. 온 세상 사람이 다 도둑놈으로 보일 텐데."

그렇게 말하면서도 어느새 사람들의 발길은 맞은편 철물점으로 향하고 있었다.

겉으로 봐서 철물점엔 아무 이상이 없는 것 같았다. 그러잖아도 두꺼비 같은 인상을 잔뜩 구기고 미간에 내 천川 자를 깊게 그은 채 욕설을 내뱉고 있는 이 씨만 아니라면 철물점은 예나 지금이나 똑같은 철물점이었다. 철물점 문 앞에 우중우중 서서 안을 들여다보던 사람들이 저희들끼리 웅성거리다 이 씨를 향해 물었다.

"도대체 뭐가 없어진 거래요?"

이 씨는 그 말을 기다리고나 있었다는 듯이 이마의 내 천 자를 더욱 깊게 그리며 속사포처럼 쏘아댔다.

"이번에는 쇠톱이 없어졌어, 쇠톱이. 스위스서 만든 최고급 '보시 쇠톱'을 힘들게 구비해 놨는디 그것만 감쪽같이 없어졌단 말여. 아, 씨벌."

"이게 도대체 몇 번째래요? 문단속은 잘 하신 거예요? 증거는 확보해 놓으셨어요?"

문에 기대선 오 박사가 문자 옆에 선 사람들이 과연 박사답게 예리한 질문을 한다며 오 박사를 추켜세웠다. 이에 으쓱해진 오 박사가 그만 안 해도 될 말을 하고 말았다.

"저번에 도둑맞은 것들도 모두 최고급품이었잖아요? 여긴 최고급품 아니면 취급을 안 하나 봐요? 그나저나 '보시 쇠톱'은 절에서 쓰는 쇠톱인가요?"

"아 씨벌, 증거가 다 뭐여. 어느 우라질 놈인지 몰러도 겁나게 신출귀몰혀서 문을 이중 삼중으로 잠가 놔도 들어온 흔적 하나 없이 물건만 하냥 없어진다니께. 츰에는 내가 장부를 잘못 적어 놨나 생각도 혀봤어. 근디 암만 생각혀도 그게 아니여. 내가 이래뵈도 총기 하나는 타고난 사람인디, 장부를 허투루 적을 리가 만무지. 것도 한두 번이래야 그런가 보다 하지, 젠장. 내 이제부터래두 밤잠 안 자고 이 두 눈을 시뻘겋게 뜨고서 그놈을 잡아내 그놈의 집구석

씨를 말려버릴 겨. 아 그리고 씨벌, 우리 집이 최고급만 취급한다는 걸 여적지 몰랐단 말여? 눈구녕은 폼으로 뚫어 놨나. 보면 몰러? 잘되는 집이 왜 잘되는지는 우리 집 물건만 보면 딱 알어, 씨벌. 그리고 '보시'는 절에서 하는 보시가 아니고 세상에서 공구를 젤로 잘 맹그는 회사 이름이여. 박사라매 그것도 몰러? 머리에 든 게 먹물인 줄 알았더니 이제 보니 순 맹물이네 그려, 맹물."

입에 거품을 물고 가슴을 탕탕 내리치는 이 씨를 보며 사람들은 건성으로 고개를 끄덕였다. 그의 물건이 모두 최고급품이라는 데에는 동의할 수 없었지만, 제 집에 굴러들어온 돌멩이 하나까지 다 세는 자린고비 이 씨가 도둑을 맞은 것만은 틀림없는 사실이라고 모두들 인정했다. 모두들 인정하고 고개는 끄덕였으나 겉으로나마 이 씨를 위로하고 나서는 사람은 아무도 없었다.

이때 조용히 구석에 처박혀 있던 백수 청년 송이 말했다.

"아저씨 입 한번 되게 구리네요."

그러자 속으로는 동의하면서도 이제야 할 말을 찾았다는 듯 각자 한마디씩 훈계하고 나섰다.

"젊은 사람 말버릇이 그게 뭔가, 어른한테."

"안 그래도 속에 천불이 나는 사람한테 자네 너무하지 않은가?"

"얼굴은 알밤톨 깎아 놓은 것마냥 맨도롬하게 생겨가지고 사람이 영 자발머리가 없구만. 쯧쯔."

"그나저나 증거도 없이 범인을 어떻게 잡는대요? 암튼, 우린 아녜요. 우린 절대 아니라고요. 만일 우리가 훔쳤다면 백주 대낮에

이렇게 당당하게 이 집 문턱을 넘을 수 있겠어요? 상식적으로다
가."

오 박사가 과녁을 바꾸어 이 씨를 향해 또박또박 힘주어 말하자
다들 지당하다는 듯 고개를 끄덕끄덕했다. 같이 온 사람들에게 타
박을 듣고 풀이 죽었던 송도 이때만큼은 고개를 반짝 들고 목이 부
러져라 끄덕였다.

"씨벌, 난 아무도 안 믿어. 범인이 잡힐 때까지는 죄다 의심하는
게 내 스타일이여. 아, 젠장, 불난집에 부채질하덜 말고 꺼져, 씨
벌."

그때, 철물점 안쪽에서 우당탕 소리가 났다. 그리고 보았다. 문
앞에 모여 선 사람들 앞을 빠르게 스쳐가는 검은 그림자를. 모두의
등에 오소소 소름이 돋았으나 그것은 반짝이는 한 점을 남기고 재
빨리 사라졌으므로 아무도 그것을 보았다고 말할 수는 없었다.

뼈다귀해장국집 여 씨는 케이블 티브이 드라마 채널을 보며 마
늘을 까느라 여념이 없었다. 그래서 채소 행상 박 씨가 문을 열고
들어서는 것도 알아채지 못했다.

"다 집어가도 모르겠소."

박 씨의 구수한 목소리에 여 씨는 마늘 까던 손을 앞치마에 급히
닦고 티브이 채널을 뉴스 채널로 바꿨다. 간 보는데 갑자기 부엌문
열고 들어온 호랑이 시어머니와 맞닥뜨린 며느리처럼 여 씨의 가
슴이 쿵 내려앉았다.

"이 시간엔 어쩐 일이래요?"

"오늘은 기분이 이상해서 일찍 접었수다. 아침부터 재수가 없는 게 영…. 뼈다귀 한 그릇 주소."

여 씨는 큰 뚝배기에 뼈를 수북이 담았다. 살이 많은 것으로 골라 담느라 음식을 담는 손길이 더뎠다.

"어째 점심이 이렇게 늦대요?"

여 씨는 쟁반을 옆 테이블에 아무렇게나 올려 놓고 박 씨 맞은편에 자리를 잡고 앉았다.

"어쩌다 보니 그렇게 됐소. 여기 해장국도 생각나고."

'기왕 생각나는 거 아짐씨 생각도 난다고 하면 좀 좋아. 다른 남정네들은 잘도 쑤얼거리더구만 저이는 어째 저럴까.'

젓가락으로 뼈를 건져내는 박 씨를 바라보며 여 씨는 속으로 원망했다. 그러나 원망도 잠시뿐, 가끔이나마 제 손으로 지은 밥이 박 씨의 목구멍으로 넘어가는 게 어디냐고 곧 고쳐 생각했다.

"철물점에 또 도둑이 들었다네요. 지금 이 시간에 그 앞에 차를 댈 수 있으려나."

박 씨는 아무 말 없이 뼈를 발라먹고 국물에 밥을 말았다.

"그 영감탱이, 돈을 그렇게 많이 받아 처먹고도 유도리라는 게 없어. 죽을 때 그 돈 아까워서 눈을 어떻게 감을까 몰라."

"그래도 철물점 아저씨 아니었으면 마땅히 차 댈 데도 없고, 장사하기 힘들었을 거요."

"아무리 그래도 한 달에 십만 원이 말이나 돼요? 그것도 철물점

문 닫는 오밤중부터 새벽까지만 대는데. 그 노랭이 영감, 도둑맞는데는 다 이유가 있는 거예요. 이웃지간에 심보를 그렇게밖에 못 쓰니까….”

“이번엔 뭐가 없어졌답디까?”

말을 자르며 박 씨가 물었다. 편들어 주는 여 씨가 고맙긴 했으나 그렇다고 철물점 이 씨를 험담하는 데 가담하고 싶지는 않았다. 그건 박 씨가 생각하는 최소한의 인간적 도리고 의리였다.

“쇠톱이 없어졌대요. 스위스서 물 건너온 최고급품이라나 뭐라나.”

박 씨의 생각을 훤히 꿰뚫고 있는 여 씨가 약간 뾰로통하게 대답했다.

“그것 참. 벌써 몇 번째야, 그 집에 도둑이 든 게.”

“내 생각엔 아무래도 도둑놈들 소행인 것 같아요.”

여 씨의 말에 박 씨는 피식 웃었다.

“물건을 훔쳐갔다면 그 사람이 도둑이지, 도둑이 따로 있소?”

“내 말은 더 큰 도둑놈일 거라는 거죠. 진짜 도둑놈. 빈집을 털거나 금고를 털거나 암튼 뭐 그런 진짜 진짜 도둑놈 말예요. 아니면 교문이니 맨홀 뚜껑이니 이런 것들 훔쳐가는 도둑놈도 많다니까 그런 걸 전문적으로 훔치는 도둑놈일지도 모르잖아요.”

“요즘 누가 쇠톱으로 문을 열겠소? 좋은 장비가 얼마나 많은데.”

“하긴 그러네요.”

여 씨는 멍청한 생각을 했다고 자책하며 자신의 허벅지를 눈물이 나올 만큼 아프게 꼬집었다. 박 씨에게 잘 보이려 하면 할수록 더 우스꽝스러워지고 마는 자신이 견딜 수 없이 미웠다.

"저, 그런데, 이상한 것을 봤대요."

"이상한 거? 누가요?"

"아침에 담배 가게랑 오 박사랑 백수 청년이 철물점에 갔었는데, 어어, 저게 뭐지?"

여 씨의 등에 소름이 돋았다. 무언가 본 것 같긴 한데, 자신이 무엇을 봤는지 도무지 알 수 없었다. 짧은 순간 전신을 휩싸고 돈 한기가 기분 나쁜 여운을 남겼다.

"혹시, 봤어요?"

박 씨가 가만히 고개를 끄덕였다.

"실은, 아까 아침에도 봤소. 그것 때문에 사고가 날 뻔해서….

"아까 철물점에서 사람들이 본 것도 그거라고….

무너진 모델하우스 앞에 일곱 명의 사람이 모였다. 처음 두 명이 모였을 때만 해도 이들의 눈빛은 불타는 적개심과 투지로 형형했다. 그러나 사람들이 하나둘 모여들고, 아무리 기다려도 더 이상 사람들이 오지 않았을 때, 이들의 표정은 억울하게 뺨이라도 맞은 것같이 변했다.

"다 모였소?"

처음 입을 연 건 청소부 동 씨였다.

"이제 다 모인 것 같군요."

오 박사가 받았다.

"에이, 씨벌. 순 병신들만 모였잖아. 아, 나, 씨벌."

"아저씨, 말조심하세요. 전 멀쩡하다구요."

철물점 이 씨의 말에 뼈다귀해장국집 여 씨가 벌컥 성을 내었다.

"특공대 치곤 거참."

담배 가게 성 씨가 복잡한 표정으로 담배를 물었다.

"자, 기왕 이렇게 된 거 우리끼리라도….."

"씨벌, 병신들끼리 뭘 하자고!"

"이봐요, 아저씨. 말조심하라니까요. 난 멀쩡하다구요. 안 보여요? 난 멀쩡해요."

"에이, 씨벌. 여자는 빠져."

"뭐예요?"

"자, 자, 그만들 하세요. 여기 모인 사람은 우리들 뿐입니다. 우리끼리 싸우면 아무것도 할 수 없어요."

깊은 침묵이 서로의 어깨를 짓눌렀다. 과연 잘하는 일인가. 이제라도 빠질까? 이런 오합지졸들로 뭘 한단 말인가. 각자의 머릿속을 빠르게 회전하는 이런 말들이 너무나 훤히 보여 모두들 서로를 외면했다.

"저는 한쪽 다리를 잃었지만 나머지 한쪽 다리와 튼튼한 두 팔이 있습니다."

오랜 침묵을 깨고 채소 행상 박 씨가 무겁게 입을 열었다. 깊은 울림이 있는 목소리였다.

"우리라고 해서 못할 것은 없다고 봅니다."

"맞아요, 맞아. 다들 신체의 일부만을 잃었을 뿐이에요. 모든 것을 잃은 건 아니죠."

박 씨의 말에 백수 청년 송이 목이 부러질 듯 고개를 끄덕이며 나섰다.

"맞소. 여긴 우리 말고 아무도 오지 않았소. 그것만 봐도 알 수 있는 게요. 지금 이 순간 가장 멀쩡한 건 우리들이란 말이오."

청소부 동 씨가 연극조의 말투로 어색하게 말했다.

"전 여기 남겠습니다. 지금이라도 이 대열에서 빠지실 분은 빠지셔도 좋습니다. 아무도 비난하지 않을 겁니다. 일이 시작되기 전에 결정하십시오."

오 박사가 한 사람 한 사람 천천히 둘러보며 말했다. 깊은 침묵뿐 아무도 입을 열지 않았다.

"빠지실 분 없습니까? 다시 묻겠습니다. 빠지실 분 없습니까?"

"에이, 씨벌. 거참."

철물점 이 씨가 체념한 듯 바닥에 주저앉았다. 이를 신호로 모두 바닥에 자리를 잡고 둥그렇게 둘러앉았다.

막상 자리를 잡고 앉았지만 무엇을 먼저 해야 할지 몰랐다. 모두들 고개를 숙이고 바닥에 뭔가를 썼다 지우거나 무너진 모델하우스의 잔해를 집어 들어 멀리 던지거나 했다. 담배 가게 성 씨가 답답하다는 듯 담배를 꺼내 불을 붙였다. 내뿜는 연기 사이로 깊은 한숨이 흘러나왔다.

성 씨가 담배 한 대를 다 피우도록 아무도 말이 없자, 무거운 침묵에 짓눌려 한숨을 들이쉬고 내쉬던 뼈다귀해장국집 여 씨가 머뭇머뭇 말을 꺼냈다.

"저어, 우리, 반장을 뽑는 게 어떨까요? 어디에나 짱은 있어야 하는 거니까."

간만에 말다운 말을 들었다는 듯 모두들 큰소리로 동의의 뜻을 표하며 박수를 쳤다.

"아무래도 우리 중에 젤로 똑똑한 사람은 오 박사니께 오 박사가 짱을 맡는 게 워뗘?"

담배가게 성 씨가 손을 번쩍 들고 오 박사를 추천하자 청소부 동 씨가 앞으로 썩 나서며 소리쳤다.

"나는 반대요!"

"그럼 누가 혀?"

"당연히 나 아니겠소? 나는 이 동네의 질서를 지키기 위해 열심히 일해 왔소. 그런 내가 반장이 안 된다면 누가 되겠소?"

"씨벌, 지랄하고 자빠졌네. 내 평생 청소부가 반장 됐다는 소리는 들어보덜 못했어. 자네는 거 뭐여, 청소반장이나 혀."

철물점 이 씨가 말하자 사람들이 와악 웃어 젖혔다. 청소부 동 씨가 항의하려 일어섰지만, 담배 가게 성 씨가 점잖게 말렸다.

"옛날부터 반장은 공부 잘하는 사람이 했잖여. 그러니께 그냥 오 박사가 혀."

"씨벌, 그래서 세상이 이 꼬라지가 된 거 아녀."

"그럼 아저씨는 누가 했으면 좋겠어요? 나는 박 씨가 했으면 좋겠는데….”

뼈다귀해장국집 여 씨가 수줍게 말하자 이 씨가 곧바로 받아쳤다.

"딱히 누가 했으면 좋겠다는 게 아니고 말이 그렇다는 거여, 말이. 아, 그리고 씨벌, 박 씨는 안 돼.”

"왜요? 왜 안 돼요?”

"아 씨벌, 그냥 그려. 내 맴이 안 땡겨.”

"그런 게 어딨어요? 세상에, 그게 말이 돼요?”

여 씨가 발끈하자, 채소 행상 박 씨가 여 씨를 말리며 말했다.

"나는 할 생각도 없습니다. 내 생각에도 그냥 오 박사가 반장을 했으면 좋겠습니다.”

"나는 대찬성이여.”

담배 가게 성 씨가 외치듯 말하자 여기저기서 찬성의 말이 나왔다. 분위기가 이쯤 되자 청소부 동 씨도 마지못해 찬성할 수밖에 없었다.

"씨벌. 만장일치루다가 오 박사가 반장이 되야부렀네. 아, 씨벌. 나두 한 표여.”

의사봉을 두드리듯 철물점 이씨가 말하자 사람들이 박수를 치며 웃었다. 다시금 분위기가 활기를 띠자 특공대의 사기도 높아지는 것 같았다. 이렇게 반장까지 뽑아 놓으니 못할 것이 없을 것 같은 기분이 들었다. 그야말로 오합지졸 패거리들이 갑자기 최고의 기상을 자랑하는 무적의 특공부대로 거듭난 것 같았다.

"에헴, 흠 흠. 먼저 미거한 저를 반장으로 뽑아주신 데 대해 감사의 말씀을 올립니다. 특히, 담배 가게 성 씨 아저씨의 추천을 받으니 감개가 무량합니다. 그동안 이러저러한 제 의견을 귀 기울여 들어주신 것에 대해서도 이 자리를 빌어 다시 한번 감사드립니다."

오 박사가 처음부터 끝까지 자신을 지지해준 담배 가게 성 씨를 바라보며 잠시 말을 끊었다. 그동안 자신이 성 씨를 오해하고 있었던 건지도 모르겠다는 생각이 들면서 성 씨에게 품었던 묵은 감정들이 사라지자 성 씨에 대한 애정이 새삼스레 솟아나는 것 같았다. 담배 가게 성 씨가 자신의 눈길을 의식한 듯 어깨를 한번 으쓱하자 오 박사는 잠시 끊었던 말을 다시 이어 나갔다.

"에, 우리가 지금 이 자리에 왜 모였는지에 대해서는 굳이 따로 말씀드리지 않아도 잘 아실 것입니다. 그러나 한 가지 강조하고 싶은 것은, 그것의 출현으로 인한 피해가 점점 광범위해지고 있다는 것입니다. 아, 지금부터는 편의상 그것을 '신출귀몰'이라 부르기로 하지요. 이름이 예쁘면 우리가 부르기에도 좋을 테니까요. 이견들 없으시죠? 좋습니다. 이어서 말씀드리자면, 곳곳에서 건물이 붕괴되고 도로가 파손되고 있으며, 도둑과 강도가 날뛰고 있습니다. 그뿐입니까? 연쇄 살인과 토막 살인이 판을 치고, 이혼율이 급증하는 데 비해 출생률은 저조합니다. 장애인과 노숙자가 굶주린 채 거리를 헤매는데 아무도 그들에게 주목하지 않습니다. 또한 오랜 경기 침체와 불황으로 빈익빈 부익부 현상이 심화되고 있으며…, 신문에서 본 걸 정리해서 말하려니 힘들군요. 이제부터는 그냥 제가 말하고 싶은 대로 하겠습니다. 괜찮죠? 네, 좋습니다. 그런데 제가 어디까지 말했죠? 아, 빈익빈 부익부. 네, 맞습니다. 잘사는 놈들만 점점 더 잘사는 세상, 1등만 기억하는 더러운 세상! 그 속에서 사람들은 남들보다 더 잘살고 싶은 욕심 때문에 미쳐 가고 있습니다. 심지어 아무 이유 없이 생판 모르는 사람을 백주 대낮 길거리 한복판에서 죽이기도 하죠. 그런데도 정부는 아무런 대책을 내놓지 못하고 있습니다. 재해대책본부는 정확한 피해 현황조차도 파악하지 못하고 있고, 경찰과 군부대는 '신출귀몰'의 신원조차 파악하지 못했습니다. 시신과 부상자가 곳곳에서 넘쳐나도 병원은 부자들을 향해서만 문을 열죠. 이제 세상은 아수라장이 됐습니다. 확실한 건, '신출귀몰'이 없어지지 않는 한 이러한 현상은 점점 심해질 거란 겁니다. 그러면 어떻게 될까요? 맞습니다. 이 세상이 몽땅 다 망하는 겁니다. 그렇기 때문에 우리가 지금 이 자리에 모인 겁니다."

"캬, 말 잘하네. 역시 날마다 신문 보는 사람은 달라도 뭐가 다르다니께."

담배 가게 성 씨가 자기 덕에 반장을 제대로 뽑았다는 듯 뻐기며 말했다. 둘러앉은 사람들이 그런 성 씨에게 조용히 하라는 듯 눈총을 주었다. 성 씨는 거북이처럼 목을 움츠리고 쩝 입맛을 다시며 속으로 생각했다.

'헛소리도 저런 헛소리가 없구마는, 우라지게 열심히 듣고 자빠졌네.'

"그런데 저게 대체 뭔 말이래요?"

뼈다귀해장국집 여 씨가 박 씨에게 조용히 속삭였다.

"나도 잘 모르겠소. 암튼 조용히 하고 더 들어봅시다."

채소 행상 박 씨가 귓속말로 속삭이자 여 씨가 간지럼 타며 히힛 웃었다. 그 모습을 보고 철물점 이 씨가 눈을 부라렸다. 그 서슬에 여 씨가 놀란 토끼처럼 허리를 쭉 펴며 귀를 쫑긋 세웠다.

"저는 아까 처음 이곳에 도착했을 때 여러분의 모습을 보고 무척 실망했습니다. 도대체 이 사람들과 무엇을 할 수 있을까 하는 게 저의 솔직한 심정이었죠. 돌아갈까도 생각해 봤습니다. 그러나 그럴 수 없었습니다. 왜냐? 그것은 여러분이 더 잘 알고 계실 겁니다. 사실 아까 저는 박 씨의 말에 크게 감동받았습니다. 모두가 아니라고 할 때 혼자서 예라고 하는 용기 있는 태도. 우리 모두 본받아야 한다고 생각합니다. 자, 이 시점에서 박 씨에게 크게 박수 한번 칩시다. 네, 그렇습니다. 지금 우리에게는 그런 긍정적인 사고방식이 절실히 필요합니다. 그런 의미에서 지금부터는 자기가 가장 자신 있게 내놓을 수 있는 각자의 장점을 말해보기로 하지요. 자, 누가 먼저 하실까요?"

오 박사의 말에 채소 행상 박 씨가 손을 들었다. 오 박사가 고개를 까딱하자 듣기 좋은 중저음으로 말을 이어 가기 시작했다.

"제가 처음 말을 꺼냈으니 제가 먼저 시작하죠. 저는 교통사고로 한쪽 다리를 잃었습니다. 트럭을 운전하고 가는데 그것, 아 '신출귀몰'이 앞을 막아섰습니다. 순식간의 일이라서 미처 피하지도 못하고 가드레일을 들이받고 말았습니다. 트럭이 전복됐고, 다행히 목숨은 건졌지만 한쪽 다리는 절단해야 했습니다. 그러나 아까도 말씀드렸듯, 제겐 튼튼한 두 팔이 있습니다. '신출귀몰'이 나타나면 놓치지 않고 꼭 붙들고 있을 자신이 있습니다."

박 씨가 말을 마치자 청소부 동 씨가 뒤를 이었다.

"내 이름은 동기호요. 나의 애마 도시난데와 함께 이 동네의 질서를 유지하고자 힘쓰고 있소. 아, 혹시 몰라서 미리 말해두겠는데, 도시난데는 진짜 말馬이 아니라 내 삼륜 오토바이를 부르는 말讠이오. 내가 오 박사를 만나기 전까지 나는 그저 한 명의 청소부였소. 그런데 오 박사를 만나 동기호테 이야기를 들은 후, 나는 위대한 기사가 되었소. 이번에도 혹시 몰라서 말해두겠는데, 여기서 말하는 기사는 택시 기사, 버스 기사, 트럭 운전수 같은 운전기사가 아니라 옛날 옛적 갑옷 입은 기사를 말하는 거요. 그렇소, '기사도 정신'할 때의 그 기사요. 내 이름은 원래 장기호요. 하지만 오 박사의 이야기를 듣는 순간, 나는 동기호테의 운명에서 곧바로 나의 운명을 느꼈소. 동·기·호·테. 나와 이름이 비슷하지 않소? 그래서 내 성을 동 씨로 바꾼 거요. 당연히 내 삼륜 오토바이도 그의 말과 이름이 같은 도시난데로 지었소. 우리 모두는 쌍둥이처럼 같은 운명이니까 말이오."

"에이, 그게 무슨 똥 같은 말이에요."

동 씨의 말을 중간에 자르며 백수 청년 송이 낄낄거렸다. 그러자 주변 사람들이 한마디씩 하고 나섰다.

"어허, 똥 같은 말이라니. 그게 사람 면전에 대고 할 소린가."

"암만 봐도 자네가 여기서 제일 어린 것 같은디, 으른들 앞에서 까불지 마소."

"하여튼, 저놈은 잘 나가다 한번씩 꼭 저런다니까."

"그러게요. 입 다물고 가만있으면 신성일인데 입만 열었다 하면 배삼룡이 돼버리니, 쯧쯔."

주변의 지청구에 백수 청년 송이 고개를 숙이며 들릴 듯 말 듯 중얼거렸다.

"동기호테가 아니라 돈키호테인데…. 말 이름도 도시난데가 아니라 로시난테인데…."

백수 청년 송의 꺼져들어가는 목소리를 용케 알아들은 오 박사가 청소부 동 씨를 바라보며 말했다.

"내가 돈키호테를 언제 동기호라고 했습니까? 그리고 도시난데는 또 뭡니까? 참으로 난데없습니다. 그리고 그 말투, 듣고 있으려니 참으로 어색합니다. 그냥 자연스럽게 얘기해요, 자연스럽게."

"오 박사, 이제 와서 말을 바꾸는 거요? 당신 말을 듣고 나는 성까지 바꿨는데, 당신은 말 한마디만 바꾸면 다요?"

"내가 언제 말을 바꿨습니까? 나는 처음부터…."

"자 자, 그만들 하세요. 우리끼리 싸우면 안 돼요. 그리고 동기호든 돈키호테든 그건 이 문제의 핵심이 아니잖아요. 우리가 왜 모였는지 벌써 잊은 겁니까?"

채소 행상 박 씨가 육중한 목소리로 주장하자 다들 '맞네, 맞아'

를 연발하며 동 씨에게 계속 이야기하라고 부추겼다. 동시에 제발 자연스러운 말투로 이야기해줄 것을 당부했다. 이에 청소부 동 씨가 자연스러운 말투로 할 것을 다짐한 후 이야기를 이어 가기 시작했다.

"내 친구 도시난데는 매우 늙었어요. 아, 내 삼륜 오토바이 말입니다. 워낙에 그 이름이 입에 붙어놔서…. 어쨌거나 내겐 가장 소중한 보물 1호죠. 이 동네의 쓰레기를 수거하는 것이 내 일인데, 나는 언제나 이 늙은 도시난데와 함께 일합니다. 아, 그냥 도시난데라고 부르면 안 됩니까? 계속 불러 입에 붙은 말이라…. 그래도 됩니까? 네, 고맙습니다. 그럼 계속 도시난데라고 부르겠습니다. 그런데 이 동네는 언덕이 너무 가팔라서 나와 도시난데가 일하기에 아주 힘이 듭니다. 욕이 그냥 절로 나오죠. 그래도 우리는 최선을 다해 열심히 일했습니다. 너무 힘들어서 욕은 했지만, 우리의 임무에 대해 불평하거나 할 일을 소홀히 여긴 적은 없습니다. 그게 이 동네의 질서를 책임지는 기사의 기본자세라고 생각했으니까요. 그러던 어느 날이었습니다. 언덕을 내려오던 도시난데 앞으로 검은 것이 휙 지나갔습니다. 그러더니 도시난데가 미친 듯이 달리기 시작했습니다. 언제든 일어날 수 있는 일이어서 늘 조심하고 긴장했지만 그날은 웬일인지 한번 붙은 속도를 도저히 어찌 해 볼 도리가 없더군요. 도시난데와 나는 뒤에 실은 쓰레기와 뒤범벅되어 언덕 위에서 아래까지 함께 굴러 내려왔습니다. 몸을 움직일 수 없을 만큼 아팠습니다. 정신이 까무룩 잦아들고 있을 때, 나는 빠르게 돌아가는 도시난데의 바퀴 위로 붉은 피가 사방으로 튀어 오르는 것을 봤습니다. 반사적으로 왼팔로 아픈 오른팔을 짚었는데, 아 글쎄 그 자리에 아무것도 없는 거예요. 아무리 생각해도 이 사고는 '신출귀몰'의 소행임에 틀림없어요. 느낌이 그래요. 그래서 나는 특공대를 모집한다는 광고를 보고 두 번 생각할 것도 없이 좇나게 달려왔습니다. 여기로 오면서 이 몸으로 무얼 할 수 있을까 많이 생각했습니다. 그래서 얻은 결론은 비록 한쪽 팔을 잃었지만 빠른 두 다리가 있다는 것입니다. 나는 씨발, 그 좇같은 '신출귀몰'을 누구보다 빨리 좇을 수 있습니다."

동 씨가 말을 마치자 곧바로 철물점 이 씨의 욕설이 튀어나왔다.

"씨벌. 나는 한쪽 눈이 애꾸여. 가게에 하도 도둑이 들길래 내가 잠도 안 자고 지키고 있었지. 어떤 후레자식놈이 내 최고급 물건들에 손을 대나, 잡히면 손모가지를 뚝 분지를라고 눈을 벌겋게 뜨고 있었당께. 아 근디 씨벌, 송곳을 훔치는 그놈을 본 거여. 거 뭣이냐, 신출귀몰인지 귀신인지 그놈 말여. 그놈이 틀림없당께. 아 씨벌, 그놈이 이래 놨어. 송곳으로 내 멀쩡한 눈을 찌르고 도망갔다니께. 그 미꾸리 같은 새끼를 내 이 손으로 못 잡으면 나는 개아들놈이여. 내 그놈 모가지를 뽑아서 병마개로 써불랑게. 씨벌, 어쨌거나 나는 한쪽 눈이 엄청나게 좋아부러. 엠병할 그 새끼가 나타나기만 하면 내 눈에 안 띌 수가 없다니께, 씨벌."

욕설로 점철된 이 씨의 말이 끝나자 담배가게 성 씨가 바닥에 담배꽁초를 비벼 끄며 한숨을 내쉬었다.

"내 얼굴을 좀 봐봐. 그럴 거 없어. 내가 봐도 징그러우니께. 징그러운 건 징그러운 거지 뭐. 내 얼굴이 왜 이렇게 됐냐면, 다 '신출귀몰' 때문이여. 나는 매달 셋째 주 월요일에만 쉬잖어. 그날도 셋째 주 월요일이라 집에서 쉬고 있었어. 방바닥에 큰대자로 누워서 테레비도 보고, 잠이 오면 잠도 자고 그랬어. 한참 자고 있는디 눈앞에 뭐가 어른어른하는 거. 깨보니께 워떤 놈이 창문 틈새로 방 안을 훔쳐보고 있더라고. 요새 도둑이고 강도고 하도 날뛰니께 혹시 그건가 싶어서 순간 겁이 더럭 나데. 인나지도 못하고 워쩔까 궁리하고 있는디 그놈이 갑자기 불붙인 종이를 창틈으로 집어던지는 거여. 불나는 거 순식간인데. 아무리 날림으로 지어 놓았더라도 그렇지, 불이 그렇게 빨리 번질 줄은 몰랐어. 재산이고 뭐고 홀랑 다 타고, 내 얼굴마저 이 모양이 됐어. 그래도 나는 냄새 하나는 기가 막히게 잘 맡어. '신출귀몰'이 나타나면 냄새 하나로 그놈이 숨어 있는 곳을 단박에 찾을 수 있어, 나는."

성 씨가 말을 마치자 백수 청년 송이 고개를 끄덕이고 이내 말을 이어 갔다.

"아저씨들, 나 예뻐요? 저 아줌마랑 나 중에 누가 더 예뻐요? 내가 더 예쁘죠? 그런데 나는 그런 소리가 하나도 안 좋아요. 내가 왕년에 잘나가는 아역 배우였다고 말하면 아무도 안 믿으실 거죠? 하지만 그건 사실이에요. 이제는 생각도 안 나는 까마득한 시절이긴 하지만요. 아아, 그런데 나는 어쩌다 이렇게 된 걸까요? 내 인생, 정말 후져요. 내가 이런 말 하면 나이도 어린 게 못하는 소리가 없다고 또 뭐라 한마디씩 하시겠지만, 사는 게 정말이지 엿 같아요…. 나는 공주예요. 뜬금없죠? 하지만 진짜예요. 매일매일 보석이 박힌 왕관을 쓰고, 화려한 수가 놓인 드레스를 입고, 네 마리 말이 끄는 황금색 마차를 타고, 몰려든 사람들을 향해 우아하게 웃으며 손을 흔들죠. 나를 비웃으시네요. 하지만 상관없습니다. 내 말은 모두 사실이니까요. 나는 하루에 한 번씩 여자가 됩니다. 그것도 이 세상에서 제일 아름답고 행복한 여자가 되는 거죠. 백마 탄 왕자님을 만나서 키스도 해요. 그리고 영원히 행복하게 살 것처럼 길 끝 미지의 문으로 들어가죠. 그래요, 이미 눈치 채신 분도 있겠지만 이것은 연극이에요. 다 가짜인 거죠. 놀이공원은 거대한 속임수의 왕국이에요. 그곳에서 1년을 일했어요, 여자인 채로. 피에로 아시죠? 겉은 웃고 있는데 속으론 우는 사람. 퍼레이드의 공주도 마찬가지예요. 게다가 나는 겉은 여자, 속은 남자죠. 좋아하지도 않는 남자와 키스하는 게 어떤 기분인지 아세요? 아아, 완전 똥 같아요. 하루는 키스가 정말 하기 싫더라구요. 그래서 고개를 돌렸죠. 그랬더니 왕자가 억지로 하려고 하는 겁니다. 진짜 왕자도 아닌 게… 정말 더럽게…. 마치 강간을 당하고 있는 것 같았어요. 그래서 나도 모르게 소리를 막 질렀습니다. 어찌나 몸부림을 쳤는지, 왕관도 벗겨지고 노란 가발도 벗겨졌습니다. 그러다 마차에서 떨어졌어요. 크게 다치진 않았지만, 차라리 다치는 것만 못하게 됐어요. 그때 크게 다쳤더라면 사장놈에게 그렇게 따귀를 맞고 모욕적으로 쫓겨날 일도 없었을 거고, 이렇게 한쪽 귀가 먹게 되는 일도 없었을 테니까요. 그래도 나머지 한쪽 귀는 아주 잘 들려요. 만약 '신출귀몰'이 가까이에만 있다면 그놈의 숨소리까지도 들을 수 있어요. 나는, 내 이 밝은 귀로 놈을 반드시 잡아서 내가 남자라는 것을 세상 사람들에게 똑똑히 보여줄 겁니다!"

송이 말을 마치자 뼈다귀해장국집 여 씨가 송의 어깨를 토닥이며 눈물을 훔쳤다. 그러고는 떨리는 목소리로 말했다.

"저는요, 사실 '신출귀몰'을 제대로 본 적조차 없어요. 그런데도 제가 여기 온 이유는요, 어떤 사람이 온다기에 걱정이 돼서…."

얼굴이 자두처럼 새빨개진 여 씨를 바라보던 사람들이 일제히 채소 행상 박 씨에게 고개를 돌렸다. 모두의 눈길이 자신에게 쏠리자 박 씨 또한 잘 여문 수박 속같이 얼굴이 빨개졌다.

"자, 좋습니다. 마지막으로 제 차례군요. 흠흠."

오 박사가 얼굴에 피어오른 웃음기를 지우며 목소리를 가다듬었다.

"저는 설암, 그러니까 혀에 암이 생겼습니다. 모르긴 몰라도 '신출귀몰'때문에 암에 걸렸다고 생각하고 있습니다. 아무리 생각해도 제가 암에 걸릴 이유가 전혀 없거든요. '신출귀몰'은 저의 언변을 질투하고 있습니다. 그게 아니라면 자신의 존재를 저의 혀로 온 세상에 알려달라는 거겠지요. 자신은 입이 없고, 그래서 아무 말도 할 수 없으니까요. 자신의 악행이 아무리 위력을 지녔다 하더라도 말보다 더 빠르고 강력할 순 없다는 걸 알 만큼 그놈은 영리한 겁니다. 아마도 그놈이 목적한 바를 다 이루면 저는 필요 없어지겠죠. 저는 곧 말을 잃거나 죽을 겁니다. 그 전에 그놈을 꼭 없애고 싶습니다. 아니, 없애야 합니다. 그놈이 지배하는 세상이란 곧 멸망을 뜻하니까요."

오 박사의 말은 알 듯 모를 듯 여전히 잘 이해되지 않았지만 그가 품은 분노만큼은 모두에게 또렷하게 전해졌다. 이것과 각자의 가슴속에 쌓인 분노와 슬픔이 결합하자 깊은 회한이 몰려들었다.

모두가 침묵하는 가운데 갑자기 뼈다귀해장국집 여 씨가 눈물을 펑펑 쏟았다.

"아, 씨벌. 왜 울고 그런다?"

"미안해서요."

"씨벌, 뭐가 미안하다고 지랄이여, 지랄이."

"그냥 모든 게요. 다들 아픈 사연이 있는데 저 혼자만 팔자 좋은 년 같고…."

"똥 싸고 자빠졌네. 이래서 여자는 안 된당께. 툭하면 눈물 바람이여, 젠장."

"아저씨!"

채소 행상 박 씨가 소리치자 모두가 나무라는 얼굴로 철물점 이 씨를 바라보았다.

"씨벌. 내가 뭘…."

이 씨가 애꾸눈을 내리깔고 움츠러들자 오 박사가 나섰다.

"자 자, 이러지들 마세요. 우리끼리 싸우면 안 된다고 누차 말씀 드렸지 않습니까? 그리고 이 씨 아저씨도 그런 여성비하적인 발언은 삼가주세요. 아시겠습니까?"

"알었어. 씨벌, 좆나게 지랄허네."

"자, 주목해주세요. 이제 우리의 전력이 파악되었습니다. 우리는 빠른 발과 튼튼한 팔, 밝은 눈과 귀와 코, 빼어난 언변과 음, 아, 음…, 여자가 있습니다. 이러한 전력을 바탕으로 제가 작전을 한번 짜봤습니다. 들어보시겠습니까? 네, 좋습니다. 그러니까 우리의 작전은 이렇습니다. 우선 '신출귀몰'이 가까이에 나타나면 성 씨 아저씨가 코로 냄새 맡고, 송 군이 작은 소리들을 들어서 놈의 소재를 파악하는 겁니다. 그런 후에 이 씨 아저씨의 정확한 눈으로 놈이 있는 곳을 확인하는 거죠. 다음에는 동 씨가 빠른 발로 달려가서 놈을 잡고, 곧바로 박 씨가 달려가 튼튼한 팔로 놈을 붙들고 있으면 되겠죠. 그때 제가 가서 뛰어난 말발로 놈과 협상을 벌이는 척하는 겁니다. 놈이 무엇을 요구하든 다 들어줄 것처럼 꾸미는 거죠. 놈이 우리의 의도를 눈치 채고 우리를 의심할 때쯤, 신고하러 갔던 여 씨 아줌마가 경찰들과 함께 나타나서 놈을 체포하면 되겠죠. 어떻습니까? 우리의 작전이."

"좋아요, 좋아."

"허, 역시 인텔리라 달라도 뭐가 다르네 그려."

오 박사가 짠 작전에 이구동성으로 동의를 표했다.

"그런데 우리는 '신출귀몰'이 가까이 나타날 때까지 마냥 기다려야 하는 건가요?"

백수 청년 송이 조심스럽게 의견을 피력하자 가장 중요한 것을 잊고나 있었다는 듯 주위가 술렁대기 시작했다.

"기다리긴 왜 기다립니까? 찾아 나서야죠."

아직도 자신의 운명이 돈키호테와 짝패라고 굳게 믿고 있는 청소부 동 씨가 돈키호테적으로 들고 일어섰다.

"어디 있는 줄 알고요?"

뼈다귀해장국집 여 씨가 근심스러운 얼굴로 물었다. 그러자 생각에 잠겨 있던 오 박사가 나섰다.

"제가 곰곰이 생각해 봤는데, 아무래도 놈의 목적은 사람들에게 치명적인 해를 입히는 것인 듯합니다. 그렇게 봤을 때, 우리 중 아직 피해를 입지 않은 단 한 사람, 바로 여 씨 아줌마에게 나타날 확률이 큽니다. 따라서 지금 이 시점에서 우리가 해야 할 일은 바로, 여 씨 아줌마네 집에 가서 뼈다귀해장국을 먹으며 놈을 기다리는 겁니다."

오 박사의 말은 뭔가 찜찜하게 핀트가 어긋난 것 같았지만, 또 한편으로는 그럴듯하게 들렸다. 이렇게 해서 일곱 명의 특공대는 절뚝절뚝, 비틀비틀, 우왕좌왕, 오락가락, 시끌벅적 기괴한 모양을 연출하며 여 씨의 뼈다귀해장국집으로 향하게 되었다.

뼈다귀해장국집 여 씨네 집으로 몰려간 특공대가 특대짜리 감자탕으로 배를 불리고도 한참이 지난 후였다. 주방에서 설거지를 하던 여 씨가 꽥 비명을 질렀다. 이에 청소부 동 씨가 빠른 발을 놀려 주방으로 제일 먼저 달려갔다. 그 뒤를 오 박사와 담배 가게 성 씨가 따르고, 또 그 뒤를 백수 청년 송과 철물점 이 씨가 따랐다. 그리고 제일 뒤에서 절뚝거리며 채소 행상 박 씨가 달려갔다.

주방으로 가보니 여 씨가 파랗게 질린 채 벌벌 떨고 있었다.

"왜요? 무슨 일이에요?"

제일 먼저 달려온 청소부 동 씨가 다그치듯 물었다. 그러자 여 씨가 덜덜 떨리는 팔을 들어 어두컴컴하게 그늘진 주방 구석을 가리켰다.

"저기, 그놈이 온 것 같아요."

목소리를 한껏 낮추어 뼈다귀해장국집 여 씨가 말하자 오 박사 또한 목소리를 낮추어 좌중을 둘러보며 말했다.

"이제 우리의 작전을 실행할 때가 왔어요. 우선 자네가 잘 들어봐. 뭐가 들려?"

오 박사가 백수 청년 송을 향해 낮게 물었다. 송 역시 목소리를 잔뜩 낮추어 대답했다.

"네, 들려요. 저 구석에 웅크리고 있어요. 숨소리로 봐선 긴장한 게 틀림없어요."

"그려, 맞네, 맞어. 냄새가 나."

담배 가게 성 씨가 소리 죽여 말하며 코를 킁킁댔다.

"아, 씨벌. 그림자 속에 시커먼 그림자가 있어. 노오란 것이 번쩍번쩍하는구먼."

소곤소곤 속삭이면서도 욕을 빼놓지 않는 철물점 이 씨였다.

"이제 어떻게 하지요?"

뼈다귀해장국집 여 씨가 말했다.

"잡아야지요."

청소부 동 씨가 이번에도 역시 돈키호테적으로 나서는가 싶더니 갑자기 여 씨의 등을 힘껏 밀쳤다. 그러자 여 씨가 앞으로 고꾸라질 듯 휘청거리며 구석의 그늘 쪽으로 몇 발짝 전진한 후 간신히 중심을 잡고 멈춰 섰다. 그 서슬에 놀란 검은 그림자가 후다닥 그늘 속에서 뛰쳐나왔다. 그와 동시에 이때를 기다렸다는 듯 채소 행상 박 씨가 검은 그림자 쪽으로 알루미늄 대야를 날렸다. 알루미늄 대야가 떨어지며 큰 소리를 내기도 전에 청소부 동 씨가 달려가 대야의 위쪽에 걸터앉았다. 그러자 안에서 요란하게 날뛰는 소리가 났다. 검은 그림자가 잡힌 것이었다. 특공대들은 서로 얼싸안고 환호성을 올렸다.

"잡은 거예요? 우리가 정말 해낸 거예요?"

뼈다귀해장국집 여 씨가 감격의 눈물을 흘리며 말했다.

"아, 씨벌. 보믄 몰러? 눈구녁은 가죽이 모자라서 폼으로 뚫어 놨나, 왜 보고도 못 본 척이여?"

철물점 이 씨가 상황 파악을 못하고 또 욕을 했지만 날아갈 듯 기분이 좋아진 특공대에게는 들리지 않았다. 그들은 웃으며 서로를 치하하느라 딴 데 신경 쓸 겨를이 없었다.

"이제 어쩌지요? 작전대로 제가 가서 경찰에 신고할까요?"

여 씨가 묻자 오 박사가 신중하게 고개를 가로저으며 말했다.

"어쩌면 경찰도 저놈과 한통속일지도 모르니 우선 우리가 먼저 저놈의 정체를 확인합시다."

갑자기 찬물을 끼얹은 듯 주변이 조용해졌다. 한순간 저마다의 생각들이 각자의 머릿속을 종횡으로 누볐다. 분노의 크기와 각자 입은 상처의 깊이를 비교해보며 어떤 결정을 내릴까 망설였다. 어쩌면 놈의 정체를 확인하다가 또다시 커다란 상처를 입게 될지도 몰랐다. 그 상처는 돌이킬 수 없을 정도로 치명적일 수도 있었다.

"아, 씨발, 젠장맞을. 좆만한 새끼가 지랄하고 자빠졌네."

청소부 동 씨가 알루미늄 대야 위에 걸터앉아 욕설을 내뱉었다. 사람들이 모두 동 씨를 쳐다봤다. 동 씨가 당황하여 손사래를 치며 변명했다.

"오 박사한테 그런 게 아니에요. 정말이에요. 여러분은 잘 모르실 수도 있지만 이 안에서 놈이 지랄 발광을 하고 있다니까요."

"이제 어떡하면 좋아요?"

"어차피 놈은 이제 독 안에 든 쥐입니다. 우선 가게의 문이란 문은 모두 잠그세요. 그런 다음에 각자 무기가 될 만한 것들을 들고 놈을 에워싸는 겁니다. 동 씨가 일어나면 대야가 뒤집어지면서 놈이 나오겠죠? 그때 놈이 우리를 공격하면 무기를 사정없이 휘두르는 겁니다."

"그러다 죽으면 어떡해요."

오 박사의 설명에 백수 청년 송이 울먹이며 말했다.

"아, 씨벌. 저런 놈은 죽어도 싸."

"죽어도 싼 건 아니지만, 우리가 살려면 어쩔 수 없죠."

"맞어. 내가 살아야 남도 사는 거여."

"아니요, 우리가 죽으면요."

"안 죽으려면 열심히 휘둘러. 죽을 때까지 좆나게 휘두르라고."

대야에 걸터앉은 채 청소부 동 씨가 소리치자 모두 오 박사의 제안에 따라 행동하기로 했다. 그리하여 철물점 이 씨가 자신의 가게에서 무기가 될 만한 공구들을 잔뜩 챙겨 왔고, 뼈다귀해장국집 여씨가 가게의 문을 꼼꼼히 잠갔다. 특공대들은 각자 무기를 들고 청소부 동 씨가 걸터앉은 알루미늄 대야를 빙 둘러쌌다. 그들이 입을 모아 하나, 둘, 셋을 셈과 동시에 동 씨가 벌떡 일어나 대열에 합류했다. 당장이라도 튀어오를 것 같던 대야는 그러나 조용하기만 했다. 특공대들은 의아한 눈으로 서로를 바라보다가 다시 잠잠히 엎어져 있는 대야를 노려보았다. 모두가 숨죽인 채 시간이 째깍째깍 흘렀다. 한참이 지나도 잠잠하자 채소 행상 박 씨가 용기 있게 나서서 대야를 뒤집었다.

대야 속에 있던 것은 검은 고양이 한 마리였다. 어지간히 놀랐는지, 놈을 덮었던 대야가 사라졌는데도 놈은 움직일 생각을 하지 못한 채 가만히 웅크리고 있었다. 놀라고 긴장하기는 특공대도 마찬가지여서 각자 머리 위로 무기를 치켜든 모습 그대로 한참을 얼어붙어 있었다.

"당최 이것이 뭔 조화랴?"

담배 가게 성 씨가 얼빠진 소리로 중얼거리자 특공대는 그제야 마법에서 풀려난 듯 부르르 몸을 떨었다.

"씨벌, 어쩐지 쉽게 잡힌다 혔어."

"아줌마, 저거 아줌마가 키우는 거예요?"

"아냐, 오늘 처음 보는 고양이야. 내가 키우는 거면 그렇게 놀랐겠어? 대체 언제 들어왔을까?"

"혹시 '신출귀몰'이 고양이로 둔갑한 건 아닐까요?"

"어허 이 사람, 전직이 놀이동산 공주라더니만 아직도 꿈과 환상 속을 헤매고 있는 겨?"

"그런 게 아니고요. 이대로 풀어줬다가 이놈이 진짜 '신출귀몰'이었으면 어쩌나 걱정이 돼서 그러죠. 만에 하나라는 게 있잖아요."

"그럴 리는 없겠지만 일단 잡아서 묶어 놓죠. 우리의 작전으로 뭐든 잡긴 잡은 거니까."

채소 행상 박 씨가 말하자 청소부 동 씨가 손에 든 쇠사슬을 흔들며 나섰다.

"그래요, 위대한 기사 동기호테도 적을 한 번에 무찌르지는 못했습니다."

"아저씨, 동기호테가 아니라 돈키호테라니까요."

"시끄러, 이 사람아. 나에게 한번 동기호테는 영원한 동기호테야."

"씨벌, 지금 동기호냐 동키호냐 그게 중요혀? 미꾸리 같은 그 새끼를 잡느냐 못 잡느냐 하는 이 마당에? 내가 듣기에는 둘 다 똑같은 소리구먼."

철물점 이 씨가 파이프로 바닥을 내리치며 버럭 성을 내자 채소 행상 박 씨가 중저음의 목소리에 힘을 실어 말했다.

"맞아요. 지금은 그런 걸 따질 때가 아닙니다."

"그래요. 비록 놈을 잡지는 못했지만, 이번 작전은 우리의 전략을 시험해볼 수 있었다는 점에서 성공적이었다고 볼 수 있습니다. 이번 작전을 바탕으로 더 치밀하게 전략을 짠다면 충분히 놈을 잡을 수 있습니다. 아, 그나저나 큰일을 치르고 나서 그런지 배가 고프네요. 밥 먹고 다시 합시다."

오 박사의 말에 철물점 이 씨가 다시 발끈했다.

"씨벌, 밥 먹은 지 얼마나 됐다고 또 밥을 처먹겠다고 지랄이여. 돈은 누가 내고?"

"금강산도 식후경인데 밥 먹고 해요. 어쨌거나 작전도 성공했으니 오늘은 제가 한턱 크게 쏠게요."

여 씨가 말하자 특공대들은 성이 여 씨라서 그런지 여장부답게 통이 크다며 제각각 칭찬의 말로 여 씨를 추켜세웠다.

특공대는 뼈다귀해장국집 여 씨네 가게의 문이란 문은 다 열어놓고 특대짜리 감자탕에 소주를 마셨다. 어느새 거나하게 취한 특공대는 여전히 각자의 손에 든 가지각색의 공구들로 박자를 맞추며 고래고래 노래를 불렀다. 목에 힘줄이 잔뜩 돋은 그들은 마치 출정 전야의 전사들 같았다. 어디서 났는지 빨간 머리띠까지 묶은 그들의 굳은 맹세와 다짐 들이 밤새 노래를 타고 언덕 위를 구불구불 기어올랐다.

 불을 껐다 켰다 하며 몇 번씩 데우는 통에 감자탕이 바짝 졸아붙었을 때쯤, 탁자 다리에 묶어 놓은 고양이가 야옹야옹 애처롭게 울었다. 꼬리가 짧고, 듬성듬성 털이 빠진 데다 금방이라도 병을 옮길 것처럼 더러운 몰골로 처량하게 울고 있는 녀석은 애꾸눈이었다. 철물점 이 씨가 식어 가는 냄비에서 제일 커다란 뼈를 골라 녀석에게 던져줬다. 이 씨가 욕을 하지 않은 건 이때가 처음이었다.

성스러운 피 : 해커

나는 성스러운 피를 물려받았다.

　나의 먼 조상은 버려진 불모의 땅에서 불어오는 날선 바람을 온
몸으로 받아내던 위대한 장수였다. 그는 용맹스러웠고 타협을 몰
랐으며 잔인했다. 그러므로 그는 위험했다. 조정朝廷에서 그를 내친
건 지극히 당연했다. 와신상담臥薪嘗膽, 컹컹 늑대가 짖고 거친 칼바
람이 귀신처럼 우는 밤마다 그는 낯선 변방에서 서느런 달빛에 칼
을 갈았다.
　'머지않아 조정의 주인이 바뀌리라.'
　추깃물처럼 역겨운 냄새를 풍기는 부패한 조정에 대항해 그는 기
다리고 또 기다렸다. 실로 쓸개를 씹는 듯 혹독한 세월이었다. 그
러나 수족이 잘린 변방의 장수를 찾는 이는 아무도 없었다. 그는 그
어떤 장수보다 더 날카롭게 자신이 품은 칼을 벼렸지만 아무도 그

의 칼을 믿어주지 않았다. 그의 야심이 독가시처럼 자라날수록 그는 자신이 키운 독가시에 스스로의 심장이 찔리는 듯하였다.

칼등으로 내려치면 금이 쩍 갈 것 같은 새벽이었다. 그는 잠들지 못하였다. 그는 동장대東將臺에 올라서서 그믐달을 바라보았다.

'달도 차면 반드시 기우는 법, 사람의 한 생도 저와 같으리.'

동지同志가 없으면 어떠랴 싶었다. 목숨 따위 초개와 같이 버리자 맘먹으니 두려울 것도, 저어될 것도 없었다. 잘되면 영웅이요, 잘못되면 역적이 될 것인바, 둘러엎어 새 하늘을 열던 일을 그르쳐 죽게 되던 썩은 내가 풀풀 나는 지금의 조정 꼬락서니를 더 이상 안 봐도 될 것이니 칼 찬 장수로서 한번 해볼 만한 일이라 다짐했다. 어쩌면 천운天運이 열려 기운 달이 차오르듯 자신에게 새 삶이 열릴지도 모른다는 기대도 하였다.

그러나 그는 영웅도 역적도 될 수 없었다. 그가 그의 휘하에 있는 비루먹은 말 같은 병졸들을 데리고 말 위에 올랐을 때, 이미 조정이 뒤집혔다는 소문이 그의 귓등을 어지럽혔다. 그는 뽑아든 칼을 다시 칼집에 꽂아 넣고 조용히 말 등에서 내려왔다. 그러고는 숙소로 돌아가 문을 걸어 잠갔다. 잠시 후, 새끼 잃은 어미 호랑이와도 같은 포효가 거친 바람 소리에 섞여 낡은 성곽을 오래도록 배회했다. 그의 칼은 눈물에 젖어 급격히 녹이 슬기 시작했다.

조정이 뒤집혔을 때, 나의 먼 조상이 혁명 세력의 칼춤에 하릴없이 스러져 간 부패한 왕과 관료들의 낯짝조차 쳐다보지 못한 관계로 내 가문의 문벌은 그럭저럭 유지됐다. 나의 먼 조상의 위용에 비한다면 그 후손들은 한미하기 이를 데 없었지만, 그래도 별 볼 일 없으나마 꾸준히 문관과 무관들을 배출했다. 잔물결조차 일지 않는 유구한 흐름이었다. 그러던 중 먼 조상의 야심을 그대로 이어받은 후손이 출현했으니, 그가 바로 내 증조부다.

그는 잡기雜技에 능한 자였다. 음주가무는 물론이요 활쏘기, 투호, 장기, 사냥 등 놀이에도 기량이 있었고, 시, 서, 화에도 능통했다. 그러나 능했달 뿐 뚜렷이 두각을 나타내는 정도는 아니었는데, 그가 지닌 수많은 재주 중 목조각만큼은 그 앞에서 내로라 할 자가 없었다. 그는 바늘 끝 하나로도 나무토막에서 기이한 형상을 끄집어낼 줄 알았는데, 그 형상이 어찌나 정교한지 귀신도 혀를 내두를 정도였다.

북풍한설北風寒雪, 눈보라 치는 겨울이 오매 그는 방구석에 틀어박혀 시를 짓고 술을 마셨다. 그러다가 취흥에 겨우면 아내를 불러 장구를 두들기고 노래하며 춤을 추었다. 그의 아내 또한 여장부로 태어나 풍류를 알았으니, 놀기 좋아하는 그에게 있어 천생배필이라 할 만했다. 아내와 함께 남은 해를 베어 먹으며 한바탕 놀고 나면, 그는 언제 그랬냐는 듯 맑은 얼굴로 아내를 내어 쫓고 서탁에 다가앉아 글을 읽었다. 그의 글 읽는 소리가 문지방을 넘어 마당에 이르도록 도도해지면 그의 아내는 서운한 내색 하나 없이 저녁 짓는 여종들을 감독했다. 정갈하고 맵시 있는 음식상이 차려질 때까지 그녀는 여종들의 손놀림 하나하나를 간섭하고 참견했다.

　저녁을 배불리 먹은 그가 저녁상을 물리고 나면, 그의 아내는 비스듬히 누워 배를 쓰다듬는 남편 앞에 다소곳이 앉아 그가 시원하게 트림을 하고 방귀 뀌기를 기다렸다. 그에 보답하듯 그가 방귀와 트림을 우레와 같이 뽑아내면 그의 아내는 까르르 한바탕 시원하게 웃어 젖히고 그에게서 조용히 물러났다. 그러고 나면 그는 일어나 앉아 서탁을 발로 저만치 밀어내고 나무토막을 다리 사이에 끼운 채 조각도를 놀렸다. 그가 무서운 집중력으로 나무에서 형상을 끄집어내기 시작하면 시간은 정지하고 온 우주가 그에게로 수렴되었다. 그리하여 새벽닭이 울고, 하늘이 푸른 빛 여명으로 밝아올 때까지 그는 세상이 쪼개져도 모를 경지에 이르게 되는 것이었다.

　그러던 어느 날, 그에게 나라의 명운을 바꾸게 될 제안이 들어왔다. 그러나 그것은 제안이라는 형태로 들어온 명령이었다. 거절하면 분명 목숨을 잃게 될 것이었다. 그는 고뇌에 빠졌다. 명命을 받아들인다면 나라를 잃을 것이요, 받아들이지 않는다면 목숨을 잃게 될 것이었다. 나라 없는 백성에게 목숨은 무엇을 의미하는가, 목숨 없는 인간에게 나라는 무엇을 의미하는가, 그는 고민하고 또 고민했다. 조각도를 들지 않은 채 뜬눈으로 새우는 밤이 늘어갈수록 그는 더욱더 미궁에 빠져들었다. 그는 미각도, 풍류도, 생의 절정으로 치닫는 몰입도 잃은 채 병자처럼 말라갔다. 그러나 시일을 오래 미룰 수는 없었다. 명령자의 칼끝이 지척으로 다가들었다.

　결국 그는 대의大義와 야심野心 중 야심을 택했다. 막상 결심을 하고 나니 모든 것이 쉬워졌다. 바야흐로 세대를 이어오며 미약하게 흐르던 야수의 피가 격동했다. 그는 방문을 걸어 잠그고 아내의 출입도 금한 채 조각도를 갈기 시작했다.

이윽고 조각도가 그의 손에 맞춤하게 벼려졌을 때, 그의 아내가 잠긴 문을 부수고 들어와 옵히고 단호한 목소리로 말했다.

"내가 양반의 법도를 버리고 당신의 가락에 춤을 춘 것은 이런 날이 올까 염려해서였습니다. 나는 당신이 울리는 장단이 슬픈 통곡이라 믿었습니다. 하여, 부끄러운 줄도 모르고 당신 앞에서 맨발로 춤을 춘 것입니다. 그런데 당신은 어찌하여 이제 와 길이 아닌 곳으로 가려 하십니까? 창자를 끊어내는 심정으로 울렸던 그 가락이 고작 장차 저들이 벌일 더러운 잔치판에서 한자리 차지하기 위한 것이었단 말씀이십니까? 멈추십시오. 아녀자의 좁은 소견으로도 이 것은 대장부가 할 일이 아닙니다. 당신이 멈추지 않는다면 나는 더 이상 당신과 한 하늘을 이고 살지 않겠습니다. 어찌시렵니까?"

그는 벼린 조각도를 쥔 손에 힘을 주고 아내의 눈을 마주보았다. 아내의 눈에선 활활 불길이 일었다. 그는 이내 고개를 떨구고 자신이 쥔 조각도를 오래도록 들여다보았다. 푸른빛으로 날선 조각도가 아내의 눈빛을 되쏘는 듯하였다.

'차라리 이 빛에 눈이 멀었으면….'

그는 울고 싶은 심정이 되어 고개를 들었다. 그리고 아내를 향해 낮은 목소리로 한마디 하였다.

"뜻대로 하시오."

팽팽히 당겨진 고무줄이 일순간 툭 끊어지는 듯한 표정이 아내의 얼굴을 스쳤다. 아내는 일어나 그에게 네 번 절하고는 말했다.

"나에게 당신은 이미 죽은 사람입니다. 다만 후회하지 않기를 바랄 뿐입니다."

부서진 문을 밟고 나간 그의 아내는 다음날 새벽, 목 맨 시신으로 발견되었다.

미친 바람을 일으키며 시간은 빠르게 흘러갔다. 드디어 완성된 옥새가 그의 손을 떠나던 날, 그는 방바닥을 뒹굴며 통곡했다. 이제 곧 한 나라의 백성 모두가 남의 나라 사람이 될 것이었다. 어제까지도 엄연했던 한 나라가 그가 위조한 옥새 하나로 한순간 이름도 없이 사라지게 될 것이었다. 아내가 마지막으로 남긴 말이 그의 귀를 어지럽혔다. 후회하지 않기를 바랍니다. 후회하지 않기를 바랍니다. 후회하지 않기를…. 문 잠긴 방 안에서 몸부림치며 울다 혼절하길 몇 번, 그는 다시 깨어날 때마다 스스로 끊어버리지 못한 질긴 목숨을 저주하고 또 저주했다. 그러나 저주스러울 만큼 질기다고 생각한 목숨도 그리 오래가진 못했으니, 그는 몇 날 며칠을 술독에 빠져 살다가 어느 한 날 어둠 속으로 스며든 자객의 칼을 맞고 죽었다. 죽은 그의 손에는 그가 옥새를 위조하던 날선 조각도가 꼭 쥐어져 있었는데, 과연 그가 스스로 목숨을 끊고자 했던 것인지도 모를 일이었다.

이때, 집안의 모든 식솔들이 흩어지고 가문의 성스러운 피를 이어받은 사내아이 하나가 남았다. 어느 밤, 우람한 손이 이 아이를 아무도 모르게 낚아채 데려갔는데, 그는 나의 증조부에게 옥새를 위조하라고 명령한 자였다. 남겨진 아이를 데려다 자신의 슬하에 거두는 일, 이것이 그가 간직한 일말의 양심이었을 것이다.

　나의 조부는 그렇게 나라를 팔아먹고 식민 제국에서 위세를 떨치던 자의 양아들로 자라났다. 식민 제국 관리의 양아들이 되었을 당시 그는 결코 어리지 않았다. 때문에 그는 저간의 사정을 짐작으로나마 모두 알고 있었다. 그러나 그는 그 모든 사실들을 모르는 체했다. 마치 부모를 여읠 때 모든 기억을 도륙당한 듯, 그는 자신의 친부모에 관한 한 바로 어제의 일도 모른다고 말했다.

　이렇듯 철저히 식민 제국 관리의 양아들로 환골탈태한 그는 아무런 죄의식도 거리낌도 없이 제국의 앞잡이로 잘 살아갔다. 그는 성실했고 충성스러웠으며 잔인했다. 그러므로 그는 한 시대를 누릴 자격이 충분히 있었다. 악어의 눈물, 그는 먹잇감을 삼킬 때만 눈물을 흘렸다. 먹이가 좀 더 부드럽게 그의 목구멍을 지나가도록, 그는 고문으로 피떡이 된 먹잇감 앞에서 거짓 눈물을 흘리고 또 흘렸다. 짠맛 뒤에 느껴지는 단맛은 실로 다디달았다.

　그러나 그런 영화榮華도 얼마 가지 못하는 듯했다. 그가 날카로운 발톱을 세우고 최고의 위용을 자랑할 때 해방이 되었다. 나라 안은 용광로처럼 들끓으며 만세의 물결로 가득찼다. 성난 백성들이 제국의 앞잡이들을 처단하고자 눈에 불을 켰다. 그는 잠시 두려웠으나 곧 냉정을 되찾았다. 그를 처단하기에 해방된 백성들은 아직 너무도 보잘것없었다. 도마뱀의 꼬리나 끊어낼 수 있을 뿐 심장을 도려낼 힘이 그들에겐 없었다. 그들의 분노는 그들이 직면한 증오를 태울 때만 유효했다. 그 뒤에 도사린 더 큰 증오를 뿌리 뽑기에 그들의 분노는 지나치게 격렬하고 지나치게 빨리 타올랐다. 그만큼 그 불은 지나치게 빨리 꺼질 불이었다. 그는 그 사실을 누구보다 잘 알았다. 우매한 식민지 인종들을 고문할 때 터득한 경험이었다. 나라의 독립을 위해 목숨을 바치겠노라 큰소리치는 피라미일수록 고문에 쉽게 굴복했다. 그런 자들은 매를 많이 때릴 필요도 없었다. 적당히 피 맛을 보도록 한 후에 기다리기만 하면 되었다.

그리하여 그는 기다렸다. 그러면서 속으로 외쳤다.

'활활 타올라라, 활활. 마침내 식은 재만 남도록 더 활활 타올라라.'

어느 정도 사태가 진정된 후 그는 그의 양부모와 함께 먼 나라로 가는 배에 올랐다. 백주 대낮에 펼쳐진 유유한 행보였다. 식민 제국의 관리 가족은 이렇게 또다시 그들의 나라를 버리고 새로운 나라의 백성이 되기 위해 당당히 먼 여행을 떠났다. 거친 파도 따위 문제될 것 없었다. 그들은 모두 성실한 사람들이었으므로 조금만 기다리면 만사가 잘될 것이었다.

내 아버지는 스파이였다. 그가 모종의 임무를 부여받고 이 땅에 발을 디뎠을 때, 그는 남의 나라 사람이었다. 그는 분명 내 조상들의 성스러운 피를 이어받았으나, 내 조부의 양부모를 비롯해 그의 가족 모두 새 나라의 백성이 된 지 이미 오래였다. 그러므로 이 땅은 그에게 있어 얼굴도 모르는 조상의 나라일 뿐, 그의 나라는 아니었다. 그것이 이 땅에서 그를 자유롭게 했으며, 그의 활동을 수월하게 해주었다. 이 나라와 이 나라의 백성들은 그에게 있어 하나의 풍경일 뿐이었으므로 그는 얼마든지 잔인해질 수 있었다.

그러나 그는 인정人情이 있는 사람이었다. 그는 하얀 다기茶器에 옅은 푸른빛으로 우러나는 녹차의 그윽한 맛을 즐겼다. 베토벤의 교향곡에 감동하고, 바흐의 선율에 눈물 흘렸다. 동양화의 고졸한 멋을 알았으며, 캔버스 위에 칠해진 색깔들의 조화를 알아보는 안목이 있었다. 또한 그는 아주 예의 바른 사람이었다. 사람들 앞에서 한 번도 언성을 높이거나 얼굴을 찌푸리는 일이 없었다. 그를 아는 사람들은 너도나도 그를 일러 '점잖은 사람'이라 칭했는데, 상대방을 대할 때 그에게서 풍겨 나오는 여유와 친절에 그와 한 번이라도 얼굴을 맞대본 사람이라면 누구라 할 것 없이 저도 모르게 뭔가 대접을 받은 듯 흡족한 기분을 느꼈다. 뿐만 아니라 그는 약한 사람들에 대한 연민도 있어서 1년에 한 번씩 불우이웃 돕기에 큰돈을 쾌척하기도 했다. 어떤 때는 그가 모시는 일인자를 수행하여 달동네에서 연탄을 나르거나 황금들판에서 밀짚모자를 쓰고 누렇게 익은 벼를 베기도 하였다. 그럴 때마다 신문이나 티브이 카메라가 어김없이 그들을 따라다녔는데, 신문이나 티브이에 대문짝만하게 나온 일인자의 그림자 뒤에 몸을 숨긴 그의 얼굴은 덩두렷한 보름달 뒤에 숨은 구름처럼 맑고 환했다. 이렇듯 그는 교양이 있었으며, 모든 사람들에게 너그럽고 친절했다.

그러나 모든 사람에게 친절한 것은 아무에게도 친절하지 않은 것과 같아서 그는 진정으로 누군가를 사랑해본 적이 없었다. 때문에 나의 어머니가 거대한 너울을 일으키며 그의 마음에 자리 잡았을 때, 그가 얼마나 당황했을지 충분히 짐작할 수 있다. 그렇다고 그것이 야사野史에서 공공연한 사실로 받아들이고 있는 것처럼, 내 아버지가 이 나라의 운명을 뒤바꿀 결심을 하게 한 직접적인 원인은 아니었을 것이라 생각한다. 그것은 단지 그가 부여받은 임무를 충실히 수행한 결과였을 뿐이다. 내 아버지는 걷잡을 수 없이 밀려오는 사랑의 파도에 자신의 모든 것을 던져버릴 만큼 감성적인 사람이 못 되었다. 또한 한 여자의 운명을 감당할 만한 용기도, 책임감도 지니지 못하였다. 단언컨대, 내 아버지가 한 나라의 운명을 바꿀 수 있었던 건, 자신이 수행하는 일에 대한 결과를 단 한 번도 생각해보지 않는 특유의 성실성 때문이었을 것이다. 그리고 그것이 먼 나라에서 그를 그의 조국인 이 나라로 파견한 결정적인 이유였을 것이다. 쉽게 뜨거워지지 않는 규격화된 인격이야말로 그들의 구미에 딱 맞는 것이었을 테니.

다시 이야기의 본류로 돌아가자. 내 어머니는 일인자를 수행하던 내 아버지의 비서였다. 로맨틱한 이야기의 여주인공이 대부분 그렇듯이, 그녀 역시 뛰어난 미모와 지성을 겸비한 매력적인 여자였다. 또한 매력적인 여자가 으레 그렇듯, 그녀 역시 콧대가 하늘을 찌르는 도도한 여자였다. 잡힐 듯 잡힐 듯 도무지 손아귀에 들어

오지 않는 여자의 가치를 잘 알고 활용할 수 있을 만큼 그녀는 영악하기도 했다. 그리하여 그녀는 가볍게 미소 지어야 할 때와 싸늘해야 할 때, 목젖이 들여다보일 만큼 크게 웃어야 할 때와 눈물 흘려야 할 때를 잘 구분하여 한 치의 빈틈없이 그것들을 실천했다. 어느덧 습관인 듯 자연스러워진 그녀의 이 같은 행동은 그녀의 타고난 재능이자 피나는 노력의 결과로 이루어진 것이었는데, 누구나 타고난 감각을 계발하여 십분 활용할 수 있는 것은 아니므로 그녀가 어느 날 낙하산을 타고 내 아버지의 옆자리에 안착한 것은 어쩌면 당연한 일이었다.

내 아버지가 처음부터 어머니에게 반한 것은 아니었다. 그는 언제나와 같이 규격화된 친절로 그녀를 대했다. 그는 당시 아내가 있는 몸이었고, 그가 온 먼 나라의 보편적 가치인 청교도적 양심을 소유하고 있었으므로 아내가 아닌 여자 보기를 돌같이 하려고 노력하고 있었다. 더욱이 영화에서처럼 스캔들은 스파이의 특권이 아니었다. 잠깐의 방심으로 발을 삐끗할 경우 영원히 빠져나올 수 없는 함정으로 떨어지게 될 수도 있었다. 그 사실을 너무나 잘 알고 있었기 때문에 그는 여자로 인하여 입게 될 해에 대하여 매사에 긴장의 끈을 늦추지 않았다.

아내가 아닌 여자에게 조금의 틈도 주지 않는 것이 그의 계획된 태도였다면, 그런 남자를 반드시 꺾고야 말겠다는 투지에 압도당하고 마는 것은 그녀의 거스를 수 없는 본능이었다. 그의 인위적인 태도가 그녀의 예민한 촉수를 자극했을 때, 그녀는 흥분된 떨림으로 팬티가 축축해졌다. 그러고는 곧 사냥감을 앞두고 온몸을 긴장시킨 맹수의 태세에 돌입했다. 그녀는 그녀의 정신과 온몸에 아로새겨진 그녀만의 삶의 철학으로 그에게 맹렬한 공격을 가했다. 그러나 어떠한 유혹의 기술로도 철옹성 같은 그의 의지를 꺾을 수는 없었다. 그녀는 살면서 처음으로 이 세상에는 '안 되는 것'도 있다는 걸 알았다. 그녀는 절망했다. 하여 그녀는 이 말 한마디를 남기고 그에 대한 정복 의지를 깨끗이 접기로 하였다.

"앞으로 나는 당신의 말에 무조건 '네'라고 답하겠습니다."

뜻밖에도, 이 말이 상황을 역전시켰다. 그 누구에게도 진심에서 우러난 한마디를 들어본 적 없었던 내 아버지는 그녀의 말에 감동했다. 그것이 어떤 상황에서 도출되었으며 어떤 의미를 담고 있는지는 상관없었다. 그녀의 말이 그의 귀에 닿는 순간 그는 그녀의 말을 그녀가 무조건 자신에게 모든 걸 던지겠다는 뜻으로 이해했고, 그것은 진심인 것처럼 여겨졌다. 그리고 그것만이 중요했다. 그는 그녀를 믿기로 결정했다.

그래서 그가 그녀를 사랑했는가? 그건 잘 모르겠다. 그가 그녀를 신뢰하여 그녀를 그의 그림자처럼 데리고 다닌 것은 확실하지만, 자신의 정체를 그녀에게 끝까지 말해주지 않은 것으로 봐서는 그녀를 온전히 믿었다고도, 사랑했다고도 말할 수 없을 것 같다. 그녀와의 은밀하고도 사적인 자리에서 자신의 알몸을 온전히 보여주고, 그녀의 귀와 목덜미와 젖가슴과 똥구멍과 발가락까지 그의 침으로 흥건히 적시면서 '사랑해'를 연발했다고 해서 그것이 사랑이었다고 할 수는 없었다. 자신의 꽃가루로 맺힌 열매가 익기도 전에 따서 버릴 때 눈물을 철철 흘리며 그녀에게 미안하다는 말을 수없이 했어도 그것이 사랑인 것은 아니었다. 그녀를 생각할 때마다 거대한 해일이 몰아쳐 오듯 그의 가슴이 크게 일렁였어도 그것이 사랑은 아닌 것 같았다. 그는 그녀만큼이나 자신의 임무도 중요했다. 그래서 그녀를 잃지 않으려고 노력한 것보다 그녀와의 관계를 들키지 않는 데 더 많은 힘을 쏟았다. 그녀를 만난 후 그는 삶에 너무 많은 에너지를 쏟은 나머지 종종 파김치가 되었다. 그때마다 그는 생각했다. 과연 이 상태를 언제까지 유지해야 할까, 그녀와 자신의 임무 중 하나만을 선택해야 할 때가 온다면 과연 어떤 선택을 해야 할까, 그 선택은 올바른 것인가, 정녕 둘 다 가질 수는 없는 것인가? 그런 생각을 하면 할수록 지친 그는 더욱 지쳐 갔다. 그리하여 그는 끝내 이렇게 결론 내버리고 이불을 뒤집어쓰게 마련이었다.

'내 마음 나도 몰라.'

예민한 감각을 지닌 그녀가 그의 이런 마음을 모를 리 없었다. 그가 자신과의 관계에 대해 갈팡질팡한다는 것을 눈치 챈 그녀는 회심의 미소를 지었다. 정복한 땅에 깃발을 꽂은 그녀는 그에 대한 마음이 식어버린 지 이미 오래였다. 그럼에도 불구하고 그녀가 아직 그의 곁을 떠나지 않은 건 그녀에게 또 다른 욕망이 있었기 때문이었다. 그 욕망은 위험한 것이었다. 그러므로 매력적이었다. 그녀는 때를 기다리며 그의 더러운 욕정과 비겁함을 견뎠다. 이때의 그녀는 자주 울었는데, 그것은 더럽고 야비한 내 아버지에 대한 모멸감과 어쩌면 때가 오지 않을지도 모른다는 두려움 때문이었다. 그런 것을 내 아버지는 또 오해하여 그녀가 그를 완전히 사랑하고 있다고 믿어버리고는 다시 그녀를 택할 것인가 임무를 택할 것인가 하는 햄릿의 고뇌에 빠져들었다.

드디어 내 어머니에게 때가 왔다. 그녀가 그토록 바라 마지않던 일인자의 침실에 든 것이다. 일인자를 수행하던 내 아버지를 그림자처럼 따라다녔던 내 어머니의 매력을 평소 눈여겨보고 있던 일인자가 어느 날 내 아버지를 배제한 채 내 어머니만을 따로 불렀다. 그리고 내 아버지에 대해 이것저것 물었다. 그녀는 일인자가 묻는 대로 솔직히 대답했다. 감정이 철저히 제거된 건조한 대답이었다.

"그는 오래 가까이 하기엔 재미없는 사람입니다."

물론 철저히 계산된 대답이기도 했다. 역시 일인자는 껄껄껄 호탕하게 웃었다. 그리고 말했다.

"그자가 여자를 잘 모르긴 하지."

내 어머니는 대담해졌다. 감히 일인자를 똑바로 쏘아보며 미소 지었다. 그러고는 속삭이듯 말했다.

"그는 사람의 마음을 저만큼도 알지 못하지요."

일인자는 또다시 껄껄껄 웃었다. 그러고는 손짓으로 그녀를 불러 그녀의 숙인 목덜미에 대고 속삭였다.

"그럼 오늘 밤 내 마음을 한번 알아보시게."

그녀의 결정은 빨랐다. 그녀는 신속하게 그를 버리고 일인자를 택했다. 그리고 머지않아 나를 낳았는데, 그녀는 내가 일인자의 딸이라고 우겼다. 모두들 그렇게 믿었다. 내 아버지까지도.

그녀가 내 아버지의 곁을 그렇게 가볍게 떠났을 때, 내 아버지는 잠깐 실망했다. 때때로 가슴속에서 불덩어리 같은 게 치솟아 올랐지만 그는 평정심을 유지하려 애썼다. 그녀가 보고 싶은 날에는 울컥 눈물도 났지만 그는 입술을 깨물며 그녀를 생각하지 않으려 했다. 그럴수록 그녀가 더욱 보고 싶었지만 그는 꾹 참았다. 그에게는 수행해야 할 임무가 있었다. 그를 버리고 매정하게 떠난 여자 때문에 그 임무를 망칠 수는 없었다. 그녀가 그의 곁에 머물며 그를 사랑했을 때도 혹여 차질이 생길까 봐 조심하고 또 조심했던 임무였다. 자신의 마음도 헤아리지 못한 채 숱한 날들을 갈팡질팡하게 만든 임무였다. 결국 한 여자를 오롯이 사랑할 수도 없게 만든 임무였다. 그런 임무를 이제 와서 독거미 같은 여자 때문에 망칠 수는 없는 노릇이었다.

그는 일인자에게 사임할 뜻을 표했다. 굳이 이유를 댈 것도 없이 일인자는 선선히 그의 뜻을 받아들였다.

"이제 쉴 때도 되었지."

일인자는 그의 어깨를 두드리며 말했다. 조롱인지 위로인지 모를 말이었다. 그는 아무런 대답도 하지 않았다. 다만 일인자의 곁을 조용히 물러나오면서 뜻 모를 웃음을 지을 뿐이었다.

그로부터 얼마 지나지 않아 먼 나라에 다음과 같은 요지의 보고서가 전달됐다.

— 그는 이미 스스로 신이 되었음. 아무래도 피를 보아야 할 것으로 사료됨. 이이제이以夷制夷, 적으로써 적을 치는 것이 유효한 전술일 것으로 판단됨. 효과적인 적의 확보가 관건이나 이 전술이 성공했을 때 우리의 존재를 드러내지 않고도 일을 성사시킬 수 있다는 장점이 있음. K와 J, 이 두 명이 효과적인 적으로 유력함. K의 장점은 사람들을 선동하는 힘이 있다는 것인데, 자칫 그 힘이 우리를 위협하는 데 쓰일 수 있음. J는 그와 가장 절친한 동료이면서 야심이 크다는 것이 장점인데, 지나치게 단순하고 잔인하여 자칫 이 땅에 피의 홍수를 일으킬 수도 있음. 민주주의는 본래 피를 먹고 자란다는 명제를 고려할 때, 위협보다 혼란을 택하는 것이 더 나은 선택이라 판단됨.

추신 : 본인은 이 임무가 끝나면 본국으로 돌아갈 것을 희망함.

날씨가 너무 좋아서 이 땅 어느 곳에서나 별을 볼 수 있었던 어느 가을 밤, 한 방의 총성이 통행금지의 고요한 밤을 갈랐다. 총신의 떨림이 멈추기도 전에 발사된 총알은 일인자의 심장을 관통했고, 일인자가 미처 숨을 거두기도 전에 테러리스트는 붙잡혔다. 이 소식은 한밤의 사이렌을 타고 이 땅 구석구석에 알려졌으며, 그와 동시에 두려움과 비탄에 잠긴 백성들이 머리를 풀고 거리로 쏟아져 나와 땅을 치며 통곡했다. 그리고 백성들의 통곡 소리가 가시기도 전에 테러리스트의 목에 감긴 밧줄이 그의 숨통을 끊어 놓았다. 그리고 숨이 끊긴 테러리스트의 몸이 식기도 전에 한밤의 어둠을 틈타 일인자의 처소로 전광석화같이 스며든 자가 있었으니, 그가 바로 새로운 일인자가 될 자였다.

졸지에 일인자를 잃은 허전함 탓도 있었지만, 짧은 시간 동안 너무나 많은 일이 벌어져 백성들은 도무지 정신을 차릴 수가 없었다. 백성들이 각자의 슬픔에서 빠져나와 정신을 추스를 때쯤 되어서는 이미 모든 일이 끝나 있었으며, 죽은 일인자의 자리를 새로운 일인자를 자처하는 자가 차지하고 있었다.

백성들은 새로운 일인자를 그냥 받아들일 수는 없었다. 백성들은 그가 누구인지, 어느 구석에 있다가 갑자기 튀어나온 건지, 그가 제정신이기는 한 건지, 아무것도 몰랐다. 그래서 그에 대해 알 권리를 주장했다. 민주공화국에서 그 정도의 권리는 당연하다고 생각했다. 그러나 백성들에게 돌아온 것은 거대한 폭력이었다. 불행히도, 새로운 일인자는 단순하고 잔인했다. 그는 민주가 무엇인지, 권리가 무엇인지 알지 못했다. 그것은 그가 한 번도 경험해보지 못한 세계였다. 그는 일인자인 자신이 도저히 대답해 줄 수 없는 것을 어려운 말로 물어대는 백성들이 한여름 각다귀 떼처럼 지겨웠다. 또한 죽은 일인자에게는 묻지 않았던 것들을 왜 유독 자신에게만 묻는 것인가 하여 자존심이 상했다. 그래서 그는 통 크고 화끈하게 본보기를 보여주었다. 이 땅의 어느 한 지역을 골라 철저히 도륙을 내버린 것이다. 이때 민주니 권리니 떠들어대는 자들도 한 꿰미에 엮어 자근자근 밟아주었는데, 이때의 폭력이란 과연 인종 청소를 방불케 했다.

나의 아버지는 자신의 거실에서 하얀 다기茶器에 푸르게 우러나는 녹차의 향기를 음미하며 이 모든 소식을 들었다. 공교롭게도 이 모든 소식을 그에게 전해준 건 내 어머니였다. 그녀는 적당한 눈물, 적당한 두려움, 적당한 미소와 교태를 섞어 이야기를 전하는 중간중간 자신의 불행한 처지를 살짝살짝 끼워 넣었다. 자신의 처지가 막다른 골목에 이른 지금, 그녀가 해야 할 일은 그를 다시 한번 넘어뜨리는 것뿐이라고 그녀는 생각했다. 어쨌거나 그는 자신이 낳은 아이의 아버지니까. 그러나 그는 돌부처라도 된 것처럼 꿈쩍도 하지 않았다. 눈물 콧물로 범벅된 채 예전에 지녔던 매력이라곤 눈을 씻고 찾아봐도 찾을 수 없는 얼굴이 되어 울부짖는 그녀를 그는 아무런 감정 없이 바라보았다.

　그는 세 번째 찻물을 부었다. 섬세하고 우아한 동작이었다. 그는 그녀의 잔에 담긴 식은 차를 버리고 막 우러난 새 차를 따랐다. 그리고 더러운 손수건으로 연신 콧물을 찍어 내고 있는 그녀에게 차가운 한마디를 던졌다.

　"나는 너를 믿어. 그런데 그게 다 무슨 소용이지? 차나 한잔 마시고 가."

　내 아버지가 어머니에게 차가운 한마디를 남기고 본국으로 떠나버린 후 내 어머니는 평생 아버지를 저주했다. 그녀의 수완으로도 내 아버지가 어디에 있는지 전혀 알아낼 수 없었기 때문에 그녀의 분노는 극에 달했다. 마음만 먹으면 그 큰 나라를 다 뒤져서라도 내 아버지를 찾아낼 수 있었지만, 그녀는 그렇게 하는 대신 평생 내 아버지와 그의 조상들을 욕하는 데 생의 모든 시간을 허비했다. 내가 내 핏줄의 내력을 알게 된 건 어머니의 입을 통해서였는데, 분노에 겨워 쏟아낸 악의에 찬 이야기였다 할지라도 나는 그녀의 말이 사실이었을 것이라고 생각한다. 그녀는 평생 가면을 쓰고 살았지만, 자신의 얼굴이 가면이라는 것을 알고 인정할 정도로는 솔직했다. 그리고 자의든 타의든 가면을 벗어야 할 때가 와서 그 가면을 벗어 던졌을 때, 자신이 얼마나 대책 없고 잔인할 정도로 솔직해질 수 있는지를 아는 여자였다. 그래서 그녀는 죽을 때조차 유일하게 자신 곁을 지킨 혈육인 나에게 이렇게 말할 수 있었던 것이었다.

"제 애비 닮아 인정머리 없는 년!"

나는 그 말이 부당하다고 생각했지만, 그것을 따질 겨를도 없이 그녀는 서둘러 숨을 놓았다. 나는 무척 가슴 아팠다. 어미가 딸에게 마지막으로 해준 말이 욕이어서가 아니라, 어미가 마지막까지도 놓지 못한 감정이 원망이어서가 아니라, 어미가 최후의 순간까지 딸을 미워해서가 아니라 나는 한 번도 내 어머니의 딸인 적이 없었다는 깨달음이 감당할 수 없는 무게로 몰려들었기 때문이었다. 분명 나는 그녀의 몸을 빌어 나왔으나, 그녀의 의식 속에서 나는 오직 내 아버지의 딸일 뿐이었다. 한통속의 저주받은 핏줄들. 나는 내 어머니의 죽음과 함께 그 모든 사실을 아프게 받아들였다.

나는 성스러운 피를 물려받았다. 변방의 날선 칼바람과 맞서 싸우던 나의 먼 조상에서부터 따뜻한 녹차의 그윽한 향취를 즐기던 나의 아버지까지, 그 피 속에는 누구도 감히 범접할 수 없는 성스러움이 녹아 있다. 자신의 성실성을 위해 아무도 사랑하지 않는 일이란 누구도 하기 힘든 것이다. 자신의 모든 걸 걸고 자신의 모든 것이었던 것들을 배신하는 일이란 누구에게나 힘든 일이다. 그런데 나의 피 속에는 바로 그것이 있다.

사람들은 말한다. 내가 아무것도 모르는 철부지이기 때문에 그런 엄청난 일을 저지르고도 아무 죄의식이 없는 거라고. 그러나 그건 모르시는 말씀이다. 아무것도 모르는 건 내가 아니다. 나는 내 정체를 끝까지 숨긴 채 손가락 하나로 이 세상을 몽땅 날려버릴 수도 있었다. 내가 그렇게 하지 않은 것은 다만 그럴 필요가 없었기 때문이다. 내가 벌인 모든 일들 중 내가 의도하지 않은 것은 거의 없다. 나는 '우연'이라거나 '어쩔 수 없음' 같은 말을 믿지 않는다. 물론 상황이 예상치 않은 방향으로 흘러갈 때도 있지만, 그럴 때면 나는 정신을 조금 더 바짝 차린다. 상황이 나를 버리기 전에 내가 상황을 버리기 위해서다.

그러니 나를 더 이상 화나게 하지 말라. 아직까지는 그런 대로 즐기고 있다. 하지만 내가 조용히 돌변하는 순간이 언제 닥칠지 당신들은 모른다. 나는 성스러운 피를 물려받았다.

나라에서

서북쪽 1천 킬로미터 상공에서 그것은 천천히 다가오고 있었다. 바람 한 점 불지 않는 맑은 날이 이어졌다. 따라서 그것은 어느 날, 목표한 지점에 정확히 닿을 것이었다. 과녁의 정중앙에 꽂힌 화살처럼 그것은 엄연할 것이었다. 우연이 개입할 수 없는 인과因果란 참으로 무서운 것이다.

남과 북의 싸움은 이데올로기 싸움이 아니었다.

미애는 이 대목을 벌써 몇 번씩이나 읽어보았지만 도무지 이해할 수 없었다. 간결한 말이었고, 명확한 문장이었지만 '이었다'가 '아니었다'로 바뀌는 순간 그 문장은 해독 불가능한 외계어처럼 여겨졌다. 미애는 포털 사이트 검색어 창에 '이데올로기'라는 말을 쳐보았다.

이데올로기 : [명사] <철학> 사회 집단에 있어서 사상, 행동, 생활 방법을 근본적으로 제약하고 있는 관념이나 신조의 체계. 역사

적 · 사회적 입장을 반영한 사상과 의식의 체계이다. '이념'으로 순화. 비슷한 말 : 관념 형태.

미애가 이미 알고 있었던 개념과 다르지 않았다. 그렇다면 무엇이 문제인가? 너무나 명확해서 단순하기까지 한 이 문장을 이해하지 못하는 이유가 도대체 뭐란 말인가? 미애는 고민했다. 그리고 오래지 않아 명쾌하고 쉬운 결론을 내렸다. 다만 서로 생각이 다를 뿐이라고. 그러니 존중하자고. 이게 바로 사상의 자유이자 표현의 자유라고. 그러곤 곧 자신이 떠올렸던 질문뿐 아니라 자신을 혼란에 빠지게 만들었던 처음의 그 문장조차 잊었다.

판근은 참담한 심정으로 술을 마시고 담배를 피웠다. 오늘의 자리를 주선한 덕수가 신이 올라 목소리를 높일수록 판근은 하염없이 작아지고 있었다.

"주식이란 게 말이야, 두뇌 싸움이거든. 응? 그런 건 주식 초짜들이 투기할 때나 통하는 거고, 진짜 고수들은 머리를 쓴단 말이지. 거시경제와 미시경제를 모두 알아야 경제의 동향을 파악할 수 있고, 국제 정세와 국내 정세를 모두 알아야 시장의 흐름을 알 수 있는 거라고. 경제 동향과 시장 흐름을 알아야 비로소 주식 투자에 성공할 수 있는 거고. 너희가 이 멀고 먼 성공 투자의 길을 짐작이나 하겠냐? 야, 너는 지금 때가 어느 땐데 실내에서 담배를 피우고 지랄이냐, 지랄이."

같이 있기 창피할 정도로 큰 소리로 떠들던 덕수가 굴뚝같이 담배 연기를 뿜어대는 판근에게 핀잔을 주자 판근은 욱하는 심정이되었다. 그래서 저도 모르게 톡 쏘아붙였다.

"지금 때는 어느 땐데?"

덕수는 어이가 없다는 듯 코웃음을 쳤다.

"지금 온 나라가 금연구역 아니냐. 정말 몰라서 묻는 거냐? 너 대한민국 국민 맞아? 너 원시인이야?"

"난 동의한 적 없어."

"이건 동의하고 안 하고의 문제가 아니지. 나라에서 그렇게 정했으면 그냥 가는 거야. 그게 국민 된 도리라고."

"그럼 이건 어떻게 설명할 건데? 대한민국은 민주공화국이다. 대한민국의 주권은 국민에게 있고 모든 권력은 국민으로부터 나온다. 대한민국 헌법 제1조 1항과 2항이야."

"민주주의는 다수결의 원칙에 의해서 굴러가는 거야. 국민 대다수의 의견이 금연이라면 당연히 정책적으로 금연해야지. 소수가다수의 의견에 반대하는 건 민주주의에 역행하는 거야. 순 꼬장이라고."

"뭐? 꼬장? 그럼 다시 한번 묻겠다. 금연이 국민 대다수의 의견이라는 걸 어떻게 증명할 수 있지?"

이때 옆에서 둘의 다툼을 지켜보고 있던 동료들이 끼어들었다.

"그만 좀 해라. 나라에서 어련히 알아서 잘 정했겠냐. 그리고 아직 강제 조항도 아닌데, 담배 좀 피면 어떠냐. 왜 너희 둘은 만나기만 하면 별것도 아닌 걸 갖고 자꾸 싸우냐?"

"그래, 그만 좀 해. 민주주의니 뭐니 아주 골치 아프다."

"돈 번 놈이 술 사준다는데 우린 국으로 앉아서 술이나 먹자. 있는 놈이 쓰고 없는 놈이 나눠 먹는 거, 이게 바로 민주주의 아니겠냐."

이에 판근과 덕수의 미간이 살짝 좁아졌으나, 옆자리의 동료들이 부어라 마셔라 분위기를 달구자 금방 그 분위기에 휩쓸리고 말았다.

여옥은 이번 대통령 선거에서 누구를 찍어야 할지 무척 헛갈렸다. 그전에는 이장이 알려주는 대로 찍으면 되었는데, 이번 이장은 도통 누구를 찍어야 하는지 알려줄 생각을 안 했다. 도시에 살다가 귀농인가 뭣인가를 한다고 식구들을 줄줄이 끌고 내려올 때부터 싹수가 남달라 쌍수를 들어 이장으로 뽑아 놨더니만, 이제 보니 영 맹탕이었다.

"당최 누구를 뽑아야 하는지 모르겠다니께. 그러지 말고 알려줘봐."

노인네들밖에 없는 동네라고 내려올 때부터 집집마다 다니면서 안부를 묻던 이장이었다. 출석부에 도장 찍듯 오늘도 어김없이 들렀기에 슬쩍 물어봤더니 하라는 대답은 안 하고 실실 웃음만 흘리고 앉았다.

"아이고, 답답해서 복장이 터지겠네. 대학물꺼정 먹었다더니만, 혹시 이장도 모르는 거 아녀?"

"선거 유인물 보시고 잘 판단해서 찍으셔야죠. 누구 찍으라고 말씀드리면 선거법에 위배돼요. 선거 원칙에도 어긋나고."

"그럼 여적지 역대 이장들이 법을 안 지켰다는 겨? 에이, 그건 이장이 몰라서 하는 소리여. 우리 동네 사람들은 다 법 없이도 살 사람들인디, 나라에서 정한 법을 안 지킬 리가 있어? 대통령 뽑을 때마다 몇 번 찍으라고 알려줬어도 지금꺼정 법 안 지켰다고 가막소간 이는 하나도 읎어. 그러지 말고 알려줘 봐. 1번 찍으면 되는 겨?"

"여기 선거 유인물 있네요. 이거 보시고 잘하겠다 싶은 사람 찍으세요."

"아, 뭐가 보여야 말이지. 글씨도 서캐같이 작은 데다가 어떻게 어떻게 읽긴 읽어도 무슨 말인지 어려워서 당최 못 알아먹겠다니께."

여옥은 숫자 하나 알려주는 게 뭐 그리 큰일이라고 저렇게 소귀신처럼 앉아 버티고 있는 이장이 도무지 이해가 안 갔다. 요즘 젊은 것들은 정작 중요한 건 저만 알고 남들한테는 절대 알려주지 않는다더니만 꼴에 저도 젊다고 저러는가 싶어 여옥은 노여워졌다.

"시방 나 늙었다고 무시하는 겨? 사람이 그러는 거 아녀. 이장도 내 나이 돼 봐. 뭐가 제대로 보이길 하나, 온전히 들리길 하나, 뭘 먹어도 무슨 맛인지도 모르겄고, 팔다리도 무뎌져서 하루 종일 놀려봐야 하나 도움도 안 되면서 아프기만 하다니께. 이 설움을 누가 알아줘. 에구, 내 팔자야."

"무시하긴요. 절대 그런 거 아닙니다. 이건 어디까지나 어르신을 존중하는 뜻에서 그런 거라니까요. 어르신의 한 표는 무척 소중하니까요."

여옥은 금방 표정이 바뀌며 쩔쩔 매는 이장이 귀여웠다. 처음부터 그럴 생각은 아니었는데, 말을 하다 보니 제 감정에 겨워 저도 모르게 억지를 쓴 것 같아 조금 부끄러운 생각도 들었다. 그래서 목소리를 누그러뜨리고 젊은 이장이 잘 알아듣게 차분히 설명했다.

"내가 저번 장날에 장거리 나갔다가 어떤 술 췐 노인네가 시방 여당이 야당 되고 야당이 여당 됐으니께 2번을 찍어야 한다고 말하는 소리를 들어서 말이여. 내가 처음으로 선거 종이 받았을 때부터 지금꺼정 쭉 1번만 찍었는디 그럴 리가 있어? 차라리 상전桑田이 벽해碧海 됐다는 말을 믿으면 믿었지. 아, 술 췄으면 국으로 자빠져 자던가, 무식한 늙은이가 헛소리는. 이래서 늙으면 죽어야 혀. 이장 생각은 어뗘?"

이렇게까지 설명했는데도 이장은 여전히 몇 번을 찍으라는 말을 하지 않았다. 그놈 고집도 어지간히 쇠고집이라고 여옥은 속으로 혀를 끌끌 찼다. 그러면서 여옥은 다 식은 커피를 마시지도, 그렇다고 내려 놓지도 못하고 선거 유인물만 하릴없이 들척이고 앉아 있는 이장에게 확인하듯 물었다.

"무조건 1번 찍으면 되는 거지? 옛날부터 무조건 1번이었으니께."

그 말에 이장의 얼굴에 미소가 어리는 듯하는 걸 여옥은 놓치지 않았다. 여옥은 이만하면 되었다 생각하고 선심 쓰듯 말했다.

"얼른 커피 마시고 가서 볼일 봐. 바쁠 텐디."

이장은 비로소 난처한 상황에서 해방된 듯 남아 있던 커피를 단숨에 쭉 들이켜고 일어섰다.

"그럼 가보겠습니다. 내일 모시러 올게요. 주민등록증 꼭 챙기시고요."

이장이 인사를 챙기고 서둘러 떠난 자리에 선거 유인물이 차곡차곡 포개진 채로 남아 있었다. 맨 윗장에 있는 숫자가 여옥의 눈에 크게 확대돼 들어왔다. 1번이었다. 여옥은 입귀로 비실비실 웃음을 흘리며 중얼거렸다.

"그럼 그렇지. 죽으나 깨나 우리는 1번이라니께."

빨갱이들이 준동하여 대통령을 몰아내자는 시위가 벌어졌다는 말에 광식은 격분하여 행장을 꾸렸다. 대통령이 거처하는 서울 하늘 아래, 그것도 나라를 지키려 목숨 바친 이순신 장군이 내려다보고 있는 바로 앞에서 무엄한 짓거리들을 하는 인간들이 괘씸하여 이가 북북 갈렸다.

"고얀 것들! 나라 팔아먹을 것들!"

날선 군복에 단 훈장처럼 광식의 분노가 번쩍번쩍 빛났다. 광식의 뜨거운 분노로 인해 서울로 향하는 1호선 지하철이 활활 타버릴 지경이었다.

노약자석에 앉아 손부채를 펄럭이며 한참을 씩씩거리던 광식은 끓어오르는 분노를 주체할 수가 없어 지하철의 승객들을 향해 일장 연설을 늘어 놓기 시작했다.

"나라 없는 설움을 제깟 것들이 알기나 해? 나라 뺏기고 도적놈들에게 수탈당한 그 긴 설움의 역사를 제 놈들이 알기나 하냐고. 내가 말이야, 6·25때 나라 지키겠다고 총 들고 나간 게 열다섯 살이었어. 나라 없는 설움이 하도 뼈아파서 다시는 나라를 잃지 말아야겠다는 일념으로 내 조국을 지키러 나섰다고. 바로 옆에서 폭탄이 뻥뻥 터지고, 총알이 정수리를 스치며 핑핑 날아다니고, 뜨거운 전우애를 나누던 동료가 픽픽 쓰러져 갈 때도 나는 눈 하나 깜짝 안 했어. 왜냐? 나에겐 목숨을 바쳐서라도 지켜야 할 조국이 있었거든."

광식이 목에 힘줄을 돋우며 큰소리로 연설할 때 지하철의 승객들 중 그를 주목하는 사람은 아무도 없었다. 어느 미친 노인네의 외침에 짜증이 일어 잠깐 인상을 찌푸렸을 뿐, 지하철의 승객들은 여느 때와 다름없이 스마트폰을 보거나 자는 척 하거나 멍하니 자기 생각에 빠져 있을 뿐이었다. 사람들이 그러거나 말거나 광식은 불타는 애국의 열정으로 목소리에 더욱 힘을 실었다.

"지금 사람들은 배가 너무 불렀어. 멀건 나물죽으로 한 끼를 해결하면 바로 다음 끼니를 걱정해야 하던 시절의 배고픔을 다 잊었다고. 그런데 잘 생각해보라고. 우리가 끼니 걱정 없이 살게 된 게 다 누구 덕분이었는지를. 그건 다 저 위대하신 박정희 대통령 각하 덕분이었어. 그분께서 가난한 백성들을 긍휼히 여겨 새마을 운동을 일으키지 않았다면 우리는 여전히 초근목피로 연명해야 했을 거라고. 그뿐인 줄 알아? 그분께서 부국강병을 이루고자 노심초사하실 때 헛짓거리만 일삼던 깡패, 논다니, 빨갱이들을 뼈를 깎고 피를 말리는 결단으로 싹 쓸어버리지 않았다면 우리나라는 다시 혼란에 빠졌을 거고, 호시탐탐 기회만 노리고 있는 북괴의 야욕에 무참히 먹혔을 거라고."

광식이 자신의 주장에 취해 중언부언 떠들고 있는 동안에도 사람들은 밀물처럼 밀려왔다 썰물처럼 빠져 나갔다. 그러는 사이에 어느덧 지하철은 광식이 내려야 할 시청역에 다다랐다. 광식은 아직 할 말이 많았지만, 나머지 열정은 시청광장에서 불사르기로 하고 이 한마디만을 남기고 서둘러 지하철에서 내렸다.

"정신 똑바로 차려야 해. 지금 빨갱이들이 제 세상을 만난 듯 대통령을 쫓아내겠다고 날뛰고 있어. 이러다 나라가 망하면 너도 죽고 나도 죽고 우리 모두 죽는 거라고."

*

서북쪽 1천 킬로미터 상공에서 천천히 다가오던 그것이 점차 속도를 내기 시작했다. 그러나 아직은 그것이 다가오고 있다는 사실을 아무도 눈치 채지 못했다. 다만 감각이 아주 예민한 사람만이 정체를 알 수 없는 미세한 진동을 느낄 뿐이었다.

미애는 광화문 시위에 점차 염증을 느꼈다. 처음에 작은 조직들이 산발적으로 참여하던 집회를 범국민대책위원회가 주도하면서 주장의 범위가 점차 넓어지더니 급기야는 정권 퇴진까지 부르짖는 사태에 이르렀다. 정권 퇴진은 미애가 바라던 바가 아니었다. 미애는 단지 정부가 공약 실현에 조금 더 신경써주길 바랐을 뿐이었다. 현 정권이 퇴진하고 새 정부가 들어선다 해도 별반 달라질 것이 없을 거라고 미애는 생각했다. 그리 혁명적이지 않았던 지난 10년의 세월을 직접 목격한 탓도 있지만, 권력이 권력을 접수할 때 새로운 권력이 탄생할 뿐 새로운 삶이 창출되는 것은 아니라는 것을 이미 세계 역사를 통해 깨달았기 때문이었다. 그러므로 정권을 교체하는 것보다 감시하는 것이 더 나은 삶을 위해 훨씬 더 효율적인 방법이라고 그녀는 생각했다.

광화문 광장을 쾅쾅 울리는 연사의 연설이 더 이상 귀에 들어오지 않았다. 동의할 수 없는 주장은 그저 소음일 뿐, 아무런 감동도 마음의 동요도 불러일으키지 않았다. 미애는 슬그머니 대열에서 빠져나오며 생각했다.

'사람들은 왜 범대위의 진정성을 의심하지 않는 걸까? 우리가 가진 애초의 의지가 이렇게 많이 변질됐는데, 왜 그들이 우리와 뜻을 함께한다고 쉽게 믿어버리는 거지? 어쩌면 그들이 우리를 이용하고 있을 뿐일지도 모르는데.'

미애는 수많은 군중을 등지며 다시는 광화문 광장에 서지 않겠다고 다짐했다. 차가운 바람이 미애를 훑고 지나갔다. 몸보다 마음을 더 시리게 만드는 바람이었다.

판근은 컴퓨터 앞에서 한숨을 들이쉬고 내쉬기를 반복했다. 덕수 말만 믿고 투자한 종목이 연일 바닥을 치고 있었다. 한번 내려간 그래프는 다시 고개 들 생각을 않고 그 끝을 알 수 없다는 듯 계속 아래로 추락했다. 외국인과 기관 투자자들도 이미 손을 털고 나가 버렸다. 판근은 이러다 자신이 가진 주식이 휴지 조각이 되지나 않을까 몹시 두려웠다.

애가 탄 판근은 헛일 삼아 덕수에게 전화를 걸었다. 벌써 며칠째 통화가 되지 않았지만, 이렇게라도 하지 않으면 당장 미쳐버릴 것만 같았다. 통화 연결음이 지루하게 계속되었다. *Nella fantasia io vedo un mondo giusto, Li tutti vivono in pace e in onestà.* (환상 속에서 난 올바른 세상이 보입니다. 그곳에선 누구나 평화롭고 정직하게 살아갑니다.)

"여보세요?"

판근이 전화를 막 끊으려는 참에 저쪽에서 지친 음성이 들려왔다. 판근은 잠시의 틈도 주지 않고 화를 일시에 폭발시키며 다짜고짜 소리쳤다.

"너 이 새끼, 어떻게 할 거야? 너 나한테 이럴 수 있어?"

"뭘?"

"뭘? 뭐얼? 그걸 지금 몰라서 물어?"

"좀 더 기다려봐."

"얼마나? 얼마나 더 기다리란 말이야?"

"원래 주식은 인내력과의 싸움이야. 좀 더 기다려봐."

"새끼, 한가한 소리 하고 자빠졌네. 그러다 주식 휴지 조각 되면

네가 책임질 거야, 엉?"

"지금은 방법이 없어. 기다리는 수밖에."

지친 덕수가 전화기 저쪽에서 한숨을 포옥 내쉬었다. 그 소리를 듣자 판근은 더욱 분통이 터졌다. 확실한 투자처라고 큰소리 뻥뻥 치더니 이제 와서 기다리는 것밖에 방법이 없다고? 판근은 순간 머릿속이 하얗게 비워지며 아무 생각도 나지 않았다. 판근은 자신이 무엇을 하고 있는지 자각하지 못한 채 덕수를 향해 자신이 알고 있는 모든 욕을 쏟아 놓았다. 이미 이성을 잃은 판근에게 덕수의 심정이나 처지쯤 아무 문제가 되지 않았다.

"지금 미국이고 유럽이고 금융위기가 닥쳐서 세계 경제가 붕괴될 지경인 걸 나보고 어쩌란 말이야? 나도 지금 수억 손해 보고 있는 중이야. 나라고 열 안 받겠어? 고작 몇 천만 원 투자해 놓고 나보고 책임지라니 이게 말이 된다고 생각해?"

덕수가 전화기 저쪽에서 핏대를 올렸다. 판근은 기가 막혔다. 똥 싼 놈이 성낸다고, 이건 가당치도 않은 일이었다.

"뭐야? 이 새끼, 지금 너 말 다했어? 고작 몇 천만 원이라고? 너에겐 '고작'일지 모를 그 몇 천만 원 때문에 지금 내 인생이 망하게 생겼는데, 너 그따위로밖에 말 못하냐?"

"그러게 누가 그렇게 무리해서 투자하랬냐? 난 모르겠으니까 기다리든 말든 네가 알아서 해. 그리고 앞으로 이따위 전화 다시는 안 받을 테니까 전화하지 마. 요즘은 개나 소나 다 주식한다고 지랄이야, 씨발."

띠릭. 요망한 소리를 내며 전화가 끊겼다. 판근은 끊긴 전화를 붙들고 한참 동안 욕을 해댔다. 아무도 들어주지 않는다는 걸 잘 알았지만 눈에 뵈는 것이 없어진 판근이 달리 할 수 있는 일은 없었다. 그렇게 미친 듯이 욕설을 내뱉던 판근이 문득 자신의 말을 멈췄을 때, 한 무더기의 정적이 판근의 어깨를 짓눌렀다. 고요한 침묵이, 이 절대적인 정적의 순간이 판근은 두려웠다. 어쩌면 세상의 끝을 생각해야 할지도 모른다는 예감이 판근의 머리를 스쳤다. 판근의 볼을 타고 눈물이 주르륵 흘러내렸다.

여옥은 힘겹게 마지막 숨을 이어 가고 있었다. 마을의 젊은 이장이 여옥의 침상을 지켰다. 여옥은 젊은 이장을 향해 물었다.

"애들은?"

"지금 오고 있습니다."

"내가 얼마 못 살 것 같아. 힘들구먼."

"그런 말씀 마시고 힘을 내세요. 자녀분들 오실 때까지 이겨 내셔야 해요."

"이장도 참 얄궂네. 명이 다 했는데 억지로 버티는 것만큼 쪽팔린 게 어디 있다고."

"그래도 힘을 내셔야 합니다."

이장은 간절한 염원을 담아 여옥의 마른 손을 덥석 움켜쥐었다. 이장이 마을의 노인들을 일일이 찾아다니며 안부를 묻기 시작한 이후 벌써 여럿이 세상을 떠났다. 그들 모두가 자신의 부모인 양 이장은 그때마다 가슴이 무너지는 것 같았는데 여옥의 죽음 앞에서는 그 슬픔이 특히 더했다.

"이장, 내 마지막 유언을 할라네. 더는 안 기다리고 싶어. 지금까지도 많이 쪽팔렸어."

이장은 가슴이 먹먹하여 아무 말도 할 수 없었다. 그저 여옥의 손을 더 힘껏 움켜쥐는 것밖에는.

"이장, 나는 지금꺼정 투표할 때마다 1번만 찍었어. 그런데 1번을 찍는다고 사는 게 1등이 되는 건 아니더구먼. 앞으로 자네는 2번을 찍게나. 내 자식들한테도 전해줘. 그것들이 얼마나 알아들을랑가는 모르겠지만."

여옥의 손을 움켜쥔 이장의 손등으로 눈물이 후두둑 떨어졌다. 동시에 웃음이 터져 나왔다.

"웃으니 보기 좋구먼. 꼭 기억하게. 앞으로는 2번을 찍어."

말을 마치고 여옥은 고요히 눈을 감았다. 여옥의 숨이 잦아들고, 마침내 마지막 숨을 들이마셨을 때 그녀의 얼굴에는 아름다운 미소가 덩두렷이 떠올랐다. 그때까지도 여옥의 손을 꼭 잡고 있던 이장은 눈물을 철철 흘리며 미친 사람처럼 낄낄낄 웃었다.

광식은 텅 빈 광화문 광장에서 이순신 장군과 마주보고 섰다. 수많은 사람들의 무관심과 조롱 속에서 광식의 조국을 향한 한 조각 붉은 마음이 너덜너덜 걸레가 된 직후였다. 광식은 참담한 심정으로 이순신 장군을 향해 물었다.

"장군님, 도대체 뭐가 잘못된 것입니까? 나라는 있는데 백성은 없는 이 나라가 나라이기는 한 겁니까? 나라를 팔아먹으려는 빨갱이 무리를 소탕하지 못하고 무뢰배에게 선동되어 이리저리 휘둘리기만 하는 이 나라가 과연 온전한 나라입니까? 장군님과 나는 이런 나라를 위해 목숨을 바친 것입니까? 나는 영웅이 되려는 게 아닙니다. 이 나라의 영웅은 장군님과 박정희 대통령 각하 두 분이면 족합니다. 그런데 모두 귀 먹은 사람들처럼 도무지 내 말에 귀 기울이려 하지 않습니다. 애국으로 똘똘 뭉쳤던 과거의 백성들은 다 어디로 갔단 말입니까? 왜구와 오랑캐, 빨갱이로부터 지켜냈던 내 나라는 도대체 어디로 갔단 말입니까?"

그러나 장군은 말이 없었다. 대신 가슴을 뜯으며 눈물을 흘리는 광식을 향해 한 줄기 매운 바람이 불어와 광식의 콧속을 파고들었다. 광식은 순간 자신의 코를 싸쥐었다. 그리고 생각했다. 오늘 흘리는 나의 이 눈물은 단지 바람이 내 코끝을 찡하게 했기 때문이라고.

*

서북쪽 1천 킬로미터 상공에서 천천히 다가오던 그것이 급기야 대한민국의 하늘을 시커멓게 뒤덮었다. 이제 사람들은 그것의 존재를 다 알아챘다. 그리고 나라가 정확히 두 개로 쪼개졌다. 쪼개진 두 진영에서는 상대를 향한 각종 흑색선전과 비방이 난무했다. 바야흐로 두 진영 간 피 터지는 전투가 야기될 것인바, 그것은 파시즘과 파시즘의 대 격돌이 될 것이었다.

이 와중에 나라에서는 아무것도 안 했다. 비겁한 지식인과 자본
주의에 이성을 바친 탐욕가와 권리 대신 아무 일도 일어나지 않는
일상을 택한 사람들, 그리고 뜨거운 마음으로 타인에 대한 배려를
깡그리 태워버린 애국자를 양산할 때는 그렇게도 적극적이던 나라
가 정작 이제 와서는 아무것도 하지 않았다.

*

폐허가 된 나라에 한 줄기 따뜻한 바람이 불어왔다. 그 바람은 여
옥이 살던 무너진 집의 지붕을 어루만지고, 이제는 젊지 않은 이장
의 구레나룻을 적셨다. 이 바람으로 말미암아 봄은 오고 꽃은 필 것
이었다.

공격적
용서*

* '공격적 용서'는 최수철 소설가의 장편소설 『침대』에 나온 말로,
이 말에 영감을 얻어 이 소설을 쓰고 제목을 붙였다.

마지막으로 한 번만 더 가보자. 잊을 수는 없을 것이다. 살아 있는 동안, 아니 죽어서 다시 태어난다 해도 결코 잊어버릴 수는 없을 것이다. 그날 이후 나는 살아도 산 것이 아니었다. 나뿐 아니라 우리 가족 모두 가슴에 거대한 바윗덩어리를 하나씩 품고 죽음보다 못한 세월을 살아왔으니, 내 어찌 그 처참한 사건을 한시라도 잊을 수 있겠는가?

쓰르르 쓰르르르….

쓰르라미가 운다. 소리가 너무 커서 머리가 윙윙 울린다. 요즘은 시골이든 도시든 참매미 보기가 힘들다. 맴맴 우는 참매미는 쓰르쓰르 우는 쓰르라미와는 차원이 다르다. 참매미는 결코 저처럼 악에 받친 듯 울지 않는다. 참매미가 사라진 이유를 환경 탓이라고 말하는 걸 어디선가 들었다. 매미는 짝짓기를 위해 우는데, 소음이 많은 환경 때문에 우는 소리가 잘 들리지 않아 번식이 힘들단다. 때문에 매미들은 더욱 그악스러워지고, 그악스러워지지 못한 매미들은 도태되었다는 것이다. 맞는 말인 것 같다. 그냥 지나쳐도 될 것 같은 세상의 비밀을 누군가는 꼭 밝혀낸다. 그 말은 꼭 맞고, 그러므로 그동안 숨겨져 왔던 문제점이 드러난다. 다시, 나의 머릿속이 복잡해진다. 문제는 비밀을 밝히기 때문에 생기는가? 진실을 묻어두면 모든 문제는 사라지는가?

딸네 집으로 올라가는 언덕바지는 경사가 심하다. 웬만한 장정도 이 길을 오르려면 몇 차례 가쁜 호흡을 내뿜어야 할 것이다. 숨이 턱에 찬다. 전봇대를 짚고 서서 숨을 고른다. 다리가 미세하게 떨린다. 비닐봉지를 든 손가락이 쪼개질 듯 아프다. 매일매일 이 길을 오르내렸을 딸을 생각하니 가슴이 무너지는 것 같다.

"다리가 더 굵어진 것 같아. 알통이 생기면 곤란한데…."

제 어미와 하는 얘기를 지나가며 스쳐 들었을 때 그냥 모르는 척했다. 아는 척 해도 어쩔 수 없는 일이었다. 지금은 그게 한이 된다. 이럴 줄 알았다면, 그게 이렇게 커다란 한으로 남을 줄 알았다면 달라졌을까? 달라질 수 있었을까? 께적께적 눈꼬리에 눈물이 맺힌다. 반나마 왔으니 조금만 더 힘을 내자. 다시 다리에 힘을 주어 걸음을 옮긴다. 심장이 격렬하게 펌프질을 해댄다. 저 앞에 딸네 집이 보인다. 지척이다.

"아이고, 또 오셨네. 이리 오서, 이리 와서 잠깐 얘기 좀 해요."

1층에 사는 주인 여자가 빨래를 널었는지 대야를 옆구리에 끼고 옥상에서 내려오다 대문간에 선 나를 보고 흠칫 놀라더니 낮고 빠른 목소리로 말하고는 내 손을 막무가내로 잡아끈다. 손에 들린 검은 비닐봉지가 출렁 흔들린다.

주인집은 누가 봐도 단정하다. 주인 여자가 얼마나 부지런하게 쓸고 닦았는지 짐작할 수 있게 모든 살림이 빛이 난다. 새것은 새것대로 오래된 것은 오래된 것대로 반짝반짝 멋스럽다.

"시원하게 한잔 드세요. 바깥양반 곧 나올 거예요. 요즘 몸이 좋지 않아요. 어제도 휠체어 타고 병원에 갔다 왔어요."

"어디가 편찮으십니까?"

"노환이죠, 뭐. 늙으면 병 앞에 장사 있나요?"

"저런, 걱정이 많으시겠습니다."

"그런가 보다 해야죠."

곱게 늙은 주인 여자의 얼굴에 보일 듯 말 듯 미소가 스친다. 저런 걸 경지境地라고 하나, 달관達觀이라고 하나. 그나저나 주인 영감이 들으면 어떤 기분이 들까? 앞에 놓인 수정과를 한 모금 들이킨다. 사레가 들려 켁켁 기침이 터져 나온다. 목구멍에 걸려 있던 잣이 툭 튀어나와 수정과 잔 속으로 쏙 들어간다. 주인 여자도 나도 모른 척 한다.

"오셨습니까?"

주인 남자가 지팡이를 짚고 나온다. 걷는 건지 기는 건지 분간이 안 될 정도로 느린 속도다. 주인 여자는 그대로 앉아 있다. 부축이라도 해주면 좋으련만.

"부축해주는 것도 싫어해요."

내 마음을 읽기라도 했는지 주인 여자가 조그만 소리로 속삭인다.

지루하리만치 더딘 속도로 와서 소파에 기대앉은 주인 남자와 인사를 나누는 사이 주인 여자가 수정과를 다시 내왔다. 조심스럽고 배려 있는 마음씨라 생각되었다.

"어서 들어요, 어서 들어."

주인 남자가 소파에 앉아 한 손을 위아래로 저으며 마시기를 재촉했다. 나는 아까의 민망함이 떠올라 이번에는 입만 살짝 댔다 떼었다. 그르렁 그르렁 주인 남자의 숨소리가 들렸다. 아무런 대화 없이 흐르는 짧은 시간이 바늘방석에 앉은 것처럼 불편했다. 저 노인네, 아무래도 오래 못 살겠어. 순간적으로 떠오른 생각에 깜짝 놀라 헛기침을 한다. 앞에 놓인 수정과를 한 모금 들이키려고 손을 뻗다 다시 거둬들인다. 아무래도 조금 전의 민망함에서 쉽게 벗어나지 못하는 것이다.

"부탁이, 있습니다."

주인 남자가 한마디를 꺼내 놓고 기침을 한다. 이것이 유언이 되면 어찌하나 걱정이 될 만큼 기침은 격렬하게 터져 나온다. 딸만 아니라면 아무 관계없이 지냈을 사람의 유언을 듣게 된다면 참으로 난감할 것이라는 생각이 들었다. 아무래도 그런 일이 있어서는 안 되겠다는 생각도 동시에 들었다. 다행히 주인 남자의 기침 소리가 잦아들었다.

“미안합니다. 가끔 이런 때가 있긴 하지만 아직은 견딜 만합니다.”

이런 때는 뭐라 해야 할까? 빨리 쾌차하셔야지요? 그나마 다행입니다? 아니면, 안됐습니다? 그것도 아니라면…. 도저히 무슨 말을 해야 할지 몰라 잠자코 있는다. 그러다가 생각난 듯 주인 남자에게 묻는다.

“부탁하실 일이 뭡니까?”

말해 놓고 보니 좀 퉁명스러운 것 같다.

“그게 저, 이런 말 한다고 저나 제 아내를 원망하지 말아주셨으면 합니다. 사과를 하라면 백 번, 아니 천 번이라도 하겠습니다. 그러나 우리 처지도 이해해주셨으면 합니다.”

“그 부탁이란 것이 제게 사과할 일입니까?”

주인 남자는 잠시 머뭇거리더니 결심한 듯 말한다.

“앞으로 이 집에 발걸음하지 말아 주십시오. 미안합니다.”

가슴속으로 찬바람 한 줄기가 휙 긋고 지나간다. 애초에 여기 올 때부터 마지막이라고 결심하고 왔으나 주인 남자에게 이런 말을 들으니 무척 서운하다. 뭔가 억울한 것 같기도 하고, 분노가 솟구쳐 도무지 용서할 수 없을 것 같다는 생각이 들기도 한다. 무엇에 대해 그런 생각이 드는지도 모르면서 그런 감정들이 빠르게 소용돌이친다. 무릎을 부여잡은 손이 부르르 떨리고, 눈물이 후두둑 떨어져 손등을 적신다.

“이런 말 해서 정말 미안합니다. 저승길 앞둔 늙은이의 마지막 소원이라 생각하고 들어주십시오."

주인 남자가 힘겹게 다가와 내 손등을 그러쥔다. 홱 뿌리치고 싶었으나 그럴 수 없었다. 그르렁 그르렁 힘겹게 이어 가고 있는 주인 남자의 숨소리가 가까이서 들렸다. 마치 살려줘, 살려줘 하는 것 같았다. 아마…, 내 딸도 저렇게 죽어 갔을 것이다.

그래 안다. 그만하면 많이 봐줬다. 그 일이 있은 지 5년이 되었다. 5년 동안 주인집은 아무에게도 세를 놓지 않았다. 내가 1년에 두 번, 딸애가 태어난 날과 죽은 날 이 집을 방문하는 것도 막지 않았다. 딸애가 세들었던 2층에서 홀로 가슴 치며 울고 있을 때 함께 눈물 흘리며 애도해 준 것도 주인집 내외였다. 고마운 줄, 나도 안다. 그렇지만 내 마음을 나도 모르겠다. 왜 이렇게 화가 나는지.

"방을, 세놓으실 건가요?"

어느 정도 마음이 가라앉자 내 입에서 나온 말이란 고작 이런 것이었다. 고작이라니! 이건 내게 무엇보다 중요한 문제다. 그런 것 같다. 아니, 아무것도 모르겠다. 뭐가 중요한 건지 중요하지 않은 건지. 머릿속이 뒤죽박죽이다. 그저 딸이 보고 싶어 미칠 것 같다.

"아닙니다."

"그럼 무엇 때문입니까?"

"이젠, 놓여나고 싶습니다. 우리가 어찌 선생과 같은 마음일 수 있겠습니까? 우리가 고통스럽다한들 선생이 느끼는 고통의 십분지 일이나 느낄 수 있겠습니까? 그렇지만 우리 부부도 너무나 힘들었습니다. 남은 날이라도 그 기억에서 자유로워지고 싶습니다."

116

아무 말 없던 주인 여자가 가만히 눈물을 훔쳤다. 너무나 조용한 몸짓이어서 꾸민 듯했다. 어떤 인생을 살면 저렇게 그린 듯 참하게 살 수 있을까, 문득 궁금해졌다.

딸애는 이 집에 세든 걸 두고 '행운을 잡았다'고 했습니다. 주인집 어른이 교장으로 정년퇴직하셨고, 자식들도 다 잘된 집이라며 그 기운을 받아 자기 앞길도 잘 풀릴 것이라고 했죠. 게다가 주인 어른이 돈에 대해 뜻도 미련도 없다며 싼 가격에 전세를 내놓은 데다 집을 깨끗하게 쓰면서 잘 관리해 준다면 언제까지라도 살아도 좋으며, 그동안 전세 값을 한 푼도 올리지 않겠다고 했다면서 매우 좋아했죠. 그 돈으로는 서울 변두리는 고사하고 경기도 언저리에도 전 셋집을 구하기 힘들다면서 주인 어른이 날개만 안 달았지 천사일지도 모른다고 했습니다.

애비로서 천진하게 좋아하는 딸애를 보고 있는 것이 좋지만은 않았습니다. 저게 우리 걱정 안 시키려고 일부러 저러나 보다 싶은 마음도 있었죠. 딸애는 태어났을 때부터 단 한 번도 누구 속 썩여본 적 없이 큰 앱니다. 일찍부터 철들어 제 공부 하면서 동생들 돌보고 틈나는 대로 부모 일도 거들고 그랬습니다. 그래도 일등 한 번 놓치는 일 없이 공부를 잘했습니다. 서울로 대학 가겠다고 했을 때 많이 말렸는데, 그때 더 말렸어야 했다고 후회도 많이 했죠. 그 애가 장학생만 되지 않았어도, 이렇게 싼 전셋집에 좋은 주인만 안 만났어도 이런 일은 안 일어났을 거라고 하늘도 많이 원망했습니다.

운명이요? 네에, 운명이라면 운명이지요. 그러나 그건 딸애 팔자 탓이 아니라 부모 팔자가 기구해서 그런 겁니다. 다 부모를 잘못 만나서 그런 거지 그 애 탓은 절대 아니라는 거지요. 눈에 넣어도 안 아프다는 말 있지요? 그 애가 바로 그런 앱니다. 쳐다보기만 해도 닳을까 아까운 그런 애였단 말입니다.

그러니 얼마나 억장이 무너졌겠습니까? 시체 안치실에서 딸애 얼굴 확인할 때 마누라는 들어오지도 못하게 했습니다. 꽃 같은 딸애가 너덜너덜한 시신이 되어 누워 있는 걸 어떻게 보여줄 수 있었겠습니까? 부모와 눈이 마주치기만 해도 방싯방싯 웃어주던 그 얼굴이 엉망진창이 되었는데 말입니다.

여기에는 그때 처음 와 봤죠. 그때는 제정신이 아니었습니다. 암요, 이해하셔야죠. 그때는 오직 하늘과 땅이 맞붙어 이 세상이 다갈다갈 갈려 가루가 되기만을 바라고 있었으니까요. 이런 말 하는 걸 염치없다고 생각지 말아주세요. 현장 검증 때 몇 개의 기물이 파손된 걸 어떻게 사람 목숨과 비교할 수 있겠습니까? 더구나 그 파렴치한 앞에서 가만히 참고 있는다는 것은 도저히 말이 되지 않았습니다. 경찰이 막지만 않았더라도 나는 그 자식을 그 자리에서 죽이고 말았을 겁니다. 내가 던진 화분이 그렇게 빗나가서는 안 되는 거였는데…. 그놈의 골통을 박살내고 싶었습니다. 죄 지은 놈이 그렇게 당당하다니요. 그렇게 태연하다니요. 이놈의 세상은 이해되는 게 도통 하나도 없습니다.

만일 그놈이 그렇게 뻔뻔스럽지 않았다면 나의 분노가 덜어졌을까요? 딸애가 죽은 뒤 범인이 붙잡히면 모든 게 나아질 거라고 생각했습니다. 딸애의 억울함이 풀리기만 한다면 다 괜찮다고, 생각했었죠. 잡히기만 하면, 잡히기만 한다면. 범인이 잡히기까지 그 오랜 시간 동안 온 가족이 숨 한번 제대로 쉬어본 적 없습니다. 억울해서 도저히 견딜 수가 없었습니다. 우리가 이런데 비명에 간 딸애는 오죽할까 생각하면 잠도 오지 않았습니다. 죽고 싶지 않은 때가 한시도 없었지만 딸을 위해 내가 할 수 있는 일이 아무것도 없어서 죽지도 못했습니다. 천형, 그래요. 천형이 있다면 바로 이런 걸 두고 말하는 거겠죠. 애가 끊어지는 것 같았습니다. 그래도 살아야 한다고, 살아서 범인이 잡히는 걸 이 두 눈으로 똑똑히 봐야 한다고 다짐 또 다짐했습니다.

범인이 잡히면 어떻게 해야겠다는 생각은 없었습니다. 어서 빨리 범인이 잡혀서 딸애의 억울함이 풀렸으면 좋겠다고, 거기까지밖에 생각하지 못했습니다. 법이 정한 처벌 같은 것도 생각하지 않았습니다. 당연히 나라가 알아서 살인자를 죽여줄 거라고 생각했는지도 모르지요. 눈에는 눈 이에는 이, 이것이 정의라고. 어쨌거나 제 손으로 범인을 어떻게 할 거라는 생각은 전혀 하지 못했습니다. 그런데 그놈은 너무나 뻔뻔스러웠습니다. 세상에 이게 말이나 됩니까? 오열하는 가족에게 주먹을 쥐어 보이고, 욕설을 내뱉고, 침을 뱉고…. 그런데도 경찰은 별로 제지하지도 않더군요. 빨리 현장 검증을 끝내고 싶을 뿐이라는, 얼굴 가득 떠오른 직업적인 피로감을 굳이 감추려고도 않은 채 말입니다. 그때까지도 전 그저 눈물만 흘릴 뿐이었습니다. 범인도 경찰도 둘러선 구경꾼들도 모두 원망스 럽고, 또 그들에게 화도 났지만 어쩔 수 없었습니다. 제가 뭘 어쩔 수 있었겠습니까? 그저 범인이 재현하는 범행 장면을 숨죽이고 지 켜보는 수밖에. 내 딸의 고통스러운 비명이 가시가 되어 가슴에 박 히는 걸 망연히 바라보고 있을 수밖에요.

그런데, 그런데 말입니다. 그놈이 결코 해서는 안 될 말을 해버린 겁니다. 분하다. 천 명을 채웠어야 했는데…. 그 말이 저를 미치게 만든 겁니다. 이 세상 단 하나뿐인 내 딸이 그놈에겐 그저 천 명 중 에 한 명일 뿐이었던 겁니다. 망치로 부수고 칼로 난자해도 아무렇 지 않은 한 점의 고깃덩이, 혹은 한 개의 장난감 정도였더란 말입니 다. 내 딸이, 아아, 내 딸이 말입니다.

경찰이 원망스럽습니다. 법이 원망스럽습니다. 하늘 또한 원망스 럽습니다. 정의가 있다면, 정의가 살아 있다면 이럴 수는 없습니다.

아시다시피 그놈은 사이코패스였습니다. 이런 말을 하려니 무척 가슴이 저미는군요. 내 입으로 이런 말을 하게 되다니…. 내 딸은 열아홉 번째 희생자였습니다. 그놈의 목표대로라면 분할 것도 없 는 숫자이지요. 천 명에는 훨씬 못 미치니까요. 왜요, 이상하게 들 립니까? 그렇다면 그간의 보도를 한번 생각해 보십시오. 여론이라 일컫는 그 무수한 말들을 한번 생각해 보십시오. 내 딸의 육체를 난 도질한 그 사이코패스와 언론이 다른 게 뭡니까? 아, 이런 말을 하 려던 게 아니었습니다. 물론 당신을 탓하려는 것도 아닙니다.

어느 날, 다섯 번째 희생자의 아버지가 나를 찾아왔습니다. 아마

들어보셨을 겁니다. 딸과 귀가하던 여자가 집 앞에서 살해된 사건. 바로 그 모녀의 아버지였습니다. 나는 그를 처음 본 순간 깜짝 놀랐습니다. 저 지경이 되어서도 돌아다닐 수 있는 건가 싶었습니다. 그는 피골이 상접한 정도를 지나 마치 귀신이 걸어다니는 것 같았습니다. 나도 저럴까 싶어 내 몸을 내려다보게 되더군요. 다행인지 불행인지 그 정도는 아니었지만 내 몸도 말이 아니긴 마찬가지였습니다. 딸이 죽기 전에 80킬로였던 몸이 그새 50킬로로 내려앉았으니 말 다했지요. 앙상한 손등 위에 검버섯 핀 내 손이 생전 처음 보는 남의 손 같았습니다. 그가 내민 손을 마주잡는 순간 동병상련의 기운이 느껴졌습니다. 동시에 나는 벌써 귀신이 되었구나, 생각했습니다.

그는 나를 위로하는 말로 이야기를 시작했습니다. 자신도 똑같은 심정이었다고, 창자가 녹아내리는 고통을 누구보다도 잘 안다고 했습니다. 세상을 갈아 마시고 싶은 분노의 감정을 잘 이해하고 있노라고 그는, 말했습니다. 내가 던진 화분이 빗나가서 참으로 애석하다고도 했습니다. 자신은 혼이 나가 있어서 그런 생각은 미처 하지 못했다고, 그러나 나의 행위를 보는 것만으로도 위안을 얻을 수 있었다고 하더군요. 눈물이 걷잡을 수 없이 흘러내렸습니다. 세상에 태어나 한 번도 울어본 적 없는 사람처럼 나는 그 사람 앞에서 펑펑 울었습니다. 울면서 나는 깨달았습니다. 그동안 누구에게도 위로받지 못했다는 것을. 가족들은 저마다의 상처를 안고 힘겨워했습니다. 오히려 제가 위로해줘야 할 처지였지요. 그러나 나 또한 내 상처가 너무 크고 무거워 아무도 위로하지 못했습니다.

울고 있는 나를 바라보는 그 또한 많이 울었습니다. 그것만으로 됐다고 생각했습니다. 같은 상처를 지닌 사람들끼리 울음 말고 나눌 것이 무에 있겠습니까? 그러나 그는 울음을 그치고도 오랫동안 내 앞에 앉아 있었습니다. 나는 그에게 고맙다고 말했습니다. 그는 가만히 고개를 저었습니다. 그러고는 머뭇머뭇 말을 꺼내더군요. 실은 자신이 찾아온 이유가 따로 있다고. 그러고는 또 한참 말이 없었습니다. 나는 기다렸습니다. 그가 무슨 말을 하든 놀라지 않을 것 같았습니다.

사는 건 참으로 황망하더군요. 더 이상 놀랄 일이 없을 것 같았는데, 생각지도 못한 일로 덜컥덜컥 놀라움을 주니 말이지요. 그의 말이 끝나기도 전에 나는 그의 면상에 물컵에 든 물을 끼얹고 말았습니다. 온몸이 부들부들 떨려 아무 소리도 나오지 않았습니다. 세상에! 어떻게, 어떻게 내게….

그는 말했습니다.

"신은 애초에 감당할 수 없는 상처는 인간에게 허락하지 않습니다. 살아 있는 한 모든 상처는 잊히게 마련입니다. 죽어도 못 잊을 것 같은 상처도 세월이 가면 무뎌지게 되어 있습니다. 다만 얼마의 세월이 걸리느냐가 문제입니다. 그래서 말입니다, 죽어도 끝나지 않을 것 같은 고통에서 벗어나기 위해서는 공격적으로 용서할 필요가 있다고…."

용서하라고 했습니다. 공격적으로 용서하라고. 죽어서도 끝나지 않을 것 같은 고통에서 벗어나기 위해서는 용서가 필요하다고 했습니다. 아니요. 난 아무도 용서하지 않을 겁니다. 죽어서도 끝나지 않을 고통쯤 죽어서도 짊어질 겁니다. 이 몸이 가루가 되어 수천 수억만의 물질로 다시 태어난다 해도 나는 끝까지 고통스러울 겁니다. 해탈이나 구원 따위 필요 없습니다. 신이 인간을 긍휼히 여겼다면 애초에 이런 고통은 주지 않았겠지요. 세상에 신 같은 건 없습니다. 이 세상은 온통 악으로만 가득 찼고, 나 또한 그 악 중의 하나일 뿐입니다. 그러니 나는 아무도, 아무것도 용서하지 않을 겁니다. 끝까지, 끝이 없다면 없는 끝까지라도 나는 모든 것을 저주할 겁니다. 악에 받친 분노의 말들이 가슴속에서 소용돌이쳤습니다. 금방이라도 내 신체의 모든 핏줄들이 펑펑 터져날 것 같았습니다. 심장과 맥박이 무서운 속도로 뛰었습니다. 무수한 바늘들이 머리끝부터 발끝까지 한 치의 빈틈도 없이 잔인하게 찔러대는 것 같았습니다. 눈에 뵈는 게 없다는 말, 바로 이런 걸 두고 하는 말이더군요. 그러나 나는 결과적으로 그의 면상에 물을 끼얹는 것 말고는 아무것도 하지 못했습니다.

그는 얼굴에 끼얹어진 물을 닦을 생각도 하지 않고 굳은 듯 앉아 있었습니다. 이런 일쯤 각오하고 왔다는 듯 그는 이단의 무리 속 순교자처럼 조용히 눈을 감고 있었습니다. 나는 빨리 사라져버리라고 소리치고 싶었지만 그것조차 하지 못하고 부들부들 떨고만 있었습니다.

이윽고 그가 눈을 뜨더니 주머니에서 주섬주섬 명함 한 장을 꺼내며 말했습니다.

"기다리고 있겠습니다. 언제든 연락 주세요."

그가 사이비 종교 단체의 교주라고 생각한다면 오해입니다. 그는 단지 용서함으로써 마음의 위안을 얻고자 했을 뿐이죠. 자신이 나약한 인간임을 인정하고 순응하고자 했을 뿐입니다. 자신에게 닥친 거대한 재앙 앞에서 겸손했을 뿐입니다. 그래서 너무 많이, 외로웠을 뿐입니다. 아주 나중에야 짐작해본 것이지만 말이지요.

그 후로 오랫동안 그 사람에 대해 생각하지 않았습니다. 순간순간 떠올라 울컥울컥 목이 메고 기가 막혔지만 애써 잊으려 했습니다. 세상은 원래 그런 거라고, 가장 약한 자의 가장 연약한 부분만을 골라 소금을 뿌리는 게 세상 돌아가는 이치라고 생각했습니다. 그러나 나는 너희들의 숙주가 될 생각은 조금도 없다고 그렇게 잘난 척하며 지냈습니다. 그런데 참 이상했습니다. 잊으려 하면 할수록, 애써 밀어내면 밀어낼수록 그 사람이 한 말이 자꾸 생각나더란 말이죠. 말 같지도 않은 말이라고 무시하면 할수록 더욱 또렷이 떠올라 귓가를 쟁쟁 울렸습니다. 공격적으로 용서해, 공격적으로.

시나브로 공격적인 용서란 게 어떤 건지 나도 한번 해보고 싶다는 생각이 들었습니다.

가족들에게 나의 생각을 전했을 때 다들 미쳤다고 했습니다. 속을 끓이다 끓이다 기어이 돌아버린 거라고, 그렇지만 곱게 미쳐야 하지 않겠냐고 입에 거품을 물고 대들었습니다. 나는 미치지 않았다고 말했습니다. 그러자 이번에는 가족들이 미쳐 날뛰었습니다.

"당신이 무슨 부처님 가운데 토막이라도 돼? 자식새끼 제물로 바치고 성인군자라도 되셨나? 용서? 개코나. 용서가 무슨 애들 장난이야? 미친 소리 작작해."

차라리 미쳐버리라고 했습니다. 그러면 조금은 봐줄 수 있을지도 모른다고. 미칠 수 없다면 용서 따위 미친 소리는 집어치우라고. 자식들은 이성을 잃고 아버지인 내게 막말을 쏟아부었습니다. 그 와중에 아내는 뒷목을 잡고 쓰러졌습니다. 위태위태하게 지탱해 왔던 집안이 완전히 풍비박산 났지요.

결국 가족들은 모두 떠났습니다. 미치지 않고서 용서라는 말을 하는 내가 징그러워서 도저히 같이 살 수 없다고 했습니다. 나는 내 딸을 죽인 범인을 용서하기로 했지만 가족들에게까지 그렇게 하기를 바란 건 아니었습니다. 그들이 화를 내는 건 당연했죠. 나는 그들을 이해했습니다. 그리고 조금 후회했습니다. 그냥 미쳤다고 할 걸 그랬다고, 미치지 않고서는 숨을 쉴 수 없었노라고, 그러니 한 번만 봐 달라고.

"그래서 마지막으로 한 번만 더 와보자 했습니다. 이젠 정말 용서해보려고요."

"참 대단한 결심을 하셨습니다. 쉽지 않으셨을 텐데."

"물론 쉽지 않았습니다. 가족들과 헤어진 후로도 나는 아무것도 용서하지 못했습니다. 내게 용서하라고 말한 그 사람을 찾아갈까도 생각해봤지만 그러지 않았습니다. 그 사람의 용서와 나의 용서는 처음부터 다른 거였으니까요. 뒤늦게 깨닫긴 했지만."

"다른 거라면?"

"나는 위안을 얻고자 용서를 택한 게 아니었습니다. 내가 나약한 존재라서 신의 뜻에 순응하기로 한 것도 아니고요. 다른 식으로 고통을 느끼고 싶었습니다. 이를테면 고통의 극한이라고 할까요. 범인을 용서한 나를 영원히 용서하지 못하는 그런 고통 말입니다."

주인 내외는 무겁게 한숨을 내쉬었다.

"그건 결국 아무도 용서하지 않겠다는 뜻이군요."

"아니요, 용서할 겁니다. 모두 다 용서할 겁니다. 그러나 나 자신만은 용서하지 않을 겁니다."

주인 남자의 숨소리가 높아졌다. 아무래도 많이 힘겨운 모양이었다.

"2층을 한번 둘러봐도 되겠습니까? 마지막으로요."

"네. 그렇게 하세요."

"고맙습니다. 여러 가지로."

"별말씀을요."

"둘러보고 따로 인사는 드리지 않고 가겠습니다. 안녕히 계십시오."

구두에 발을 꿰고 현관을 나서다 말고 나는 뒤돌아서서 주인 내외에게 갑자기 생각난 듯 말했다.

"아, 집은 이제 내놓으셔도 됩니다."

2층 현관문은 잠겨 있었다. 아무래도 상관없다. 문이 열려 있었어도 들어갈 생각 같은 건 하지 않았을 것이다. 딸애는 현관문 앞에서 죽었다. 그러므로 나는 언제나 2층 현관문 앞까지만 왔다 갔다. 검은 비닐봉지에서 사과, 배, 감, 밤, 대추를 꺼낸다. 현관문 앞에 차례대로 진설해 놓으니 초라하기 그지없다. 막걸리라도 사올 걸 그랬다고 후회한다. 딸애가 어렸을 때 재미 삼아 준 막걸리를 딸애는 홀짝홀짝 잘도 받아 마셨더랬다. 아내는 어린 애한테 웬 술이냐고 눈을 하얗게 흘겼지만, 나는 막걸리를 주는 대로 잘 받아먹는 딸애가 마냥 귀여웠다. 커서도 딸애는 막걸리를 좋아했을까? 그러고 보니 다 자란 딸애에 대해서는 아는 것이 별로 없다.

편의점 아르바이트를 마치고 늦게 귀가한 딸애는 현관문을 열다가 사이코패스가 휘두른 망치에 머리를 맞았다. 피를 흘리며 쓰러졌으나 즉사하지 않아서 칼로 여러 차례 하복부를 난자당했다. 딸을 죽인 사이코패스는 범행 대상을 물색하기 위해 여러 차례 이 동네를 돌아다녔다. 그러다가 매일 밤늦게 귀가하는 딸애를 발견했고, 주인집 내외가 집을 비운 사이에 아무 이유 없이 죽였다. 아니, 이유는 있었다. 부자들을 죽이고 싶었단다. 이 모든 사실은 경찰을 통해 들었다. 그러나 내 딸은 가난했다. 그는 잘못 짚어도 한참을 잘못 짚었다. 어쩌면 그는 이미 알고 있었는지 모른다. 내 딸은 고작 세입자일 뿐이며, 가난한 고학생이라는 사실을. 집을 비운 그들은 내 딸애의 부모가 아니라 전셋집 주인일 따름이었다는 것을. 다 알고도 그는 만만한 먹잇감으로 내 딸을 택했는지도 모른다.

무섭고 아팠을 그날 밤의 딸애를 생각하니 가슴 한편이 무너지는 듯하다. 딸애가 죽을 날인 줄도 모르고 애비란 자는 평소와 다름없이 밥을 먹고 일을 하고 괜한 트집을 잡아 아내와 싸우고 티브이를 보다 잠들었다. 한순간 뒤바뀌게 될 딸애의 운명 같은 건 생각지도 못했다. 만일 아내처럼 칼에 손을 베고 접시가 깨진 걸 두고 하루종일 불안해했다면 죽은 딸애에게 조금은 덜 미안했을까?

"생전 이런 일이 없었는데, 오늘은 아침부터 왜 이럴까? 왜 이렇게 가슴이 활랑활랑 뛰는지 모르겠네."

일손을 놓고 다친 손을 시도 때도 없이 들여다보며 불안해하는 아내에게 "여편네, 뒈지게 할 일도 없나 보네. 미신 믿는 건 무식한 사람들이나 하는 짓이야. 살면서 손 한번 안 베고, 살림하면서 그릇 한번 안 깨는 사람 있나? 없는 일 만들어 괜한 애간장 태우지 말고 할 일 없으면 국으로 잠이나 자." 면박을 주지 않았다면, 그날 아침 나타난 이상한 징조에 대해 아내와 함께 불안해하고 두려워했다면 딸애는 죽지 않았을까? 오만하고 방자한 애비에게 하늘이 벌을 내린 걸까? 두려워하지 않는 자에게 하늘이 이런 식으로 경고의 메시지를 보냈던 걸까? 그렇다 하더라도 이건 너무 가혹하다. 신을 잊고 사는 것, 하늘을 두려워하지 않는 것은 나만 그런 게 아니다. 인간들은 누구나 신에게 있어 후레자식이다. 타락한 아들이며 방종한 딸이다. 그런데 왜 하필 내 딸이란 말인가, 왜 하필.

숨이 쉬어지지 않는다. 주먹으로 가슴을 탕탕 친다. 눈물은 자꾸 쏟아지는데 내 몸의 모든 구멍이란 구멍은 다 막힌 것 같다. 답답하다.

조용히 그 집을 빠져나왔다. 곧 집이 팔릴지도 모른다. 어쩌면 영원히 안 팔릴지도. 주인 내외가 일찍부터 집을 내놓았다는 걸 나는 이미 알고 있었다. 그냥 모르는 척했을 뿐이다. 서운하지만 이해하지 못할 것도 없다. 그만하면 주인 내외도 할 만큼은 했다. 살인 사건이 난 집에서 살아가는 일 또한 쉬운 일은 아닐 것이다.

쓰르르 쓰르르르….

저녁이 되어도 쓰르라미는 울음을 그치지 않는다. 쓰르라미의 울음과 나의 울음. 번식을 위해 우는 것과 자식을 잃어 우는 것이 다를 뿐 처절하긴 마찬가지일 것이다. 그렇게 생각하니 저것들 또한 애처롭다.

내려오는 길은 올라가는 길보다 한결 수월하다. 저녁이 되어서인지 바람도 불어온다. 바람 부는 언덕을 내려오며 생각한다. 나는 과연 용서할 수 있을까. 아직은 무엇을 어떻게 용서해야 하는지 모른다. 남은 가족을 다 떠나보낼 만큼 절실한 건 아니었으나 나는 용서를 택했고 가족들은 모두 떠났다. 결과적으로 그렇게 됐다. 그렇지만 나는 아직 아무것도 용서하지 못했다. 그러나 억지로라도 용서하기로 마음먹으면, 그 사람의 말마따나 공격적으로 용서한다면 나도 모르는 새 어느덧 모든 걸 용서한 나 자신을 발견할 수 있게 될지도 모른다.

언덕의 초입까지 내려온 나는 마지막으로 한번 더 그 집을 보려고 뒤돌아선다. 그러나 다른 집들에 묻혀 그 집은 보이지 않는다. 마지막이라고 했으니 정말 마지막인 게지. 발길을 돌려 동네를 빠져나온다. 바람 한 줄기가 허공을 획 긋고 지나간다.

〈추계追啓〉

그날 밤, 처절한 비명이 조용한 시골 동네의 밤하늘을 날카롭게 갈랐다. 일터에서 돌아와 고단한 몸을 누이던 동네 사람들은 연속적으로 들려오는 비명에 공포를 느꼈지만 아무도 사정을 알아보려 나서지 않았다.

"누구네 집에 싸움난 거 아녀?"

"또 누가 술 처먹고 지랄을 하나 보네."

"설마, 별일 없겠지?"

"나 아니어도 누군가는 갔겠지. 동네에 사램이 멫인디…."

각자 이불 속에서 몇 마디를 쑤얼거린 후 불도 끄고 티브이도 끄고 깊이 잠든 척했다. 그러나 그 밤 제대로 잠을 잔 사람은 철부지 어린애들과 낮부터 술에 꼴아 고주망태가 된 주정뱅이와 어릴 때 귓병을 앓아 보청기 없이는 소리를 들을 수 없는 귀머거리뿐이었다.

다음날 아침 일찍, 전날 밤 소리가 들려온 집에 경찰과 구급차가 들락거렸다. 소리를 듣고 밤새 전전반측했던 이장이 아침이 밝자마자 그 집으로 달려가 문을 두드렸다. 댓돌에 구두가 얌전히 놓여 있고, 안에서는 전화벨 소리가 끊임없이 울리고 있었지만 그 외에

별다른 인기척은 없었다. 이상하게 생각한 이장이 문 손잡이를 당겼다. 잠기지 않은 문은 쉽게 열렸다. 방문을 열고 안을 들여다본 이장은 소스라치게 놀라 자기도 모르게 엉덩방아를 찧으며 주저앉고 말았다. 한 남자가 목을 맨 채 공중에 걸려 있었기 때문이었다. 너무 놀라 한참을 멍해 있던 이장의 귀에 갑자기 천둥 치듯 전화벨 소리가 들려 왔다.

이 사실은 곧 온 동네에 알려졌고, 사람들은 하루 종일 경찰에 시달렸다. 경찰은 동네 사람들과 뒤늦게 소식을 듣고 달려온 가족들의 진술을 토대로 사망자가 살인 사건으로 딸을 잃고 이 때문에 나머지 가족과도 인연을 끊게 된 것을 비관, 자살한 것으로 결론지었다. 사망자가 죽어서까지 손아귀에 움켜쥐고 있었던 신문의 기사가 이를 뒷받침해준다고 경찰은 확신했다. 모두들 이의가 없었다.

부녀자를 연쇄 살인한 혐의로 사형이 확정돼 복역 중이던 ○○○이 21일 오전 6시 35분께 수감 중이던 서울구치소에서 자살을 기도한 것을 근무자가 발견, 병원으로 옮겼으나 22일 오전 2시 35분께 숨졌다. 법무부에 따르면 ○○○은 거실 내 105㎝ 높이의 TV 받침대에 쓰레기 비닐봉투를 꼬아서 맨 100㎝ 정도 길이의 끈으로 목을 맸으며, 발견 즉시 구치소 외부 병원으로 옮겨져 응급조치를 받았으나 결국 사망했다. 유서는 발견되지 않았으나 그의 개인 노트에는 '현재 사형을 폐지할 생각은 없다고 한다. 덧없이 왔다가 떠나는 인생은 구름 같은 것'이라는 메모가 적혀 있었다. 이에 따라 법무부는 ○○○이 최근 사형제가 사회적 이슈가 된다는 보도 등을 접하고 사형 집행에 대한 불안감 등으로 스스로 목숨을 끊은 것으로 추정했다.**

** 연합뉴스, 〈연쇄살인범 정남규 서울구치소서 자살(종합)〉, 기사입력 2009-11-22 10:36, 최종수정 2009-11-22 22:01, 강훈상 기자. 사망자가 죽어서까지 움켜쥐고 있던 신문기사 내용은 실제 있었던 서남부 연쇄살인 사건의 범인이었던 정남규에 대해 연합뉴스에서 보도한 것을 인용했다. 그러나 글의 내용에 나오는 사이코패스는 실제 인물과는 무관하며, 글에서 다룬 사건 또한 전적으로 허구임을 밝힌다.

처형

1. 수의 이야기

하루

불빛 한 점 들지 않는 어두운 공간. 잠이 오지 않는다.

이틀

곧 죽을 목숨에게 끼니를 잇게 하는 이유는 무엇인가? 늘 그것이 궁금했다. 답을 찾진 못했지만 밥을 먹는다. 의식을 치르듯, 속죄하듯. 그러나 누구에게 무엇을 속죄해야 한단 말인가?

사흘

사흘이 지났다. 밥이 들어올 때를 기준으로 날짜를 세었다. 이곳은 해가 뜨지도 지지도 않는 어둠 속, 나는 한 번도 배고픈 적 없고 그들의 양심을 믿어본 적 없다. 그러므로 밥이 제때에 들어왔다고는 생각하지 않는다. 십중팔구 내가 센 것보다 더 많은 시간이 지나갔을 것이다. 다 용서한다. 내가 그들의 입장이었을 때도 별반 다르지 않았다. 배고픈 건 삶에 대한 모욕이었으므로 남의 시간을 훔치는 것 따위는 죄가 되지 않았다. 처지가 정반대로 뒤집힌 지금도 내 생각은 변함없다.

결박된 채 몸을 굽혀 개처럼 밥을 핥는다. 몸은 이미 한참 전에 마비되었는데도 나는 온몸이 아파 견딜 수가 없다. 누가 와서 나를 묶은 끈을 조금만 느슨하게 풀어준다면 나는 그에게 내 영혼이라도 바칠 용의가 있다. 그러나 나를 다녀가는 사람이라곤 식구통으로 멀건 죽을 넣어주는 손길뿐, 이 견고한 어둠에 균열을 일으키려는 사람은 아무도 없다. 나는 잊힌 게 아닐까, 두려워진다.

정적만이 가득한 어둠 속에 홀로 앉아 있으면 나조차도 내 존재를 의심하게 된다. 격심하게 밀려드는 몸의 통증과 가끔씩 식구통을 드나드는 손길이 없었다면 나는 나를 '이미 죽은 사람'이라고 여겼을 것이다. 그러나 이렇게 살아 있다는 것과 죽은 것의 차이는 뭘까? 나는 왜 하릴없이 지나간 시간들을 세고 있는 것일까?

나흘

내 고향은 푸른 바다 파도가 밀려와 조개껍질을 삼키면 나는 바다로 돌아간다네 내 고향은 푸른 바다…

내가 갇힌 자에게 밥을 나르던 사람이었을 때 어둠 속에서 들려오던 노래가 떠오른다. 식구통의 문을 열고 죽 그릇을 들이밀려는 순간 처연하게 들려오던 노랫소리. 나는 멈칫했다. 그동안 이곳에 갇혔던 사람들은 모두 분노와 두려움으로 소리 지르고 울부짖으며 애원했다. 고통과 절망에 젖은 그들의 비명만으로도 이곳은 충분히 지옥이었다. 그런데 언제 죽을지도 모르는 저 상황에서 노래라니. 나는 식구통의 문을 열어둔 채 내 손에서 식어가는 죽 그릇을 들고 한참을 그냥 멍하니 서 있었다.

"때가 됐나요? 그런 게 아니라면 문을 닫아주세요. 빛이 너무 눈부셔요."

여인은 노래를 멈추고 노랫소리만큼이나 처연한 목소리로 말했다. 나는 뭐라 대답하고 싶었지만, 갇힌 자와 말을 주고받는 것은 금지되어 있었기 때문에 그저 죽 그릇만 밀어 넣고 조용히 식구통의 문을 닫았다. 그리고 뒤돌아 서 검은 그을음을 피워 올리는 햇불들을 지나 오면서, 앞으로 내가 돌을 던져야 할 사람이 있다면 그것은 오직 나 자신에게일 것이라는 강한 예감에 사로잡혔다.

며칠 후 흰 새 한 마리가 가시나무 울타리에 앉았다 다시 날았을 때, 나는 여인이 죽었다는 것을 알았다. 잠시 숨이 멎는 듯했지만,

그뿐이었다. 여인이 미웠다.

아아, 나는 여기에서 무엇을 할 수 있을까? 나를 감싸고 있는 이 어둠만큼이나 명백한 죽음의 시간은 올무처럼 점점 더 조여 오고, 나는 몸이 묶인 채 앉을 수도 누울 수도 없는데. 그 여인처럼 노래를 부를까? 아니면 이곳을 지나간 수많은 다른 여인들처럼 소리 지르고 울어볼까? 그것도 아니라면 나에게 시련을 준 신에게 너그러운 자비를 구걸할까? 등이 가렵다. 벽 쪽으로 몸을 밀어 등을 마찰시킨다. 아주 짧은 순간 절대의 만족감이 찾아든다. 나는 운다.

닷새

내게 밥을 나르는 사람은 누구인가? 내게 죽 그릇을 밀어 넣어 주고는 오래도록 그 자리를 떠나지 못하는 사람. 나의 마지막을 보지 못할 유일한 사람.

자신이 밥을 나른 사람의 처형을 지켜보지 못하게 하는 것이 이곳의 규칙이다. 이곳의 무수한 규칙 중 가장 마음에 드는 규칙이다. 내가 만일 어둠 속에서 노래를 부르던 그 여인에게 돌을 던져야 할 처지였다면 그 여자에게 돌이 날아들기도 전에 나는 미쳐버리고 말았을 것이다. 그랬더라면 이런 꼴로 죽음을 기다리진 않았겠지만, 미친 채 살아가는 것 또한 산 것이 아닐 것이다.

그러나 나는 궁금하다. 왜 그 여인은 이곳에 갇혔던 다른 여인들과 달랐는지. 내 마음이 왜 유독 그 여인에게서 떠날 줄을 모르는 것인지. 죽음을 앞둔 채 노래를 불렀기 때문에? 그러나 노래와 비명이 다른 점은 또 무엇인가.

이곳으로 끌려오던 날, 나는 그 여인의 노랫소리를 듣기 이전과 이후의 내가 확연히 달라졌음을 깨달았다. 동시에 내가 돌이킬 수 없는 큰 죄를 지었다는 것도. 나는 내가 미처 깨달을 새도 없이 어느덧 반역자가 되어 있었다. 의도하진 않았으나 변명할 수도, 벗어날 수도 없었다. 그러고 싶지도 않았다.

여인의 처형 이전에도 나는 신의 이름으로 자행되는 심판이 역겨웠다. 처참한 죽음의 광경도 그러했지만 자신이 던진 돌에 맞아 죽어 가는 사람을 지켜보며 혼몽의 상태로 빠져드는 사람들은 더 참을 수 없었다. 그렇다고 돌을 던지지 않을 수는 없었다. 죄인에게 돌을 던지지 않는 행위는 불온한 것이라고 이 땅의 사람들은 태어나기도 전부터 교육받는다. 이 땅의 모든 사람들은 도덕의 옷을 입고 태어나서 그것이 더럽혀지는 순간 죽는다. 우리의 도덕이란 사악한 악마의 속삭임에 귀 기울이지 않는 것. 악마의 유혹에 넘어간 사람들은 돌을 맞는다. 따라서 돌을 던지지 않는 것은 돌을 맞는 것보다 더 부도덕하다. 부도덕을 받아들이고 그것에 동조하여 악의 세력을 넓혀주는 행위로 인정되기 때문이다. 하여 나 또한 돌을 던졌다. 그러나 죄인 된 사람이 가급적 맞지 않게, 너무 가깝거나 너무 멀리 던졌다. 그래도 던진 건 던진 것이었다.

어둠에 갇혀 노래 부르던 여인을 만난 뒤 생각에 잠기는 일이 부쩍 많아졌다. 부도덕한 생각들이 꼬리에 꼬리를 물고 나를 괴롭혔다. 생각이 거듭될수록 신의 이름조차 의심스러워졌다. 나는 왜 그런지 알 수 없어서 무척 혼란스러웠다. 여인의 처형 이후에 몇 번의 처형이 더 있었고, 그동안 아무에게도 밥을 나르지 않았으므로 성을 나가 돌을 던지는 무리에 끼어야 했지만, 나는 한 번도, 그 누구에게도 돌을 던지지 않았다. 더 이상 돌을 던질 수 없었다. 그것은 인간적인 연민도, 확고한 신념도 그 무엇도 아니었다. 다만 혼란스러움이, 끊임없는 환청으로 들려오는 그 여인의 노랫소리가 돌을 든 내 손을 붙잡았을 뿐이었다.

나는 아직도 모르겠다. 잔인한 심판, 그 광란의 현장에 가담하지 않은 것이 잘한 것인지 잘못한 것인지. 여인의 노랫소리를 듣는 순간 나는 신비의 마법에 갇혔고, 그것은 내 의지가 아니었으므로 나는 아무것도 판단할 수 없다. 그러나 후회는 없다. 비록 짧은 한 생을 살다 가지만, 그동안 생각이란 걸 할 수 있었으니까. 그것은 생각다운 생각이었으니까.

엿새

내게 밥을 나르는 사람이 식구통 문을 열고 오래 울었다. 죽을 들이밀지 않고 그저 울었다. 그가 나를 오래도록 사랑하고 있었음을 깨달았다. 그가 누구인지 알 수 없어 미안했다.

"때가 되었군요. 이제 곧 괜찮아질 거예요. 어쨌거나 시간은 흐르니까요."

조심스럽게 말을 건넸다. 그는 식은 죽을 들고 가버렸다. 식구통의 열린 문으로 그의 발소리가 쿵쿵쿵 들리다가 점점 희미해졌다. 나의 말은 아무에게도 위로가 되지 못했다.

2. 창의 이야기

내 손가락의 열네 번째 마디를 자르기로 한 날 나는 그들로부터 엄청난 제안을 받았다. 그것은 뿌리칠 수 없는 것이었으므로 나는 그들의 제안을 받아들이기로 이미 마음먹었다. 그래도 마지막 의심까지 해소시킬 필요는 있었다.

"무엇 때문이죠?"

"무슨 뜻인가?"

"저는 지금껏 고독하게 살아왔습니다. 깊은 밤 남의 집 담을 넘었을 때도, 붐비는 시장 바닥에서 다른 사람의 주머니에 손을 넣었을 때도, 어느 할멈구의 노점에서 먼지 낀 사과를 슬쩍했을 때도, 심지어 이 모든 것이 들통나 손가락 열세 마디를 차례차례 당신들에게 바쳤을 때도 저는 늘 혼자였습니다."

"그래서?"

"늘 혼자이고 손가락 열세 마디가 없는 미천한 저에게 왜 그런 엄청난 제안을 하시는 거지요?"

"정말 몰라서 묻는 건가?"

"그런 일이라면 저 말고도 할 사람이 많이 있을 텐데요."

"우린 자네가 미천한 자 중 가장 미천한 자라고 생각했네. 그뿐일세."

"제게 약속하신 일이 실제로 이루어질 거라고 어떻게 보장하죠?"

"신의 이름으로 이 나라가 하는 약속일세. 더 질문 있나?"

"아니요, 됐습니다."

멋들어지게 수염을 기르고 검은 선글라스를 낀 남자가 턱짓으로 나를 가리키자 문 앞에 서 있던 남자가 다가와 서류를 내밀었다.

"이 서류에는 이 나라와 자네의 약속이 기록되어 있네. 서명하게."

"저는 글을 읽을 줄 모릅니다. 한번 읽어봐 주시겠습니까?"

"흐음. 의심이 많은 친구로군. 다시 한번 말하지만 미천한 자네에게 신의 이름으로 이 나라가 하는 약속일세."

검은 선글라스의 남자가 꼬았던 다리를 풀며 의자에서 일어섰다. 전혀 서두를 것 없다는 태도로 나에게 다가와서는 내 코앞에 자신의 얼굴을 들이밀었다.

"원한다면 이 일은 모두 없었던 것으로 해두지."

검은 선글라스의 남자가 얼굴을 거두고 일어서자 문 앞에 서 있던 남자가 서류를 접어 자신의 제복 윗주머니에 넣고는 다시 문 앞으로 돌아갔다. 나는 다급해졌다.

"좋습니다! 서명하죠."

문 앞의 남자가 서류를 꺼내 들고 다시 내 앞에 섰다. 서류에는 일정한 간격과 형태를 이루며 검은 글자들이 몇 줄 적혀 있었다. 나에게 제안한 내용보다 긴 듯도 짧은 듯도 했다. 나는 문 앞의 남자가 쥐어준 펜으로 그 남자가 짚어주는 곳에 동그라미 하나를 그려 넣었다. 문 앞의 남자가 다시 서류를 접어 제복 윗주머니에 넣고는 문 앞으로 돌아갔다.

"행운을 비네."

검은 선글라스의 남자가 내 등을 툭툭 치고는 돌아섰다. 문 앞의 남자가 절도 있는 동작으로 돌아서서 문을 열었다. 검은 선글라스의 남자가 장화 신은 발을 들어 문 앞으로 내디뎠다. 그가 문을 나서려는 순간 나는 다급하게 그를 불러 세웠다.

"나리!"

선글라스의 남자가 돌아서자 문을 향해 돌아서던 문 앞의 남자가 다시 내 쪽으로 돌아서서 날카롭게 외쳤다.

"뭔가?"

"저어, 한 가지 여쭐 말씀이 있습니다."

검은 선글라스의 남자가 문 앞의 남자를 제지하며 내 쪽으로 느리게 한 발짝씩 다가왔다. 이윽고 내 앞에 다다른 검은 선글라스의 남자가 말했다.

"말해보게."

"그런데 저와 간통한 죄로 죽게 될 여자는 누구입니까?"

"귀신 들린 여자지. 그 여자는 신과 우리의 도덕을 모욕했네."

"그럼 그 여자와 정말 간통을 하란 말입니까? 저는 총각의 몸인

데요."

"그 여자는 이미 죄를 저질렀네. 자네와는 아무 상관없는 일이
네."

"그럼 그 여자의 상대를 죽이면 되지 않습니까?"

"그는 이곳에 없네. 어쩌면 영원히⋯. 더 이상 질문은 받지 않겠
네."

"하지만 나리."

"충고 하나 하지. 생각은 언제나 위험한 거라네."

검은 선글라스의 남자가 문을 나서자 문 앞의 남자가 나를 잠시
쏘아보더니 황급히 검은 선글라스의 남자를 뒤쫓았다. 그들이 나
가자 밖에서 문 잠그는 굵은 쇠사슬 소리가 들렸다.

그날 저녁에 나는 다른 방으로 옮겨졌다. 준비된 비단옷을 입고
성화聖畫가 그려진 긴 복도를 지나 포도나무 덩굴이 섬세하게 양각
된 나무 문을 열자 저물어 가는 황혼의 풍경을 가득 담은 커다란 창
이 눈에 들어왔다. 나는 시중드는 사람들에 둘러싸여 왕의 거처와
도 같은 화려한 방 안으로 쭈뼛쭈뼛 들어섰다.

"발 씻을 물을 대령했습니다. 우선 발을 씻고 조금만 기다리십시
오. 곧 저녁식사를 준비해 올리겠습니다, 나리."

가장 나이 들어 보이는 남자가 이야기를 마치자 젊은 남자가 물
이 든 대야와 수건을 가지고 와 내 발밑에 무릎을 꿇었다. 내가 당
황하여 어쩔 줄 모르고 있는 사이 가장 나이 들어 보이는 남자가 황
금색 의자를 내 엉덩이 밑으로 밀어 넣었다. 중심을 잃고 의자 위로

털썩 주저앉자 무릎 꿇은 남자가 내 신발을 벗겼다. 고릿한 발 냄새가 온 사방에 진동했다. 무릎 꿇은 남자는 이에 아랑곳하지 않고 섬세한 손길로 내 발을 씻겼다. 발 씻은 물이 혼탁해지자 다른 남자 하나가 깨끗한 물이 든 대야를 가져왔다. 무릎 꿇은 남자는 더러운 물이 든 대야를 그 남자에게 전해주고 깨끗한 물로 내 발을 헹궜다. 그러고는 하얀 수건으로 내 젖은 발을 닦은 후 발 닦은 수건을 대야에 담아 가지고 나갔다. 모든 동작이 부드럽고 온화했다. 잠시 후 진수성찬이 차려진 식탁이 들어왔으나 나는 내내 얼떨떨하여 먹는 둥 마는 둥 식탁을 물렸다.

"필요하신 게 있으시면 이 끈을 당기십시오, 나리. 저희는 물러갔다가 내일 다시 오겠습니다."

시중드는 사람들이 방에서 모두 나갔는데도 문 잠그는 소리는 들리지 않았다. 나는 그 밤 내내 흥분하여 잠을 이루지 못했다.

'나를 나리라 부르다니! 그들이 벌써부터 약속을 지킨 건가? 정말 며칠 후면 막대한 돈과 세상에서 가장 아름다운 여자와 지금보다 훨씬 더 안락한 삶이 오로지 내 것이 된단 말인가? 아아, 이런 행운이 내게 오다니. 이게 꿈은 아니겠지? 제발 꿈이 아니라면 속히 오고, 꿈이라면 영원히 깨지 말지어다.'

다음 날 새소리가 들리기도 전에 나는 잠에서 깼다. 그다음 날, 또 그다음 날도 나는 이 세상 누구보다 일찍 일어나 하루를 열었다. 곧 시작될 새 인생을 기다리는 내게 모든 밤은 너무 길었다. 그리고 그 모든 날 나는 빨리 잠들었다. 곧 이루어질 소망을 그리며 보내는 모든 낮은 내게 너무 길었다.

　내 소망은 열세 마디의 잘린 손가락을 다이아몬드로 채우는 것이었다. 그리고 그 끝에 붉은 빛으로 반짝이는 루비를 박아 넣는다면 금상첨화일 것이다.

3. 묘월의 이야기

　수, 그곳에 있는 것이 너라는 걸 알아. 아무도 말해주지 않았지만, 나는 어디서든 너를 알아볼 수 있어. 너의 숨결, 그 은밀한 곳에서 맡아지던 그 달콤한 내음을 어찌 모를 수 있겠니. 한숨과 눈물로 젖어 있던 순간조차 나를 황홀하게 만들던 너의 냄새를. 수, 너는 갇혀 있고, 너는 죽어 가는 짐승 같고, 그 어느 때보다 짙은 향기를 풍기고 있다. 그리하여 지금 이 순간, 나는 슬픔보다 더한 슬픔을 느낀다. 수, 내 아름다운 연인.

　물기를 머금은 너의 푸른 눈. 그때 난 너의 눈을 찔렀어야 했어. 너를 소경으로 만들고, 소경이 된 너를 내 것으로 만들고, 내 것이 된 너를 영원히 내 것이게 했어야 했어. 나는 너를 위해 방부제를 만들고, 너를 위해 너의 배를 가르고, 너를 위해 너의 뼈를 다듬고, 나의 신전에 너를 봉인했어야 했어, 너를 위해. 또 나를 위해.

　이젠 너무 늦었어. 너는 너의 그 푸른 눈으로 너무나 많은 것을 보아버렸어. 더 이상 순결하지 않은 너의 눈. 나를 분노케 하는 너의 눈. 수의 눈.

수, 나는 네 고난의 기원을 알아. 그러나 함부로 말해주진 않을 거야, 그 누구에게도. 그게 죽음을 앞둔 내 하나뿐인 연인이라 할지라도 말이야. 어쩌면 너는 이미 모든 걸 알고 있을지도 모르지. 그렇다 해도 나는 끝까지 입을 다물 거야. 아무 말도 하지 않을 거야. 오, 수, 너는 어쩌자고 그런 짓을 저지른 거니?

손가락 열세 마디가 없는 남자가 너의 짝이라는구나. 가련한 수. 나는 처음부터 아무것도 믿지 않았어. 일생 동안 단 한 번도 마주쳐본 적 없는 남자와 간통이라니. 성에 나서 성에 살며 돌을 던질 때 외에는 성 밖으로 한 발짝도 나가보지 못한 네가, 숫처녀인 네가, 성스러운 네가, 손가락 열세 마디가 없는 남자의 정부情婦, 더러운 창녀라니. 말이 안 된다고 생각했지. 그러나 이곳은 말 안 되는 말이 말이 되는 곳. 순결한 성처녀인 네가 더러운 이름으로 말없이 죽어가는 곳. 향기 잃은 복사꽃잎이 식은 재처럼 흩날리는 곳. 아아, 수, 너를 위해 할 수 있는 게 아무것도 없다. 그날처럼.

그날은 성벽을 넘어오는 바람에서 피 냄새가 전혀 느껴지지 않았어. 그 말은 아무도 죽지 않는 평화로운 날들이 며칠째 이어지고 있다는 증거, 성처녀인 우리들은 즐거운 마음으로 삼삼오오 팔짱을 끼고 아름다운 정원을 거닐었지. 아무도 죽지 않고, 아무도 갇혀 있지 않은 날의 하늘은 푸르고 높고 시렸어. 녹색 잔디, 녹색 담쟁이덩굴, 녹색 나무, 녹색 풀. 하늘 아래 펼쳐진 것은 온통 녹색, 그 위로 용암처럼 뜨거운 장미가 피어났지. 붉게, 붉게, 아주 붉게…. 우리는 앞치마에 꽃잎을 따 모으기 시작했어. 앞치마에 수북이 꽃잎이 모였을 때, 그것을 서로의 얼굴에 던지며 놀았지. 장미 향으로 가득 찬 정원에 바람이 불 때마다 청량한 성처녀들의 웃음이 꽃잎 따라 너울너울 가시나무 성벽을 넘어갔어.

수, 우수에 찬 나의 연인아. 그날 너는 저녁 어스름처럼 서서히 다가와서는 순식간에 운명을 옭아버리고 말 악마의 그림자를 이미 보고 있었는지도 모른다. 장미 가시가 너의 손등을 찌르고, 찔린 자리에서 장미꽃잎보다 더 붉은 피가 흐르는 것도 알아채지 못한 채 그렇게 홀로 멍하니 있었던 걸 보면. 너의 푸른 눈, 깊게 젖어드는 너의 눈, 그러나 더 이상 아름답지 않은 너의 눈, 수의 눈. 꽃잎처럼 점점이 너의 앞치마를 적시는 피를 보고도 나는 너에게 다가갈 수 없었다. 나의 수, 하나여서 하나일 수 없는 나의 나. 더 이상 아름답지 않은 나의 너. 나는 많이 아팠다.

시간이 어떻게 흘렀는지 나는 모른다. 끊임없이 이어지는 성처녀들의 웃음소리에 건성으로 답하며 나는 오직 너만을, 붉은 피가 뚝뚝 듣는 너의 손등을, 악마의 그림자를 보아버린 너의 눈을, 텅 빈 너의 체념을 그저 바라보고만 있었을 뿐. 푸른 기가 잦아든 너의 눈, 이미 너무 많은 걸 보아버려 더 이상 아무것도 담을 수 없는 너의 눈, 텅 빈 동공, 수의 눈. 아, 그때 너의 눈을 찔렀어야 했는데.

너의 피가 하늘을 붉게 적시고, 검은 새 한 마리가 놀라 자지러질 때였다. 성처녀들이 뿌려 놓은 붉은 장미꽃잎을 짓이기며 그들은 왔다. 그러고는 아무 저항도 하지 않는 너를, 꽃잎 같은 너를, 피 흘리는 너를 무자비하게 짓밟으며 옭아맸지. 순간, 녹색의 정원은 어두운 그림자로 가득 차고, 천사의 음악 같던 성처녀들의 웃음은 어느새 지옥의 불구덩이에서 솟아나는 비명으로 변했어. 혼돈 속의 혼돈. 생각은 정지하고, 내 피는 모두 얼어붙었지. 손가락 하나 까딱할 수 없는 거대한 무기력증이 밀려오고, 나는 아무것도 할 수 없었다. 피 흘리며 끌려가는 너를 바라보는 것조차도.

수, 나의 아름다운 연인. 언제나 내 것이었지만 한번도 내 것이었던 적 없는 나의 나. 너로 인해 평화로운 날들은 모두 끝났다. 빛의 암흑만이 내게 남은 날의 전부다. 태양은 빛을 잃고 새들은 더 이상 노래하지 않으며 꽃들은 검붉게 시들어갈 것이다. 성처녀들의 웃음은 말라가고 대신 피 냄새 가득한 붉은 회오리만 가시나무 성벽을 넘나들 것이다. 이제 이 세상은 아름다움이 삭제된 새로운 사전이 될 것이다. 그리고 나는, 너를 잃은 나는 하늘과 땅이 맞붙는 기적의 순간을 영원히 기다리게 될 것이다.

수, 문틈으로 벽 사이로 어둠 너머로 너의 향기가 스며 나와. 오늘의 끝이 내일이 아닌 너, 모레의 어제가 내일일 수 없는 너, 더 이상 나일 수 없는 너. 네가 죽어갈수록 향기는 더욱 짙어지고, 네 향기로 나는 점점 더 숨이 막혀 와. 지금 나는 네가 갇혀 있는 방문 앞에 서 있어. 내 손에 들린 죽 그릇은 이미 다 식었고, 너는 한 끼의 식사를 건너뛴 채 곧 죽게 될 거야. 내 눈물이 독이라면 죽 그릇에 펑펑 쏟아 네 앞에 들이밀 텐데. 수, 차라리 다른 여자들처럼 울고 소리 지르며 발버둥치지 그랬니. 살려달라고, 살려만 주면 무엇이든 하겠다고, 개처럼 당신의 똥을 핥을 수도 있다고 애원하지 그랬니. 비굴하게, 처참하게, 무지막지하게. 그랬다면 나는 당장 감옥 문을 부수고 너를 데리고 나왔을 텐데. 그랬다면, 밝은 빛이 너의 푸른 눈을 태워버리기 전에 네 눈을 찔러 너를 소경으로 만들고, 너를 내 것으로 만들고, 너의 배를 갈라 나를 잉태시킨 채 성스러운 나의 신전에 영원히 봉인했을 텐데. 수, 너는 아무 일 없는 듯 조용하고, 너의 향기는 나를 늘 어지럽게 하고, 죽 그릇은 식어가고, 나의 눈물은 독이 아니고, 너는 더 이상 내가 아니고….

그러나 오늘의 끝은 영원, 끝도 시작도 없는 영원, 비로소 너는 내가 되고 나는 네가 되는 신비의 공간.

수, 죽 그릇이 식었어.

안녕, 수. 내 사랑.

4. 그리고 나머지 사람들의 이야기

태양은 머리 위에서 모든 것을 태워버릴 듯 이글거렸다. 오랫동안 가뭄이 계속된 벌판에서는 마른 바람이 불 때마다 황색 먼지가 화르륵 피어올랐다. 그것은 종이에 붙은 불꽃처럼 맹렬했지만 또한 순식간에 지나갔다. 어느새 커다란 구덩이를 파 놓은 장정들은 그들이 완성한 구덩이 근처에 모여 앉아 담배를 피웠다.

"자네 또 딸을 낳았다며? 이번에 낳은 딸이 여섯째던가 일곱째던가?"

"여섯 번째 딸일세."

"어허, 걱정이 이만저만 아니겠네 그려."

"이번에 낳은 딸도 성으로 들여보낼 생각이라네. 그곳에는 남자
가 없으니까."

"쯧쯧, 딸들을 전부 처녀귀신 만들 작정이로구만."

"그래도 돌에 맞아 죽는 것보단 낫겠지. 내 딸들 인물이 이만저
만해야지. 그년들 커가는 거 볼 때마다 심장이 저려서 잠 한숨 편히
못 잤다네. 그래도 성에만 들어가면….."

"성도 이제 더 이상 안전한 곳이 아니에요."

"뭐라고?"

"모르셨어요? 이번에 처형당하는 사람이 성처녀라는 걸요?"

"그게 말이 되나? 성처녀는 그야말로 성스러운 사람들인데."

"아저씨들도 참 고루하시네. 어디 사랑이 사람 보고 찾아드나요?
스치는 바람결에도 스며드는 게 사랑이라구요."

"그래도 그곳에는 남자가 없는데 어떻게 부정한 짓을 저지를 수
있겠나?"

"설마 성처녀들이 처형 때마다 성 밖으로 나온다는 사실을 모르
고 하시는 말씀은 아니죠? 이곳에서 처형이 얼마나 자주 벌어지는
지는 처형을 위해 구덩이를 팔 때마다 굴러 나오는 해골만 봐도 알
수 있는 일이죠. 반만 썩은 해골들도 저는 숱하게 봤다구요."

비웃듯 내뱉는 청년의 말에 여섯 번째 딸을 낳은 남자의 얼굴이

흙빛으로 변했다.

어느새 사람들이 하나둘씩 몰려들기 시작했다. 구덩이를 팠던 장정들은 몰려든 사람들이 던지기 좋도록 여기저기에 돌무더기를 쌓느라 땀을 뻘뻘 흘렸다. 사람들이 몰려들자 건조한 땅 여기저기에서 흙먼지가 폴폴 일었다. 장정들의 땀 속으로 흙먼지가 녹아들어 마치 장정들이 누런 땀을 흘리는 것처럼 보였다. 입속으로 콧속으로 흙먼지가 들어간 사람들은 연신 기침을 토해냈다. 개중 약삭빠른 사람들은 손수건이나 마스크로 코와 입을 가렸지만, 대부분은 흙먼지에 고스란히 노출된 채 기침과 뒤섞인 이런저런 잡담들을 주고받았다.

"어제 시장에서 공들여 키운 토종닭을 헐값에 팔았지 뭔가. 요즘은 장사꾼이고 손님이고 죄다 도둑놈들밖에 없다니까."

"그 집 어른은 여전하신가? 올해 몇이시지?"

"애가 어쩌나 똑똑한지 세 살도 되기 전에 글자를 줄줄 읽는다니까요."

"뭐니 뭐니 해도 기술을 배워야 해. 곧 이 나라에도 기술자가 특급 대우 받는 때가 온다니까."

무논의 개구리처럼 와글거리는 사람들을 뚫고 전령이 도착했다.

"자, 곧 죄인들이 옵니다. 모두들 준비하세요."

전령의 말이 떨어지자 사람들이 돌무더기로 모여들어 한바탕 소란을 피웠다. 거대한 흙구름이 사람들의 머리 위로 둥실둥실 피어올랐다. 뿌연 장막에 갇힌 사람들의 표정은 무심했다.

"더러운 것!"

군중 속의 누군가가 소리를 지르자 사람들이 너도나도 침을 뱉고 양손에 든 돌을 맞부딪혀 딱딱 소리를 냈다. 마른 땅은 금세 사람들의 침으로 젖어들었고, 그 위로 돌 부스러기가 떨어져 내렸다.

"일동 차렷!"

구령과 함께 사람들의 무리가 양쪽으로 갈라졌다. 갈라진 사람들 사이로 죄수들이 입장했다. 흰 옷을 입고 굵은 줄로 포박된 한 쌍의 남녀였다. 죄수들을 이끌고 온 집행관은 구덩이 근처에 다다르자 여자를 발로 차 구덩이 속으로 밀어 넣었다. 그러고는 남자를 끌어당겨 여자의 얼굴이 가장 잘 보이는 구덩이 가장자리에 세웠다. 갈라졌던 사람들이 다시 하나로 모여들어 웅성거리자 집행관이 군중을 향해 조용히 하라고 소리쳤다. 그가 부스럭거리며 주머니에서 집행명령서를 꺼내 들자 긴장된 고요가 군중 속으로 번져갔다. 누군가 침을 꼴깍 삼키는 소리가 들렸다.

"여기 이 두 사람을 보라. 이들은 더 이상 사람이 아니다. 사람의 얼굴을 한 악마다. 이들은 더러운 욕정으로 신을 모욕했고, 우리의 질서를 어지럽혔다. 이들은 처녀의 몸으로 남의 남자를 탐했고, 욕정에 눈이 멀어 처녀를 범했다. 똑똑히 보아라, 지금 우리 앞에 있는 사악한 자들의 뻔뻔스러운 얼굴을! 이들은 회개를 모른다. 왜냐하면 이들에겐 영혼이 없기 때문이다. 이들에게 들리는 건 오직 악마의 속삭임뿐, 이들은 신의 목소리를 알지 못한다. 악마는 속삭인다. 더 큰 욕망과 죄악으로 이 땅을 물들이라고, 순수한 영혼을 흔들어 신을 욕되게 하라고, 이 땅에 악마를 위한 제단을 쌓으라고. 우리는 경계해야 한다. 악마의 저 간교한 입술을. 시도 때도 없이 뻗어 오는 악마의 저 교활한 손길을. 그리하여 나는 신의 이름으로 명령한다. 악의 세력이 우리의 순수한 영혼을 짓밟기 전에 서둘러 돌을 들어라. 죄악으로 물든 악마의 경전에 힘껏 돌을 던져라. 저들을 산산이 부서뜨려 신의 위대함과 우리의 도덕이 승리하게 하라."

집행명령서를 다 읽은 집행관이 그것을 다시 접어 주머니에 넣었다. 그러고는 서 있던 곳에서 한 발짝 나서서 구덩이 속에 앉아 있는 여자를 향해 돌아섰다.

"시작하라."

집행관이 낮지만 절도 있는 목소리로 명령하자 구덩이를 팠던 장정 중 한 사람이 구덩이 속으로 들어갔다. 그가 바지 뒤춤에서 검은 자루를 꺼내 그것을 여자의 머리에 씌우자 둘러선 군중들이 양손에 든 돌을 맞부딪혀 딱딱 소리를 냈다. 그는 여자의 머리에 씌운 자루를 목 부분에서 끈으로 단단히 동여매고는 자루의 끝을 위로 서너 번 치켜들었다. 자루가 단단히 씌워진 걸 확인하고 구덩이에서 나온 그는 구덩이에서 나올 때 땅을 짚었던 손을 탁탁 털었다. 뽀얀 먼지가 손바닥 부딪치는 소리와 함께 풀썩풀썩 피어났다.

"처형!"

집행관이 소리치자 돌을 맞부딪혀 딱딱 소리를 내던 사람들이 구덩이로 몰려들었다. 맨 앞줄에 선 사람들이 여자에게 침을 뱉고 욕설을 퍼부었다. 그러자 뒤에 선 사람들이 돌을 든 손을 치켜 올리며 한 목소리로 외쳤다.

"죽여! 죽여!"

첫 번째 돌이 여자를 향해 날아들었다. 빗나갔다. 두 번째 돌이 여자를 향해 날아들었다. 두 번째 돌은 여자의 어깨를 맞혔다. 세 번째 돌이 날아들었다. 세 번째 돌은 정확히 여자의 머리로 날아들었다. 딱 소리와 함께 여자의 머리를 덮은 검은 자루가 천천히 짙어져 갔다. 다시 돌들이 날아들고 여자의 몸 여기저기에서 피가 튀어 그녀가 입은 흰옷을 붉게 물들였다. 피를 본 사람들이 흥분하기 시작했다. 뒤에 선 사람들은 앞줄에 선 사람들이 돌을 던지고 미처 돌아서기도 전에 그들을 밀치고 앞으로 나섰다.

"악마, 더러운 창녀! 죽여, 죽여!"

돌을 던지고 뒷줄로 간 사람들이 빈주먹을 하늘로 치켜들고 계속해서 소리쳤다. 무수한 돌들이 찢기고 뭉개진 여자의 육체 위로 떨어졌다. 여자의 숨은 멎은 지 이미 오래, 여자가 있던 자리에 자그마한 돌무덤이 생겨났다.

여자의 시체가 보이지 않자 사람들은 묶인 채 가장 잘 보이는 곳에서 여자의 처형 장면을 지켜보던 남자를 향해 시선을 돌렸다. 광분한 사람들 몇몇이 그를 끌고 들판의 끝으로 갔다. 그들을 필두로 사람들이 길게 줄을 지어 뒤따랐다. 마침내 들판의 끝에 다다른 사람들은 남자를 향해 침을 뱉고 욕을 했다. 사람들이 남자를 둥글게 에워싸자 그들 중 한 사람이 앞으로 나와 칼을 뽑았다. 이를 본 남자의 얼굴이 하얗게 질렸다.

"아냐, 아냐. 이건 약속이 다르잖아. 나는 아무 죄 없어. 난 그저 도둑질을 했을 뿐이야. 내 손가락의 열네 번째 마디를 잘라. 기꺼이 내놓겠어. 자, 보라구. 열세 개의 마디가 없는 내 손을 똑똑히 보란 말야. 이 손에서 열네 번째 마디를 잘라, 자르라고. 내 목은 아니란 말야."

땀과 눈물로 뒤범벅된 채 남자가 부들부들 떨며 소리쳤다. 칼을 뽑아든 사람이 남자의 목에 칼을 들이대자 남자의 가랑이 사이가 흠뻑 젖었다. 남자는 바지가 젖은 줄도 모르고 계속해서 미친 듯이 소리를 질렀다. 그러나 그것도 잠시, 뚜렷한 음절을 이루었던 소리는 처절한 비명으로 바뀌었고 조금 더 지나자 그것마저 멈췄다.

서로서로 어깨를 겯고 빙빙 돌며 노래를 부르던 사람들이 뿔뿔이 흩어지자 벌판은 다시 고요해졌다. 그리고 벌판에 어둠이 내렸다. 바람이 불었고, 그때마다 피 냄새에 섞여 마른 흙먼지가 날렸다. 까마귀가 날아들어 죽은 남자의 심장을 파먹었다. 몸통과 분리된 남자의 머리는 벌판의 가장자리에 똑바로 세워져 있어 마치 그의 몸통을 땅속에 심어 놓은 듯하였다. 남자는 두 눈을 반쯤 뜬 채 잘린 머리로 벌판의 가장자리에 꼿꼿이 서서 자신의 심장이 까마귀에게 파먹히고 있는 것을 지켜보았다. 바람이 남자의 머리카락을 사정없이 흩뜨렸다. 흩어진 머리카락 사이로 벌판의 흙먼지가 모여들었다.

이때 흰옷을 입은 여인 하나가 벌판의 어둠을 가르며 새로 생긴 돌무덤으로 다가오고 있었다. 그 여인은 죽은 여자에게 돌을 던지지 않은 유일한 사람이었고, 죽은 여자에게 죽 그릇을 나르던 사람이었으며, 죽은 여자가 죽어갈 때 홀로 운 사람이었다. 그리고 죽은 여자에게 돌을 던지기 위해 성문을 나섰던 성처녀들이 다시 성으로 들어올 때의 혼란을 틈타, 조용하고 재빠르게 성문을 빠져나간 용감한 성처녀였다.

여인은 마치 영원을 순례하고 마지막 목적지에 도착한 사람 같은 몰골로 돌무덤에 얼굴을 묻었다. 어깨가 심하게 요동쳤지만 퉁퉁 부은 눈에서는 눈물이 흐르지 않았다. 한참을 그렇게 돌무덤을 끌어안고 울던 여자는 천천히 허리를 일으켜 세웠다. 그리고 아주 느린 동작으로 돌무덤의 돌을 하나씩 걷어냈다. 돌을 집어내는 손길이 심하게 떨렸다. 밑에 있는 돌일수록 피가 많이 묻었다. 여인은 피 묻은 돌을 옆으로 따로 빼놓았다. 마침내 죽은 여자의 옷자락이 보이기 시작했다. 여인의 손이 바빠졌다. 하나씩 들어내던 돌을 이제는 손바닥으로 밀어냈다. 그 와중에 여인의 가운뎃손톱이 빠졌다. 죽은 여자의 핏자국 위로 여인의 피가 뚝뚝 떨어졌다.

죽은 여자의 시신은 처참했다. 형체를 알아볼 수 없이 철저하게 흩어진 살과 뼈가 비린 냄새를 풍겼다. 여인은 고개를 돌려 토했다. 이제는 더 이상 희지 않은 옷소매로 입가를 닦아낸 여인은 죽은 여자의 흩어진 살과 뼈를 한데 모았다. 여인은 눈을 감고 주문과도 같은 소리를 중얼거리기 시작했다.

"오늘의 끝은 영원, 끝도 시작도 없는 영원. 수, 죽 그릇이 식었어. 이제는 나의 신전으로 가야 할 시간. 그곳에서 비로소 너는 내가 되고 나는 네가 되지. 안녕, 안녕 내 사랑."

중얼거림을 멈춘 여인이 눈을 번쩍 뜨고 옷을 풀어헤쳤다. 풀어헤친 옷 사이에서 시퍼렇게 날이 선 비수가 떨어졌다. 여인은 냉정한 눈빛으로 비수를 쏘아보았다. 천천히 손을 뻗어 비수를 들어올렸다. 비수는 손아귀에 맞춤하게 쥐어졌다. 여인은 한데 모은 살과 뼈를 다시 한번 바라보았다. 여인의 검은 눈이 기쁨으로 빛났다. 그러고는.

갈라진 배에서 창자들을 꺼냈다. 뱃속이 텅 비자 여인은 죽은 여자의 흩어진 살과 뼈를 그 속에 집어넣었다. 꽉 깨문 입술이 뜯겨나갔다. 악문 이들이 부서져 나갔다. 점점 감겨오는 여인의 눈에 성스러운 신전의 제단이 보였다. 보름의 달빛처럼 밝고 따스한 빛이 신전에 가득 고였다. 천사의 음악과도 같은 웃음소리가 신전 곳곳에 메아리쳤다. 아아, 마침내 하나가 된 나의 나. 죽어 가는 여인의 얼굴 가득 웃음이 피어났다.

거대한
무덤

빛이 움직일 때마다 색이 바뀐다. 그러니까 순간의 빛을 포착하는 것이 중요하다. 엄밀히 말해 이것은 비법도 마법도 그 무엇도 아니다. 그냥 저절로 알게 된 어떤 것일 뿐이다. 그러므로 이것은 나만이 가진 특별한 재주는 아닐 것이다. 그럼에도 불구하고 나는 여기에 있다. 고독과 분노와 슬픔을 철근처럼 씹어 먹으며 오직 살아야겠다는 그 생각 하나로 무수한 나날을 버티고 있다.

또 다른 색깔로 어둠이 오고 있다. 앞서 간 사람은 누구보다 이 어둠의 빛깔을 잘 이해한 사람이었을 것이다. 어제와 오늘의 삶이 다르듯 어제의 어둠과 오늘의 어둠이 얼마나 다른 빛을 띠는지 잘 알았으므로 그는 그들이 원하는 세상을 그렇게 빨리, 그토록 완벽하게 창조했을 것이다. 그의 재주만큼이나 어리석은 짓이었다.

그렇다고 차일피일 완성을 미루는 나의 행위가 어리석지 않다고 자신할 수는 없다. 어차피 나의 목숨은 그들의 손에 달린 것이니까. 내가 그림을 완성하든 하지 못하든 그들에겐 아무런 차이가 없을 것이다. 화룡점정, 용의 눈동자를 대신 찍을 사람은 얼마든지 있다. 앞서간 사람의 뒤를 이어 내가 왔듯이. 중요한 건 살아남는 것이지만, 살아남기 위해서는 무엇이 중요한지 도무지 알 수 없다. 그래서 그렇게 많은 사람들이 속절없이 죽어 갔을 것이다.

앞서간 사람은 108가지 인간의 고통을 그렸다. 닮은 듯하지만 제각기 다른 고통의 모습이 소름끼치도록 세밀하게 묘사되어 있다. 인간의 고통이 이토록 여러 가지 모습이라니! 탄식이 절로 터져 나왔다. 실로 어둠의 결을 감지할 수 있는 자만이 얻을 수 있는 경지였다. 그러므로, 십중팔구 그의 죽음은 그의 뜻이 아니었을 것이다. 그의 재주가 새삼 아깝고 원망스럽다.

무릎을 끌어안고 그 위에 얼굴을 묻는다. 나는 얼마나 더 살 수 있을까? 이런 물음이 떠오를 때마다 나도 모르게 눈물이 솟구친다. 그러나 이를 악물고 울음을 삼킨다. 아직은 울 때가 아니다. 나는 이것이 앞서간 사람들과 내가 다른 점이라고 믿고 있다. 그러므로 나는 그들처럼 허망하게 죽지는 않을 것이다.

다시 눈을 들어 앞서간 사람이 그린 그림의 어느 한 점을 바라본다. 눈동자. 그곳에는 분노로 이글거리는 눈동자가 있다. 저 눈동자는 108가지의 눈동자 중 몇 번째 눈동자였을까? 나는 그것이 그가 그린 마지막 눈동자였기를 바란다. 그러나 나는 그것이 그가 그린 마지막 눈동자가 아니란 걸 안다. 그는 저 타오를 것 같은 분노를 잊었다. 그의 절망이 분노를 삼켜버렸을 것이지만, 그것은 당연하고 또 어쩔 수 없는 일이었을 것이지만, 그랬기 때문에 그는 죽은 것이다. 분노를 잊는 순간 삶은 인간을 버린다. 그러니까 절대로 울어선 안 되는 것이다. 다시 한번 이를 악물어본다. 아주 조금 힘이 나는 것 같다.

어둠이 깊어졌다. 모든 눈동자들이 어둠 속으로 잠겨든다. 이로써 나는 또 하루를 살았지만, 살아 있는 이 순간을 어떻게 받아들여야 좋을지 모르겠다. 환희에 떠는 기쁨으로? 고요한 감사로? 희망에 찬 기대로? 모든 것을 체념한 슬픔으로? 다시 이 악무는 의지로? 모르겠다. 도무지 모르겠다. 하루가 지나고 새날이 오는 것이 이렇게 엄중한데, 여태껏 그걸 모르고 살았다. 언제나 먹고사는 문제로 골머리를 앓았지만, 주린 배를 채우는 것이 유일한 생존의 문제라 생각했지만, 그러므로 먹는 문제를 해결하며 살아남는 것보다 더 중한 건 없다고 믿었지만 끝이 없을 것 같은 하루하루를 사는 것과 언제 끝날지 알 수 없는 하루하루를 사는 것은 차원이 다른 일이었다. 겨우 연명하는 삶을 살았어도 그전의 삶은 지금보다 한결 쉽고 가벼웠다. 저 벽에 그려진 108가지의 번뇌가 온통 내 차지였던 그때가 오로지 한 가지 번뇌에 강하게 사로잡힌 지금보다 한결 편했다.

"거기에만 가면 평생 먹고사는 문제는 해결될 게야. 먹고사는 게 다 뭔가. 임금의 눈에만 든다면 평생 호사를 누리고 살 텐데."

아전이 귓가에 속삭일 때만 해도 나는 아전의 말을 곧이곧대로 믿었다. 그것은 너무나 달콤하고 당연한 말이었으므로 나는 다른 생각을 할 수 없었다. 새 임금이 새 나라를 세우고 나라의 부흥을 기원하는 의식을 치르는 것은 너무나 당연했다. 백성은 그대로인데 나라만 바꾼다는 것은 섶을 지고 불에 뛰어드는 것이나 마찬가지일 것이다. 과거를 그리워하든 미래를 도모하든 정통성이 없는 현재는 모래 위에 쌓은 성이나 매한가지일 터. 그리하여 모든 왕은 자신의 정통성을 위하여 큰일을 벌이고, 백성들을 자신의 백성들로 환골탈태시키려 한다. 크게 일을 벌이면 벌일수록 좋다. 혼이 나가도록, 그리하여 과거의 왕을 잊고 미래의 왕을 그리워하지 않도록. 이때 소수의 선택받은 백성들에게 달콤하고 큰 은혜를 베푸는 것은 필수다. 그래야만 선택받지 못한 다수의 백성들이 현재 왕의 큰 은혜를 갈구하며 그의 발 아래 무릎을 꿇고 머리를 조아리게 된다. 왕의 성은을 입는 것은 평생이 걸려도 이루지 못할 꿈임을 잘 알지만, 그렇기 때문에 그 꿈은 더욱 간절해진다. 소원이 간절해질수록 굴욕조차 충忠이 된다. 백성이 누구라 할 것 없이 왕의 충성스러운 신하가 되고자 할 때, 나라는 절로 다스려지게 된다. 그러므로 나는 아전의 말을 믿었다. 나는 새로운 백성의 본보기가 될 것이다. 임금의 성은을 입고, 새 나라의 정통성을 세우고, 임금의 충성스러운 신하가 될 것이다. 부강한 나라에서 부유하게 살며 내 아내를, 내 자식들을, 또한 나 자신을 잘 먹이고 잘 입힐 것이다. 그리하여 임금의 큰 은혜에 보답하는 일 말고는 단 한 점의 걱정도 없는 세상을 누리게 할 것이다. 그러므로 하등 망설일 이유가 없었다.

가장 아끼는 붓 한 필만 챙겼다. 그림을 그리기 위한 모든 것이

제공될 터였지만, 무엇이 되었든 그림의 마지막 한 점에는 나의 붓으로 임금을 향한 나의 지극한 마음을 담고 싶었다. 그러나 나는 뜻한 바를 이루지 못하게 되었다.

눈을 가린 채 내가 도착한 곳은 사막의 한복판이었다. 나를 데려간 자들은 나를 개처럼 다루었다. 먼저 입고 간 옷을 모두 벗기고 다짜고짜 마구 때리기 시작했다. 처음엔 당황스러워서, 나중엔 무서워서 연유를 물을 수 없었다. 입에서 붉은 핏덩어리를 토했다. 가슴은 불타는 듯했고, 숨을 쉬기 어려웠다. 잠시 시야가 까무룩해지는가 싶더니 이내 차가운 것이 온몸을 덮었다. 다시 정신이 들자 쿨룩쿨룩 기침이 나왔다. 찬물에 흠뻑 젖은 몸이 덜덜 떨려왔다.

"나는 수문장이다. 앞으로 너의 일거수일투족은 나의 것이다. 내 말에 저항하지 마라. 그렇지 않으면 오직 죽음만이 네 차지가 될 것이다."

그늘에 숨어 모든 것을 지켜보던 자가 내게 다가와 말했다. 그러고는 내 눈앞에서 내가 가져간 가장 아끼는 붓을 두 동강 내었다.

"바깥의 일은 모두 잊어라. 이제부터 너에게는 오직 지금 이곳, 현재만이 존재할 것이다."

이 말과 함께 나는 현재에 갇혔다. 나는 벌거벗긴 채 어느 좁은 방으로 던져졌다. 혼자였지만 가릴 것이 필요했다. 그러나 방 안에는 아무 것도 없었다. 심지어 그림 그릴 도구조차도. 손으로 사타구니만을 간신히 가렸다. 벽에 등을 기대자 송곳 같던 신경이 조금은 느슨해지는 것 같았다. 그러자 살갗이 터진 몸 이곳저곳이 아파왔다. 나는 비로소 속았다는 것을 깨달았다.

　다음 날 새벽, 수문장이 졸개를 데리고 와서 거친 죽과 낡은 옷을 던져주었다. 그뿐 아무 말도 하지 않았다. 그렇게 며칠인지 알 수 없는 날들이 흘렀다. 빛과 어둠이 교대로 좁은 방 안을 드나들었다. 빛이 바뀔 때마다 그림을 그리고 싶었다. 손이 저 홀로 움직여 바닥에 형체 없는 형상을 만들었다. 알 수 없는 분노가 조금씩 싹트고 있었다.

　어느 날 수문장과 졸개가 와서 나를 조금 더 큰 방으로 끌고 갔다. 수문장은 손짓하여 졸개를 먼저 내보내고 내가 해야 할 일을 말해주었다.

　"너는 미륵을 그려라. 백팔번뇌로 가득 찬 세상을 구원할 미륵을 말이다. 미륵은 곧 임금이어야 할 것이다. 임금은 용호와 같이 용맹하고, 학과 같이 기품 있으며, 새끼를 품은 암사자와 같이 자애롭다. 이 나라와 천하를 구하기에 모자람이 없다. 내 말의 뜻을 알겠느냐?"

　나는 고개를 끄덕였다.

　수문장이 나가고, 나는 어둠 속에서 한참을 멍하니 서 있었다. 시간이 흐르고, 서서히 빛이 들자 방 안이 조금씩 제 모습을 드러내기 시작했다. 그제서야 나는 방을 둘러보았다. 두 벽면은 무슨 그림인가로 가득 차 있었고 한쪽 벽은 텅 비어 있었다. 가까이 다가가 보니 108가지 인간의 고통을 그린 듯했다. 빈 벽은 그림의 동쪽에 위치했는데, 아마도 저 빈 벽이 내가 그려야 할 미륵의 자리인 듯했다. 그리고 바닥에는 정과 끌, 붓과 물감 들이 널려 있었다. 천장은 사람의 손이 닿지 않은 듯 울퉁불퉁했는데, 두 벽면에 그려진 그림과 잘 어울리도록 거친 세상을 표현하기 위해 일부러 그런 것 같았다. 방은 전체적으로 선사시대 혈거인의 동굴같이 생겼는데, 툭 터진 한쪽 벽면은 쇠창살로 막혀 있었다. 그리고 쇠창살 사이로 창과 칼로 무장한 군인들이 견고한 청동상처럼 미동도 없이 서 있는 것이 보였다. 저들은 아마도 나를 감시하기 위해 있는 자들일 것이었다.

그날부터 나는 앞서간 사람이 그린 108가지의 번뇌를 도를 닦듯 바라보고 또 바라보았다. 수문장은 그림을 아는 사람이었다. 그는 매일 그림의 진척 상황을 보러 왔지만 한번도 나에게 그림을 재촉하지 않았다. 아무것도 그리지 않았는데도 말이다. 대신 앞서간 사람이 그린 그림을 바라보는 나를 한참이나 관찰하다 돌아가곤 했다.

그러던 어느 날 수문장이 내 귓가에 속삭였다.

"너와 내가 그림을 안다고 모두가 그림을 아는 것은 아닐 것이다. 임금은 성격이 불같고, 새 나라를 세운 뒤 나라와 백성을 위하는 마음이 조급하기 이를 데 없으니 이 점을 잘 유념해라. 너의 재주를 알아본 죄로 지금까지 내 아무 말 안 했다만, 더 이상 이대로는 안 될 것이다. 이것은 너와 나의 문제가 아니다."

소름이 돋았다. 그의 말은 낮았으나 도저히 거역할 수 없는 힘이 있었다.

대저 힘이란 무엇인가? 나는 힘이란 강한 것이라고 생각했다. 부딪쳐 깨질지언정 힘껏 부딪치는 것, 그러나 힘껏 부딪쳐도 깨지지 않도록 더욱 단단해지는 것, 그리하여 모든 것을 부수고 무너뜨려 그 발 아래 엎드리게 만드는 것이 힘이라고 생각했다. 그러므로 왕은 충분히 강한 사람이었다. 그러나 그보다 더 강한 것이 있었다. 내가 한 번도 생각해보지 못한 힘이었다. 그것은 새롭고 강력했으며 또한 무서웠다.

수문장이 내게 속삭인 그날 이후로 나는 왕보다 수문장을 더 두려워하게 되었다. 그는 부드러운 위엄으로 나에게서 분노를 앗아갔다. 나는 수문장이 진정으로 나를 이해하고 있으며, 또한 나를 가엾이 여긴다고 생각했다. 나의 재주를 아끼는 그가 죽음으로부터 나를 끝까지 보호할 것이라는 희망을 품었다. 그러므로 내가 기대고 충성을 바쳐야 할 사람은 왕이 아니라 수문장이었다. 그런 생각이 든 순간부터 나는 왕을 잊었다. 왕을 잊어버리자 왕이 가진 힘 따위는 전혀 두렵지 않았다. 그것은 너무나 멀고 막연했다. 대신 수문장이 가진 힘은 너무나 가깝고 직접적이었다. 게다가 부드럽고 융통성이 있었다. 그것이야말로 진짜 힘이었다.

다음 날부터 나는 그림을 그리기 시작했다. 그러나 가급적 천천히 그렸다. 미륵의 윤곽을 완성하기까지 열흘이 걸렸다. 수문장이 와서 보고는 아무 말도 하지 않았다. 미륵의 윤곽을 정교하게 하기까지 다시 열흘이 걸렸다. 수문장이 와서 보고는 말했다.

"기교가 심하다. 다시 그려라."

나는 지금껏 그린 그림을 모두 지웠다. 그리고 그 밤 내내 울었다. 나를 살리고자 하는 수문장의 배려가 가슴에 사무쳤다.

나는 다시 아주 천천히 그림을 그렸다. 그것이 수문장의 배려에 대한 보답이라 여겼다. 가능한 시간을 끌어 목숨을 보전하는 것. 이번에는 윤곽을 완성하는 데 열사흘이 걸렸다. 수문장이 와서 보고는 아무 말도 안 했다. 나는 안심했다. 더 이상 앞서간 사람이 그린 백팔번뇌를 쳐다보지 않았다. 빛의 변화에도 신경 쓰지 않았다. 날이 가고 오는 것에도 무관심했다. 어두워지면 자고 날이 밝아 눈이 떠지면 아주 천천히 그림을 그렸다. 수문장이 몇 차례 왔다 갔지만 여전히 아무 말도 하지 않았다.

그러던 어느 날 나는 다시 눈이 가려진 채 어디론가 끌려갔다. 끌려간 그곳에서 나는 처음 왔던 날처럼 심한 매질을 당했다. 그날과 다른 것이 있다면 가린 눈을 풀지 않았다는 점뿐이었다. 고작 눈을 가렸을 뿐인데, 두려움은 처음의 그날과 비교할 바가 못 되었다. 볼 수 없다는 것은 아무것도 알 수 없다는 거였다. 여기가 어디인지, 누가 내게 매질을 하는 것인지 볼 수 없었으므로 무엇 때문에 내가 매질을 당하는 것인지, 언제까지 맞아야 하는 것인지, 과연 살아서 나갈 수나 있을 것인지 그 무엇도 알 수 없었다.

열사의 바람이 휘몰아치듯 뜨겁고 격한 시간이 흘러갔다. 그러나 사람의 시간으로는 그것이 얼마만큼이었는지 계량할 수 없었다. 영겁이 흘러간 것 같기도 하고 아주 짧은 순간에 지나지 않는 시간이 지난 것 같기도 했다. 마찬가지로 나의 존재마저 혼란스러웠다. 어쩌면 벌써 죽은 것 같기도 하고 아직 살아 있는 것 같기도 했다. 아픔도 두려움도 느껴지지 않았다.

눈을 뜬 것은 그림을 그리던 방이었다. 108가지 번뇌로 가득 찬 세상 속에 나는 처참하게 내동댕이쳐져 있었다. 윤곽뿐인 미륵이 세상의 장삼이사들과 함께 무력한 짐승일 뿐인 나를 긍휼히 내려다보고 있었다. 몸을 일으키려 하였으나 되지 않았다. 날카로운 통증이 송곳처럼 몸 이곳저곳을 찔러댔다. 너무 아팠으나 눈물조차 나오지 않았다.

내 몸이 지닌 생명력은 실로 놀라웠다. 심한 상처를 입었음에도 나는 점차 회복되어 갔다. 아직 누르고 푸른 멍이 다 가시지 않았고, 찢긴 상처에 고름이 맺혔으나 걷고 움직일 수 있었다. 나는 다시 도를 닦듯 가부좌를 틀고 앉아 108가지 번뇌를 바라보기 시작했다. 완전히 낫지 않은 몸이 뒤틀리듯 아팠다. 그러나 내가 할 일이란 오직 그것뿐이라는 듯 나는 벽을 마주하고 앉아 오래도록 앞서간 사람이 그린 그림을 바라보았다. 그렇게 며칠이 흐르도록 수문장은 나타나지 않았다.

"사람이 되고자 해서는 안 된다. 너의 처지를 잊지 마라."

내가 그린 미륵의 윤곽을 지우고 있을 때 수문장이 와서 말했다. 나는 그를 돌아보지 않았다.

"멍이 아직 남았구나."

순간 눈물이 나올 듯했으나 아랫입술을 꾹 깨물었다. 또다시 속아서는 안 된다. 힘을 가진 자들은 모두가 한통속이다. 왕도, 그의

신하도. 결국은 왕이 가진 힘이 더 센 것이었다. 왕의 힘은 멀고 막
연했지만 강력하고 폭넓었다. 신하가 가질 수 있는 힘이란 왕의 그
늘에서나 가능한 것이었다. 그것이 아무리 가깝고 직접적이라 해
도 왕의 그늘이 없다면 무용지물일 뿐이었다. 수문장이 부드러운
말과 거짓 배려로 끝까지 나를 속이려 했다면, 그날 가린 눈을 풀어
주었어야 했다. 가린 눈을 풀고 내가 보는 가운데 매질을 가했다면
나는 그것 또한 수문장의 숨은 배려라 생각했을 것이다. 죽이지 않
기 위해 매를 치는 것이라고. 이것이야말로 임금도 어쩌지 못하는,
수문장만이 가진 힘이라고 굳게 믿었을 것이다.

수문장은 돌아보지도 않는 나의 등 뒤에 서서 오랫동안 내가 하
는 양을 지켜보았다. 그가 화를 내며 나를 해칠까봐 두려웠지만 아
주 잠시뿐이었다. 그가 아무리 화가 난들 왕의 허락 없이 나를 어쩌
진 못할 거라는 걸 나는 깨달아 이미 알고 있었다.

"한 가지만 묻겠습니다."

이윽고 수문장이 발길을 돌려 나가려 할 때 내가 돌아서며 말했
다.

"무엇이냐?"

"그림을 그려도 되겠습니까?"

"이미 그리고 있지 않느냐?"

"진짜 그림 말입니다."

수문장은 대답 없이 내 얼굴을 뚫어지게 바라보았다. 나는 수문
장을 마주 바라보았다. 당돌한 짓이었다. 그러나 전혀 두렵지 않았

다. 수문장의 거친 수염이 미세하게 떨리는 듯했다. 그러고는 곧 보일 듯 말 듯 미소를 지었다.

"그건 네 할 탓이다. 그러나 오래 기다려주진 않을 것이다."

그때로부터 한 달여가 흘렀다. 백팔번뇌로 가득한 세상의 동쪽에 미륵은 서 있었다. 눈도 코도 입도 없이 그저 무력하게 서 있을 뿐이었다. 나는 면벽하여 명상하며 차일피일 완성을 미루었다. 그동안 수문장은 한번도 다녀가지 않았다. 나는 상관하지 않았다.

내일 날이 밝으면 나는 죽게 될지도 모른다. 수문장의 인내심도 한계에 다다랐을 것이다. 왕 앞에 조아린 머리가 언제 떨어질지 몰라 그도 두려울 것이다. 그래서 나를 대신하여 왕을 닮은 미륵을 그릴 새로운 화공을 찾고 있는지도 몰랐다. 어쩌면 이미 찾았는지도. 그것이 그동안 그가 이곳에 한번도 발걸음하지 않은 이유였는지도 모른다.

포근했던 어둠이 견고하고 차가운 빛깔로 짙어졌다. 춥지도 않은데 몸이 으슬으슬 떨려왔다. 갑자기 아내가 보고 싶어졌다. 복숭아처럼 말랑하고 향기로운 아내의 분홍빛 젖무덤에 얼굴을 묻고 펑펑 울고 싶다. 내가 온 곳도 갈 곳도 생각지 않으며, 오직 순간만이 존재한다는 듯이 그렇게.

아내는 내가 이곳에 오는 것을 극구 말렸다.

"집안에 남정네도 없이 나 혼자 어쩌란 말이오?"

걱정이 되지 않는 것은 아니었다. 양쪽 다 조실부모하고 저자에서 어찌어찌 만난 사이라 딱히 돌봐줄 사람이 없었다. 게다가 아내

172

는 천성이 게을렀다. 혼인한 후로는 게으름이 부쩍 심해져 처녀 적에 호구지책으로 삼던 남의 집 일도 하지 않았다. 그저 집에서 빈둥거리며 먹을 게 생기면 먹고 없으면 굶었다. 남의 집에 품을 대주기는커녕 이웃에 놀러 가는 것도 귀찮아하던 아내는 가까이 지내는 이웃 하나가 없었다. 내가 없다고 굶어 죽지야 않겠지만, 나 없는 핑계로 집안 꼴이 엉망일 게 자명했다. 그렇다 해도 이미 한 결심이었다. 잘만 하면 평생 호사를 누리며 살 수도 있었다.

"젊어 고생은 사서도 한다 했소. 나중에 옛말 하며 살 날이 반드시 올 것이오. 내 꽃가마 타고 금의환향할 것이니 그때까지 조금만 참읍시다."

이 말에 아내는 눈물을 뚝뚝 흘리며 말했다.

"내일이 어찌 될 줄 알고 나중을 말씀하시오? 꽃가마고 금의환향이고 나는 다 싫소. 가지 마오."

"어린애처럼 왜 이러시오?"

아내의 어깨를 감싸 안고 달래주려 하자 아내가 팩 토라졌다.

"나는 고작 어린애일 뿐이니 가지 말고 임자가 보살펴주시구려."

토라진 모습조차 예쁜 아내였지만 나는 짐짓 화난 척 얼굴을 꾸몄다.

"이게 어디 나 혼자 잘살자고 하는 일이오? 다 당신과 자식들을 위한 일이거늘, 어찌 이리도 강짜가 심하시오?"

"아직 태어나지도 않은 자식들은 퍽도 생각하시는구려."

"당신도 생각을 좀 해보시오. 앞으로 태어날 자식들이 벼슬아치의 자식이 되느냐 그저 일개 환쟁이의 자식이 되느냐가 달린 문제요."

"벼슬은 누가 거저 준답니까? 괜히 김칫국 먼저 마시다가 탈나지말고 송충이는 솔잎이나 먹읍시다."

"어허, 누가 김칫국을 마신다고 그러시오? 그리고 송충이라니, 그게 지아비에게 할 소리요?"

"말이 그렇다는 것 아니오. 당신 재주라면 밥 굶는 일은 없을 테니 가지 마오. 제발 이렇게 빌 테니 가지 마오."

길고 긴 실랑이 끝에 어느새 밤은 깊어지고, 더불어 운우雲雨의정情까지 깊어졌다. 아내의 몸 위에서 내 마음은 흔들렸다. 아내의몸은 따뜻하고 달콤하고 차졌다. 내 몸과 마음을 온통 빨아들여 한점 터럭도 남겨 놓지 않을 것 같은 아내의 몸은 내게 뿌리치기 힘든유혹이었다. 나는 거칠게 용을 쓰며 아내의 몸 위에서 울부짖었다.

"너는 어쩌자고 이런 몸을 갖고 태어난 게냐, 어쩌자고."

그런 날들이 며칠간 이어졌다. 황금빛 미래와 아내의 몸이 내뿜는 색의 유혹 사이에서 나는 번민했다. 하루에도 몇 번씩 결심의성城을 쌓았다 허물었다 하는 동안 마음이 걷잡을 수 없이 약해지려 하고 있었다. 이대로는 안 되겠다 싶어 나는 아내의 동의도 얻지못하고 깊은 밤 아내의 곁을 몰래 도망치듯 떠나오고 말았다. 아내는 배신감을 느꼈을 것이다.

그때 떠나오기 전에 내가 뿌린 씨앗들은 열매를 맺었을까? 배신감 때문에 아내가 혹여 다른 마음이라도 먹는 것은 아닐까? 살아남기만 한다면, 살아서 돌아가기만 한다면 강보에 싸인 어린 것을 보게 될지도 모른다. 아아, 그 아이는 사내일까, 계집일까? 나는 있을지 없을지도 모르는 아이가 미치도록 보고 싶었다. 그리고 너무나 간절하게 살고 싶었다.

잠깐 잠이 들었던 모양이다. 무슨 소리가 나서 정신을 차려보니 이미 날이 희읍스름하게 밝아오고 있었다. 눈을 비비고 일어나 벽 속의 미륵을 바라보았다. 미륵은 표정 없는 빈 얼굴로 세속의 고통을 조용히 응시하고 있었다. 순간 욕지기가 치밀었다. 오늘도 미륵의 얼굴을 완성하기는 영 글렀다.

평소와는 달리 바깥이 몹시 소란했다. 사람들이 이리저리 몰려다니며 고함지르는 듯한 소리가 그리 멀지 않은 곳에서 들려왔다. 쾅쾅 쇠 두드리는 소리도 났고, 무엇인가 무너져 내리는 소리도 들렸다. 수문장과 군인들이 내는 소리는 아닌 것 같았다. 그들은 언제나 바람결처럼 아주 작은 소리만 냈다. 어떤 때는 그런 소리마저 들리지 않아 철창 틈으로 밖을 내다보면 무장한 군인들이 이쪽을 노려보며 미동도 않고 서 있어서 염통이 놀라 쪼그라들기도 하였다. 그렇다면 이 소리는 누가 내는 걸까? 만일 수문장과 군인들이 내는 소리라면 오늘은 평소와는 다른 무슨 일인가가 벌어지고 있는 것일까? 이곳에 있는 사람들을 모두 죽이는 대량 학살이라도? 나는 오늘 정말로 죽게 되는 것일까? 바깥이 몹시 궁금했으나 철창 바깥으로 보이는 것은 뿌연 먼지가 떠도는 텅 빈 뜨락뿐이었다.

나는 철창에 매달려 무언가 나타나기를 기다렸다. 그리고 멀어졌다 가까워졌다 이내 다시 멀어지는 소리들을 들으려고 귀를 기울였다. 그러나 그 소리들이 무엇을 의미하는지 알아내기는 힘들었다. 그것은 그저 하나로 뭉뚱그려진 모호한 외침이었다.

바깥 살피는 것을 포기하고 다시 안쪽으로 들어와 면벽했다. 108가지 인간의 고통들이 빛이 밝아짐에 따라 점점 선명하게 떠올랐다. 그것은 바깥의 외침 소리와 어울려 더욱 실감 났는데, 바깥의 외침이 어떤 종류의 것인지 알 수 없어 더욱 그러했다.

"아, 이것이 바로 지옥이구나."

그림을 마주하고 명상에 잠겨 있던 내 입에서 저절로 탄식이 흘러나왔다. 먼 훗날은커녕 바로 한치 앞에서 벌어지는 일조차 모르는 게 인간이다. 그렇기 때문에 인간은 앞으로의 일까지 미리 당겨 기뻐하고 슬퍼하고 화내고 근심한다. 어쩌면 영원히 일어나지도 않을 일을 걱정하느라 주름이 깊게 패고 머리가 하얗게 세는 것을 모른다. 간장이 조여들고 쓸개가 말라간다. 그러므로 인간에게 있어서 정말로 고통스러운 것은 영원히 배고프고, 영원히 불에 타고, 영원히 꽁꽁 얼며, 영원히 뱀과 지네에게 물리는 지옥의 살풍경이 아니라 우리가 바로 눈앞에서 벌어지고 있는 일조차 모른다는 사실일 것이다. 모든 것은 모름에서 비롯된다. 몰라서 기쁘고, 몰라서 슬프고, 몰라서 화나고, 몰라서 걱정된다. 바로 한 치 앞을 몰라 생긴 108가지의 번뇌가 그 자체로 지옥이라면, 인간이 살아가는 일 또한 그 자체로 지옥일 것이다. 지옥이 따로 없고 인간이 살아가는 삶 그 자체가 지옥이라면 극락 또한 따로 없을 터, 그러므로 미륵이 도래한 새 세상은 허구다. 새로운 왕이 등극한 새 나라가 속임수였듯, 미륵이 수천 번을 도래한대도 세상은 바뀌지 않을 것이다.

나는 일어나 얼굴 없는 미륵에게 다가갔다. 그리고 정과 망치를 들어 벽에 서 있는 미륵을 지워나가기 시작했다. 망치가 울릴 때마다 벽에서 돌가루가 떨어졌다. 그것이 바로 미륵의 실체인 듯 여겨졌다.

흐르는 땀 위로 돌가루가 쏟아져 온몸이 돌가루로 뒤덮였다. 눈과 코와 벌린 입으로도 돌가루의 미세한 입자들이 쏟아져 들어왔다. 얼굴은 금세 눈물과 콧물로 뒤범벅되었다. 입속에서 돌가루가 지끔거려 계속 침을 뱉었지만 이내 소용없는 일이란 걸 알았다. 미륵을 그리는 일보다 지우는 일이 훨씬 더 고통스러웠다. 그러나 그 일을 그만둘 수는 없었다. 그래서는 안 될 일이었다. 나는 어차피 죽을 목숨이다. 더 이상 거짓된 말로 백성을 속이는 일도, 그 말에 현혹된 백성이 개죽음을 당하는 일도 없어야 할 것이다. 내 뒤에 오는 자가 더 이상 백성을 속이는 그림을 그릴 수 없도록, 그리하여 결국에는 어떠한 자도 이곳에 와서 자신의 개 같은 죽음과 대면할 필요가 없도록 나는 이 벽을 부수고야 말 것이다. 정을 때리는 망치에서 불꽃이 튀었다. 이 정도면 아름다운 마지막이 될 수 있을 것이다.

미륵의 몸통을 다 지우고 얼굴만이 덩그러니 남았을 때, 내가 갇힌 방의 철창이 부서지고 한 떼의 사람들이 쏟아지듯 몰려들었다. 그들은 각자 손에 망치며 도끼며 나무 몽둥이를 들고 있었다. 벗은 듯 입은 듯 나와 같은 옷을 입은 사람들이었다. 나는 얼어붙은 듯 엉거주춤 서서 비쩍 마르고 누렇게 뜬 얼굴들을 마주 바라보았다. 그들의 얼굴은 모두 흥분으로 격앙돼 있었다.

"어서 나오십시오. 이제 우린 자유입니다. 왕이 바뀌었답니다! 세상이 뒤집혔답니다!"

무리 속에서 들뜬 외침이 흘러나왔다. 나는 얼떨떨하여 지금 무슨 일이 벌어지고 있는 것인지 제대로 알아챌 수가 없었다.

"자, 이제 여긴 됐으니 다른 곳으로 갑시다."

농민 차림의 얼굴이 검은 남자가 무리의 뒤쪽에서 나와 쇠스랑을 추켜올리며 무리를 향해 외쳤다. 사람들은 각자 들고 있는 망치며 도끼며 나무 몽둥이 들을 추켜올리며 함성을 울리고는 모두 썰물처럼 빠져나갔다. 제 딴엔 사람들을 구하기 위한 무기랍시고 제가 그림 그리던 도구들을 하나씩 챙긴 모양이었다. 반쯤 벌거벗은 채 도구들을 제가끔 손에 들고 무리를 지어 가는 그들은 마치 동굴에서 막 빠져나와 사냥을 떠나는 선사시대의 혈거인들 같았다.

나는 미륵을 지우기 위해 손에 들고 있던 정과 망치를 그대로 손에 든 채 그들을 따라갔다. 밖으로 나와 보니 내가 있던 방과 비슷한 방들이 무척 많았다. 그것들은 하나의 긴 띠처럼 이어져 있어서 멀리서 보면 거대한 애벌레가 기어가는 듯싶을 것 같았다. 나는 놀라 입을 다물지 못할 지경이었다.

"이런 방들이 이 뒤쪽에도 여러 개 있습니다."

어디서 튀어나왔는지 한 청년이 내게 다가와 말했다.

"제 형님이 이곳에 계셨었지요. 애석하게도, 돌아가셨습니다."

"여기를 어떻게 아셨습니까? 이곳은 수문장과 이곳을 지키던 군인들 말고는 아무도 모른다고 하던데요."

"죽은 이들의 가족 중 몇몇은 이곳을 알고 있습니다. 여기에서 아주 가까운 곳에 살았으니까요. 지금은 사람도 마을도 모두 없어졌습니다만."

그러고 보니 벌거벗은 사람들 속에 옷을 다 갖춰 입은 사람들이 다수 섞여 있었다. 아까 무리 속에서 나와 쇠스랑을 추켜들며 소리쳤던 농민 차림의 남자도 벌거벗은 사람들과 뒤섞여 이리저리 뛰어다니고 있었다.

"돌아가는 길은 알고 있습니까?"

청년이 근심스러운 듯 물었다.

"아니요. 여기가 어디인지도 모르는 걸요."

청년은 그럴 줄 알았다는 듯 내 손을 잡아끌며 말했다.

"사람들에게서 절대로 떨어지지 마십시오. 어디로든 갈 수 있을 겁니다. 절대 혼자 낙오되어선 안 됩니다."

나는 청년의 말대로 무리에 섞여 그들과 한 덩어리로 움직였다. 망치를 마구 휘둘러 철창을 부수고 안에 갇혀 있던 사람 몇을 구했다. 그들도 나처럼 처음에는 어리둥절했다가 무리와 어울려 철창을 부수고 사람을 구하고 함성을 울렸다. 무리가 점점 커져 그 끝이 보이지 않았다. 이렇게 많은 사람들이 끌려와 있었다니, 왕의 위세가 실로 놀라웠다.

모든 철창문을 부수고 안에 있던 사람들을 구해냈다. 무리가 거대한 구름처럼 죽음의 땅을 서서히 빠져나가고 있었다. 나는 흥분하여 그들과 함께 걷다가 문득 생각나는 것이 있어 발을 멈추었다.

"왜 그러슈?"

옆에서 걷던 남자가 물었다.

"아무래도 돌아가야겠습니다. 잊은 것이 있어서요."

"귀중한 거요?"

"귀중하진 않지만 중요한 겁니다."

"얼마나 중한지는 모르겠지만 웬만하면 그냥 가쇼. 당신은 저곳이 지긋지긋하지도 않소?"

"그래서 가는 겁니다."

"허어 참, 당최 무슨 소린지 모르겠네."

"제가 있던 방을 부술 겁니다. 꼭 그래야만 합니다. 거기엔 거짓이 가득하니까요."

"참 딱도 하슈. 임금이 바뀌었소. 하루아침에 임금이 바뀌더니 얼마 지나지도 않아 다시 또 임금이 바뀌었소. 이게 장난인 것 같소? 어제의 나와 오늘의 내가 다르지 않고, 어제 내가 누웠던 땅과 오늘 내가 누운 땅이 같은데 나는 이미 어제의 백성이 아니란 말이오. 어차피 세상은 모두가 거짓말이오. 저 따위 동굴쯤 부숴도 그만 안 부숴도 그만이오."

나는 돌아서서 내가 떠나온 곳을 바라보았다.

"굳이 돌아가겠다면 말릴 수야 없지. 그렇지만 당신 손으로 저 동

굴을 부수지 않아도 새 임금이 알아서 부수지 않겠소? 뭣 때문에
괜한 수고를 자청해서 한단 말이오?"

나와 함께 걷던 남자는 끌끌 혀를 차며 무리 속에 섞여들었다. 나
는 어떻게 해야 할지 결정할 수 없었다. 나는 오도 가도 못한 채 그
자리에 엉거주춤 서서 어찌할 바를 모르고 있었다. 그 와중에도 수
많은 사람들이 내 곁을 스쳐 지나갔다.

"뭐 하고 계십니까?"

아까 그 청년이었다. 어느새 나는 무리의 끝에 이르러 있었다. 나
는 그대로 있었는데 무리가 움직여 저절로 그렇게 되었다.

"아, 아닙니다. 아무것도."

나는 청년을 따라 무리의 후미 쪽에 바짝 붙어 걷기 시작했다.

"집으로 돌아가면 무얼 하실 생각이십니까?"

"글쎄요."

청년이 고개를 끄덕이며 미소 지었다. 내가 그리고자 했던 미륵
의 얼굴이었다. 어쩌면 나 또한 갖고 있으나 스스로 잊어버린 얼굴
인지도 몰랐다. 나는 홀로 감동하여 결심한 듯 뇌까렸다.

"무얼 하겠다는 생각은 없고, 하지 말아야겠다는 것은 하나 있습
니다."

"그게 뭡니까?"

나는 청년이 했던 것처럼 미소 지었다. 그리고 돌아서서 사막의
한복판을 가리켰다. 청년이 돌아서서 내가 가리키는 곳을 바라보
았다.

"다시는 저곳에 가지 않을 겁니다."

청년과 나는 마주보고 웃었다. 내가 가리킨 그곳에는 거대한 무덤이 펼쳐져 있었다. 하마터면 그곳에 영원히 묻힐 뻔했다.

동백

날이 아주 맑았다. 동백이 모가지를 꺾고 뚝뚝 떨어졌다. 꽃 진 자리가 피처럼 붉었다. 판근은 고개를 들어 먼 데 하늘을 바라보았다. 시큰한 눈에 께적께적 눈물이 고였다. 붉은빛의 잔상이 눈앞을 계속 맴돌았다. 기억이란 참 잔인한 것이었다.

그날도 꼭 오늘과 같았다. 날은 맑았고, 동백은 뚝뚝 비명을 지르며 떨어졌다. 동백꽃처럼 붉은 청년들의 열기가 동네를 다 태워 버릴 것 같던 그날, 재혁은 밀랍으로 빚은 인형인 듯 아무런 표정이 없었다.

'저것이 양반의 위엄인가?'

포박된 채 무릎 꿇린 재혁은 다만 고요했다. 그 고요함이 판근을 두렵게 하였다. 그래서 판근은 둘 사이에 절대로 넘어서는 안 되는 금을 그어 놓기라도 한 것처럼 재혁에게 한 발짝도 다가갈 수 없었다. 다가가기는커녕 혹여 재혁과 눈이라도 마주칠까 하여 빨리 그

자리를 벗어나고만 싶었다. 그러나 판근은 그럴 수 없다는 걸 너무
나 잘 알았다. 자리를 벗어나는 순간 판근은 배신자의 옷을 입고 재
혁의 옆자리를 차지하고 앉아 죽을 때만 기다리거나 실컷 매를 맞
고 동네에서 쫓겨날 것이었다. 이러지도 저러지도 못할 만큼 판근
은 재혁에게 너무나 많은 은혜를 입었다. 그러나 사실, 재혁에게 입
은 은혜로 따지면 동네 사람 중 어느 누구도 자유로울 수 없었다.
어쩌면 그렇기 때문에 동네 청년들이 더 날뛰었던 것인지도 몰랐
다.

달그락 달그락.

마당에 매어둔 개가 밥그릇 핥는 소리를 냈다. 개의 잔등으로 햇
살이 떨어져 내렸다. 그러나 보기에만 화사할 뿐 아무런 위력이 없
는 빛이었다. 마루에 앉아 뚝뚝 떨어지는 동백꽃과 권태롭게 밥그
릇을 핥아대는 개를 바라보고 있는 판근의 어깨와 무릎이 점점 시
려왔다. 햇살에 속기 쉬운 오후였다. 판근은 파랗게 언 손을 겨드랑
이 사이에 끼운 채 몸을 구부리고 조금 더 그렇게 앉아 있었다.

쿨룩 쿨룩.

창호지 바른 문 저 너머에서 밭은기침 소리가 났다. 밥그릇을 핥
던 개가 하던 짓을 멈추고 판근의 등 뒤를 넘겨다보았다. 그러고
는 곧 별일 아니라는 듯 꼬리를 늘어뜨리고 제 집으로 들어가 자리
를 잡고 앉아 앞다리 사이에 얼굴을 파묻었다. 콧잔등 위로 내려앉
은 햇살이 부신 듯 개는 눈을 감았다. 참새 한 마리가 날아와 개가
핥던 밥그릇을 콕콕 쪼았다. 개가 감은 눈을 떴다가 이내 모든 것이

귀찮다는 듯 다시 눈을 감았다. 그 사이에도 뚝뚝, 동백꽃은 계속 떨어져 내렸다.

한기가 점점 심해졌지만 판근은 웅크린 몸을 더욱 움츠렸을 뿐, 앉은 자리에서 움직이지 않았다. 바짝 붙인 무릎이 덜덜 떨려왔다. 따뜻한 아랫목을 두고 웬 청승인가 싶었지만 방으로 들어가고 싶진 않았다. 그렇다고 운동 삼아 동네를 한 바퀴 돌아보고 싶지도 않았다. 집 뒤로 나지막이 펼쳐진 산을 오르기는 더더욱 싫었다. 아주 가끔은 살아 있는 것들이 그립기도 했으나 대부분은 무섭고 싫었다. 가만히 앉아서 당하는 것이야 어쩔 수 없는 일이라 쳐도, 일부러 나서서 그것들과 마주치고 싶진 않았다.

움츠린 몸이 뻣뻣하게 굳는 것이 느껴졌다. 이쯤이면 온몸의 감각이 마비되었을 것도 같은데 추위는 여전히 맹렬하게 뼛속을 파고들었다. 판근은 퍼렇게 언 볼과 딱딱 이 부딪치는 소리를 내며 떨고 있는 턱에 손을 갖다 대고는 마른세수를 했다. 겨드랑이에 끼고 있었지만 이미 손도 얼어붙은 상태여서 따뜻해지는 느낌이 들지 않았다. 되려 마찰된 얼굴에 통증만 느껴졌다. 판근은 끙 소리를 내며 앉은 자리에서 일어섰다. 무릎을 펴자 우두둑 소리가 났다. 나이 들어 새로 얻은 소리였다.

바깥과 달리 방 안은 어두컴컴하였다. 벽을 향하여 모로 누워 있는 아랫목의 여자는 판근이 들고 나는 기척에도 꿈쩍하지 않았다. 가끔씩 염통을 쏟아낼 듯 해대는 기침만 아니라면 죽은 지 한참은 되었을 거라고 생각할 정도였다. 판근은 윗목에 엉성하게 개어 놓은 두꺼운 이불을 펼쳐 머리부터 둘러썼다. 아랫목의 여자를 위해 아침나절에 장판이 눌러붙을 만큼 절절 끓게 불을 땠더니 방바닥이 아직도 따뜻했다. 이불을 둘러쓰고 따뜻한 방바닥에 엉덩이를 붙이고 앉았지만 으슬으슬 떨리는 몸은 쉽게 진정되지 않았다. 그러나 조금만 더 그러고 있으면 떨림이 잦아들면서 손과 발이 가려워질 것이다. 그때쯤이 되면 잠들 수도 있겠지. 판근은 눈을 감고 그 시간이 오기를 기다렸다. 그렇게 시나브로 잠이 찾아오면 모로 쓰러져 영영 깨어나지 말았으면 싶었다.

쪼르륵 쪼르륵 쪼르륵.

얼마나 잤을까? 판근이 눈을 뜨고 일어나 앉으니 여자가 요강 위에 걸터앉아 오줌을 누고 있는 것이 보였다. 끊어질 듯 간신히 이어지는 소리가 오래 계속됐다. 여자는 오줌을 누는 동안 판근의 얼굴을 똑바로 쳐다봤다. 판근도 쏘는 듯 여자의 얼굴을 마주보았다. 하지만 이내 얼굴을 돌리고야 말았다.

'버러지 같은 년!'

입 밖으로 나오지 못한 욕설이 명치에 걸려 판근의 속을 쓰리게 했다.

여자가 옷을 추스르고 자리에 눕는 기척이 들렸다. 판근이 돌아보자 여자는 아까 그 자세로 죽은 척 누워 있었다. 요강 뚜껑도 닫지 않았다. 지린내가 스멀스멀 올라오는 것 같았다. 판근은 욕지기가 나서 크악 가래침을 끌어올렸다. 그러고는 요강 속에다 침을 칵 뱉었다. 여자가 눈 오줌 위에 가래침이 둥둥 떴다. 그것은 판근이

곧 숨이 넘어갈 듯 축 처진 여자를 들쳐 업고 몰래 올랐던 어둔 강
물 위의 배 같기도 했고, 그 밤 배 위에서 바라보았던 검은 하늘의
달 같기도 했다. 판근의 눈가로 물기가 몰려들었다. 판근은 냄새 때
문이라는 듯 과장되게 진저리를 치며 코를 감싸 쥐었다. 그러고는
요강을 들고 샘가로 나와 요란한 소리를 내며 요강을 부셨다. 그러
는 동안 개가 낑낑 소리를 내며 부산하게 뛰어올랐다. 벌써 저녁 먹
을 시간이었다.

　판근은 부신 요강을 방에 들여 놓고 저녁을 준비하러 부엌으로
갔다. 새로 쌀을 씻어 밥을 하기가 귀찮아서 아침에 지어 점심까지
먹고 남은 밥으로 죽을 쑤기로 했다. 솥뚜껑을 여니 차게 식은 밥이
점심 때 퍼 먹었던 모양 그대로 있었다. 아랫목 여자와 판근이 나눠
먹고 개에게 줘도 충분할 만큼 밥은 넉넉히 남아 있었다. 판근은 샘
에서 물을 떠다 솥에 붓고 나무 주걱으로 한 차례 휘저었다. 밑에
눌어붙은 밥이 잘 떨어지지 않았다. 판근은 그대로 솥뚜껑을 닫고
뒤란으로 장작을 가지러 갔다. 판근이 지나가자 개가 펄쩍펄쩍 뛰
어올랐다.

　아궁이에 장작을 얼기설기 쌓아 놓고 잔솔가지에 불을 붙여 장작
틈에 쑤셔 넣었다. 그 위로 마른 솔잎을 던져 넣자 불길이 확 치솟
았다. 후루룩 타는 불은 장작에 쉬이 옮겨 붙지 않았다. 몇 번 더 솔
잎을 던져 넣은 후에야 장작이 가녀린 불길을 피워 올리며 타기 시
작했다. 처음 불붙기가 어렵지 한번 타기 시작하자 장작은 무서운
기세로 불땀을 올렸다. 아궁이 앞에 자리를 잡고 앉은 판근은 활활

타오르기 시작하는 불길을 바라보았다. 오래지 않아 불길 너머에서 여러 날 곡기를 끊은 듯 다 죽어가는 몰골로 흐느끼던 여자의 울음소리가 들려왔다.

한낮의 빛 속에서 재혁이 죽었다. 꽃 진 자리에 뿌려진 그의 피는 동백꽃처럼 붉었다. 죽어가는 재혁을 바라보는 청년들의 눈빛도 그와 같았다. 청년들의 무리에 섞여 판근은 통곡했지만, 그 울음을 속으로 삼키고 또 삼켰다. 그러느라 부릅뜬 눈에 핏발이 올라 청년들과 같은 눈빛이 되었다. 또 어찌나 힘을 주고 버텼던지 얼굴의 실핏줄이 몽땅 터져버려 낯빛마저 붉어지고 말았다.

재혁이 마침내 마지막 숨을 놓아버리자 청년들은 그 자리에 재혁을 묻었다. 얕게 판 구덩이 속으로 재혁을 던져 넣을 때, 동백꽃도 후두둑 떨어져 내렸다. 구덩이로 자꾸만 떨어져 내리는 동백꽃을 보면서 판근은 어쩌면 재혁이 아직 살아 있을지도 모르겠다고 생각했다. 그런 생각이 들자 분기탱천한 청년 몇이 유독 날뛰었기 때문에 판근의 손에 피를 묻히지 않은 것이 죄스러워졌다. 조금이라도 고통이 덜하게 재혁의 목숨을 단번에 끊어 놓았어야 했다고 판근은 속울음을 삼키며 거듭 후회했다. 그러나 그럴 수는 없는 일이었다. 아무리 사나운 개라도 주인은 물지 않는다. 하물며 인간의 탈을 쓰고 제 손으로 재혁의 멱을 따다니, 절대 있을 수 없는 일이라고 판근은 이내 고개를 저었다.

봉분도 없이 재혁을 대충 묻은 청년들은 죽창을 치켜들고 다시 마을로 내려갔다. 청년들의 후미에서 떨어지지 않는 발을 놀리고 있던 판근은 재혁이 묻힌 곳을 담아두려는 듯 어깨 너머로 뒤를 돌아보았다. 사선으로 휙 다가든 풍경이 너무 환해서 판근은 소스라쳤다. 이렇게 맑고 환한 대낮에 자신이 무슨 짓을 한 건지 도무지 가늠할 수 없었다. 온몸이 덜덜 떨려왔다. 이를 힘껏 악물었으나 아래 위 턱이 연신 부딪치며 딱딱 소리를 냈다. 대열의 맨 끝으로 밀려나 비칠대던 판근은 얼마 못 가 풀썩 쓰러지고 말았다.

며칠 낮밤을 호되게 앓은 판근이 꼭두서니처럼 일어나 앉은 것은 어느 깊은 밤이었다. 무쇠처럼 단단한 어둠 속에서 한참을 앉아 있던 판근은 한 손을 올려 눈앞에 대 보았다. 눈을 감아도, 눈을 떠도 어둠의 밀도가 같았다. 흐흐흐, 의미를 알 수 없는 웃음이 판근의 입을 뚫고 저절로 흘러나왔다.

어둠에 어둠을 더하며 그림자 하나가 숨죽여 움직였다. 때는 그믐, 어둠 속에서 개들이 컹컹 짖었으나 아무도 나와 보는 이 없었다. 깊고 어둔 밤이었으나 재빨리 움직일 필요가 있었다. 그러나 후들거리는 다리로는 마음의 움직임을 따라가기가 벅찼다. 마음은 벌써 저 앞 동백꽃 무더기 앞에 닿아 있었으나 다리는 땅바닥이 끌어당기기라도 하듯 한없이 느리게 움직였다. 마치 가위에 눌린 것 같았다. 등줄기로 땀이 비 오듯 흘러내렸다.

재혁의 썩은 몸뚱이를 묻고 와서 판근은 다시 호되게 앓았다. 무엇에 씌기라도 한 듯 병중에 일어나 벌인 일인지라 판근 자신도 자신이 벌인 일이 꿈인지 생시인지 분간치 못하였다. 그 후로도 가위눌림은 몇 번이나 계속되었고, 열이 펄펄 끓으며 헛소리를 하는 와중에도 환각인 듯 짐승의 살 썩는 냄새가 계속 맡아졌다. 참으로 길고도 혹독한 악몽이 판근의 피를 말렸다. 오래 울던 판근의 어미는 어느 날 동네 청년들을 불러 모아 장사 치를 준비를 했다. 거적에 둘둘 말아 지게에 지고 가 아무 데나 묻어도 그만이었지만, 이제 양반 상놈이 같아진 세상이라 하니 하나뿐인 아들을 귀하게 묻고 싶었다. 이제 동네 소유가 된 재혁이네 선산도 좋고, 하늘과 맞닿을 듯 너른 벌 끝이라도 좋고, 놉을 사 일구던 산비알 돌짝밭 귀퉁이라도 좋았다. 이제 그것들의 주인이 따로 없다 하니, 이 너른 땅 어느 한구석에라도 번듯한 봉분 있는 묘를 쓰고 그 앞에 평평한 돌이라도 하나 놓아주고 싶었다.

금방이라도 끊어질 듯 끊어질 듯 가녀린 숨을 몰아쉬던 판근은 그러나 죽지 않았다. 어느 날 판근은 거짓말인 듯 깨어 일어나 "배고파"라고 말했다. 어미가 끓여 온 미음 한 사발을 단숨에 들이켜고는 한 사발 더 청하여 마신 판근은 허깨비 같은 몰골을 하고 마루 끝에 나와 앉아 오래도록 볕을 쬐었다. 어느덧 완연한 봄볕 아래 판근의 맥 풀린 몸이 자꾸만 한쪽으로 기울었으나 판근은 그럴 때마다 기울어진 몸을 추스르려 애썼다. 노란 나비 떼가 옹색한 마당을 가로질러 허공으로 날아올랐으나 판근은 무거운 팔을 들어 올려 게으르게 한 번 휘저었을 뿐 텅 빈 눈에 아무것도 담지 않았다.

기력을 찾은 판근이 부서진 울타리를 고치고 있을 때 청년대장 용대가 찾아왔다. 죽창도 완장도 없는 빈 몸이었으나 등등한 기세가 멀찍이 떨어져 있는 판근에게 고스란히 전해졌다. 못 본 척 울타리를 고치는 데만 열중한 판근 곁을 하릴없이 어슬렁거리며 가벼운 안부를 묻던 용대는 하는 둥 마는 둥한 판근의 대답을 듣고 바람 새는 웃음소리를 내놓았다.

"울타리는 탱자 울타리가 최곤데…. 이제라도 심어보랴? 아니다. 이참에 돌로 담장을 쌓자. 우리라고 번듯한 담장 하나 못 세울까."

"애옥살림에 담장만 번듯하면 뭐해."

판근이 퉁명스럽게 내뱉자 용대가 낄낄 웃었다.

"걱정 마라. 이제 곧 우리도 잘살게 된다. 있는 놈 없는 놈 구분 없는 세상이 왔단 말이다."

"꿈에서나 올까, 그런 세상 난 안 믿는다."

"믿고 안 믿고는 나중 가서 따지고, 이따 밤에 한판 벌일 거니까 와서 목이나 축여라. 안 오면 배신자로 간주할 테니 꼭 와야 한다."

대답 없는 판근에게 재차 삼차 다짐을 놓은 용대가 부서진 울타리에 침을 찍 뱉더니 휘파람을 휘휘 불며 제 갈 길로 갔다. 울타리를 고치던 판근의 손에서 힘이 스르르 빠져나갔다. 멀리서 봄 뻐꾸기 소리가 들려왔다.

그날 밤 판근은 마을 청년들의 모임에 가지 않았다. 안 오면 배신자로 간주하겠다며 용대가 거듭 다짐을 두었지만 판근은 그러한 으름장이 더 이상 무섭지 않았다. 판근은 이불 더미에서 때 낀 베개를 끌어내려 가슴 아래 받치고는 오래전 재혁이 건네준 책을 읽었다. 책은 두께가 얇았고, 전체적으로 글자 수가 적었다. 책을 펼치면 글자들은 사열하는 군인 같은 형태를 이루고 있었는데, 때문에 책장마다 여백이 많았다. 책에 쓰여 있는 글을 나직하게 소리 내어 읽노라면 마치 노래를 부르는 것 같은 느낌이 들었다. 처음에는 읽어도 무슨 뜻인지 알지 못했으나 노래를 부르는 듯한 그 느낌이 좋아 자꾸만 읽게 되었다. 그러다 보니 점차 글자에 담긴 뜻이 저절로 알아졌다. 심지어는 글자의 주변을 둘러싼 여백들에 담긴 의미조차 짐작할 수 있게 되었다.

"이건 시라는 거야. 사람들이 자기의 생각이나 느낌을 표현한 것이 글이라고 했었지? 그 중 최고의 경지가 바로 시야."

시집을 건네주는 재혁의 손이 시처럼 하얗다고 판근은 생각했다. 인간이 가질 수 있는 최고로 아름다운 손이 바로 재혁의 손이라고. 순간, 판근은 자신의 투박한 손을 내밀어 시집을 받기가 저어됐다. 머뭇대고 있는 판근에게 재혁은 미소를 지었다.

"시가 아름다운 이유는, 그것이 모든 글 중에서 최고여서가 아니라 누구나 쓸 수 있는 것이기 때문이야. 이 사람은 스님이었어. 그런데도 아주 절절한 사랑시를 썼지."

재혁은 판근의 한쪽 손을 잡아 그 위에 '시'를 놓아주었다. 처음으로 재혁에게 '가갸거겨'를 배울 때 판근은 자신이 글을 읽게 되리라고 생각하지 않았다. 재혁의 끈질긴 권유로 억지춘향 격으로 글을 배우기 시작했을 때는 글을 읽고 싶다는 열망 따윈 없었다. 학교는커녕 당장 끼니 걱정을 해야 하는 처지에 글은 배워 무엇하나 싶었다. 그런데도 재혁에게 글을 배우기로 한 건 순전히 판근에게 무람없이 대하는 재혁의 마음을 무시할 수 없어서였다. 가난에 찌들

대로 찌들어 동네 아이들에게까지 '거지새끼'라고 놀림과 따돌림을 받는 판근에게 다가선 유일한 사람이 재혁이었다. 게다가 판근은 재혁이네에서 놉을 파는 '종놈의 자식'이었다. 재혁이 빳빳하게 다린 교복을 입고 까만 자동차 뒷좌석에 올라 학교에 갈 때 판근은 지게를 지고 산에 오르거나 쇠고삐를 잡고 강둑으로 갔다. 학교에서 돌아온 재혁이 마루에 엎드려 숙제를 하거나 책을 읽을 때 판근은 싸리비로 썩썩 마당을 쓸었다. 재혁이 팔다리와 얼굴을 향기 나는 비누로 깨끗이 씻고 하얀 파자마를 입고 잠자리에 들 때 판근은 재혁이네 집 행랑채에 아버지와 마주앉아 길고 긴 새끼를 꼬았다. 재혁은 판근이 언감생심 소리 내어 이름조차 부를 수 없는 지체 높은 사람이었다.

"어이, 판근이!"

판근이 시를 읽으며 깊은 감회에 젖어 있을 때 밖에서 부르는 소리가 들렸다. 판근의 눈살이 저절로 찌푸려졌다. 안 가면 그만이지, 집까지 찾아올 줄은 몰랐다. 어미가 방문을 열고 내다보는 소리가 들렸다.

"이 밤중에 웬일이여?"

"야아, 쩌그, 판근이가 오래 앓다가 일어났잖유. 그거 축하해줄라고 우덜이 아주 조촐허니 자리를 마련했슈. 아까버텀 술판이 벌어졌는디 주인공이 안 오잖유. 그래서 델러 왔슈."

"아가 아즉꺼정 거시기헌디."

"쫌만 놀고 보낼 텡게 걱정 마유. 어이, 판근이!"

밖에서 나는 소리를 듣고 있던 판근이 제 방문을 열고 아픈 시늉을 해 보였다.

"내가 아직 몸이 이래서 술은 고사하고 감주 한 사발 들이켜기 힘들다. 일부러 와준 건 고마운데 가기가 좀 그렇다. 미안하다."

마당 가운데 섰던 그림자가 판근의 방문 앞으로 다가들며 소리쳤다.

"그려도 그게 아니지. 다 너 땜시 맹근 자린디 낯짝이라도 비추는 게 예의지."

악귀 같은 석환의 얼굴이 이만큼 다가들었다. 판근은 부르르 진저리를 쳤다. 그는 재혁을 처단할 때 가장 날뛰던 무리 가운데 하나였다. 단순하고 포악하여 제 생각과 같지 않으면 버럭버럭 성질을 내는 인간. 그는 행패를 부리면서도 그것이 행패라는 생각을 절대하지 않았다.

억지로 겉옷을 꿰어 입은 판근이 석환의 뒤를 따라 걸었다. 밝은 달 아래 둘의 그림자가 검었다. 하얗게 일어선 길 위로 검은 그림자가 우줄우줄 흔들릴 때마다 동네 개들이 짖었다. 귀신인 듯 견고한 어둠을 밟던 판근의 귓속으로 끊임없이 날아들던 그날의 개 짖는 소리가 되살아난 듯하여 판근의 팔뚝에 오소소 소름이 일었다.

"저기."

판근이 발걸음을 멈추자 앞서 걷던 석환이 뒤를 돌아보았다.

"저기, 내 몸이 영 좋지 않다. 술은 다음에 마시자. 그러는 게 좋겠…"

말이 채 끝나기도 전에 석환이 다가들어 판근의 멱살을 바싹 틀어쥐었다.

"뭐어? 그러는 게 좋겠다고? 니는 시방 이게 장난인 줄 아냐?"

판근의 콧속으로 술 냄새가 훅 끼쳤다. 하얀 달빛 아래 석환의 눈이 퍼런 불길을 뿜었다. 판근의 겨드랑이에 땀이 차고, 젖은 개털 냄새가 맡아졌다.

이제는 청년회 사무소가 된 재혁의 집으로 들어서자 석환이 대문을 굳게 걸어 잠갔다. 그러고는 따라오라는 듯 판근을 향해 고갯짓을 했다. 어쩐 일인지 석환은 사무실로 쓰고 있을 법한 사랑채를 지나 별당 쪽으로 계속 걸어 들어갔다. 판근은 발소리를 죽여 석환의 뒤를 따라가며 재혁의 집을 접수한 청년들이 여기서 먹고 자기까지 하는 모양이라고 생각했다.

"니도 여기는 처음이지? 아니다. 니는 이 집 종놈이었으니께 와 보기는 했겄다. 낄낄."

웃고 있는 석환의 발치로 낮게 웅크리고 있던 고양이 한 마리가 후다닥 뛰어 달아났다.

"아이쿠야! 저놈의 괭이새끼."

분한 듯 발까지 구르며 씩씩대던 석환이 갑자기 목소리를 낮추어 말했다.

"봐라. 지체 있는 여자라고 그년들 발 아래 버러지같이 살던 우덜이 시방은 양반집 별당을 접수해서 그년들허고 똑같이 먹고 자고 헌다 이 말이여. 이것이 바로 평등 세상이지. 암, 평등 세상이고 말고."

크악 가래침을 뽑아 올려 아무 데나 뱉어대는 석환에게 판근은
아무 말도 하지 못했다. 말은커녕 숨조차 제대로 쉴 수 없었다. 달
빛이 날을 세운 송곳처럼 판근의 온몸을 찔러대는 것 같았다. 별당
이든 사랑채든, 청년들의 사무소든 기숙사든 아무려나 달빛이 들지
않는 곳으로 빨리 숨어들고만 싶었다.

방 안은 이상한 열기로 가득 차 있었다. 이미 몇 순배는 돈 듯 청
년들은 얼근히 취해 붉은 얼굴로 각자 떠들고 있었다. 무수한 소리
들이 담배 연기에 섞여 엉겼다 흩어졌다. 판근이 겁먹은 모습으로
쭈뼛쭈뼛 들어서자 방 한구석 의자에 앉아 있던 용대가 일어서서
판근에게 손을 내밀었다.

"잘 왔다."

판근은 어색하게 손을 내밀며 용대의 눈빛을 살폈다. 적의가 실
리지 않은 용대의 눈빛이 자애롭게 빛났다. 거사를 성공적으로 끝
낸 우두머리로서의 여유가 용대의 눈빛을 부드럽게 풀어 놓은 건
지도 모른다고 판근은 생각했다. 판근이 그렇게 생각한 순간 맞잡
은 용대의 손에 힘이 들어갔다. 그리고 사람을 서늘하게 만드는 비
웃음이 용대의 미간을 스쳐가는 것을 판근은 똑똑히 보았다. 판근
은 당황했으나 맞잡은 손을 놓을 수가 없었다.

"왔으니 우선 술부터 한잔해라."

떨림이 전해졌을 것이다. 한결 여유로워진 용대는 엉거주춤 서
있는 판근의 손에 커다란 대접을 쥐어주며 막걸리가 들어 있는 주

전자를 들이밀었다. 잔이 철철 넘치도록 술을 따르는 동안 용대는 이미 겁먹고 어쩔 줄 모르는 판근의 눈을 날카롭게 쏘아보았다. 판근은 막걸리가 줄줄 흘러넘치는 술잔을 붙들고 손을 부들부들 떠는 자신의 꼴이 흡사 맹수에게 목덜미를 물린 나약한 들짐승 같다고 생각했다. 둘러앉은 청년들의 웃음이 폭죽처럼 터졌다. 모두가 판근을 비웃고 있었다. 그들 모두는 판근만 모르는 어떤 적개심으로 똘똘 뭉쳐 있는 게 분명했다.

판근은 용대가 따라주는 대로 술을 다 받아 마셨다. 독약을 삼키는 듯 술맛이 쓰디썼으나 어쩔 수 없는 노릇이었다. 그만 마시겠다고 한다면…. 아아, 감히 생각조차 해선 안 되는 일처럼 여겨졌다. 차라리 취하기라도 했으면 좋으련만 어쩐 일인지 의식은 날선 비수처럼 점점 또렷해졌다. 청년들이 점점 취해가는 것이 눈에 보였다. 웃고, 떠들고, 먹고, 마시는 그들의 행위가 분절되어 나무의 옹이처럼 판근의 머릿속에 굳은 자국을 남기는 것 같았다. 시간이 하염없이 천천히 흘렀다.

피비비융.

무쇠솥이 눈물을 줄줄 흘리며 앓는 소리를 냈다. 장작을 아궁이 앞쪽으로 끄집어내 불땀을 줄이고 솥뚜껑을 열었다. 하얀 밥물이 넘칠 듯 부글부글 끓어올랐다 이내 사그라들었다. 나무 주걱으로 솥바닥을 긁으며 몇 번 휘젓자 질척하고 구린 밥 냄새가 올라왔다. 주걱을 들어올리자 푹 퍼질 대로 퍼진 밥알이 끈적하게 흘러내렸다. 그날 밤 여자의 벌린 다리 사이로 흘러내리던 자신의 정액이 눈

앞을 스쳤다. 판근은 소스라쳐 들고 있던 나무 주걱을 무쇠솥 안에
떨어뜨리고 가슴을 움켜쥐며 주저앉았다. 칼로 도려내는 듯 명치
께가 아팠다.

"따먹어라."

우악스런 청년들에게 사지를 결박당한 여자를 턱짓으로 가리키
며 용대가 무심한 듯 내뱉었다. 자신이 남긴 음식 앞에서 군침을 흘
리고 있는 걸인에게 선심이라도 쓰는 듯한 어조였다. 다만 그 말이
'먹어라'가 아닌 '따먹어라'여서 비극일 뿐이었다. 판근의 낯빛이 하
얗게 질렸다. 눈에 눈물을 그렁그렁 매달고 애원하듯 용대를 바라
봤다. 용대는 소리는 내지 않고 입모양으로만 말했다.

"어서."

판근은 고개를 돌려 여자를 바라봤다. 사지를 결박당한 채로 여
자는 발버둥쳤다. 배 위로 올라간 치마 아래로 검은 거웃이 보였
다. 청년들의 투박한 손 아래 새하얀 다리가 무력하게 뻗어 있었
다. 입에 재갈이 물려 있어 여자의 비명은 신음 소리처럼 들렸다.
여자는 사력을 다해 온몸을 꿈틀거렸으나 그것이 오히려 여자의
몸을 붙든 사내들에게 더 힘을 실어주는 듯하였다. 그때였다. 여자
의 오른쪽 어깨를 누르고 있던 청년 하나가 여자의 왼쪽 가슴을 세
게 움켜쥐었다. 함께 여자를 누르고 있던 청년들이 와악 웃음을 터
뜨렸다.

"아악!"

비명과 함께 여자의 가슴을 쥐고 있던 청년이 뒤로 나자빠졌다.

턱을 걷어차이고 뒤로 나가떨어진 청년의 몸에 용대의 발길질이 떨어졌다. 비명조차 지르지 못할 만큼 용대의 발길질은 집요하고 잔인했다. 왜 저럴까 싶을 만큼 용대는 미쳐 날뛰었다. 폭풍우 치는 밤 성난 바람처럼 두려운 한기가 허공을 가득 메웠다. 판근은 다리가 덜덜 떨려 그 자리에 주저앉아 오줌을 지렸다.

성난 황소처럼 펄펄 날뛰던 용대가 언제 그랬냐는 듯 평온한 얼굴로 의자에 앉아 곁에 서 있던 석환을 향해 말했다.

"벗겨. 새끼, 오줌은 싸고 지랄이야."

말이 떨어지자마자 석환은 판근에게 달려들어 젖은 바지를 벗겼다. 바짝 쪼그라든 성기가 비루먹은 강아지처럼 판근의 다리 사이를 파고들어 숨죽이고 있었다.

"세워."

"뭐?"

"세우라고. 저 새끼 자지가 서야 저년을 따먹을 거 아냐."

석환의 얼굴이 똥 씹은 듯 구겨졌다.

판근이 죽을 퍼서 방으로 가져가자 아랫목에 죽은 듯 누워 있던 여자가 부스스 일어났다.

'개 같은 년, 밥 냄새는 기가 막히게 맡고선.'

여자가 후후 불어가며 죽을 먹었다. 맛있게 잘도 먹었다. 신 짠지를 손가락으로 쭉쭉 찢어 숟가락 위에 척척 걸쳐서 참 달게도 먹었다. 육신에 병이 들어 누워 있을 때조차 발작적으로 기침을 쏟아 놓는 여자이건만 신기하게도 밥 먹을 때만큼은 기침을 전혀 하지 않았다. 여자가 밥 먹는 걸 쳐다보고 있으면 '저년이 엄살로 기침을 꾸며낸 것이 아닌가' 하는 의심이 저절로 들었다.

'벌레만도 못한 년.'

판근은 속으로 수없이 욕을 뇌까렸다. 재혁의 처로 지체 있게 살 때는 이런 밥쯤 개에게나 쏟아줘버렸을 것이다. 그런 밥을 이제는 개와 나눠 먹는 것으로도 모자라 걸신들린 듯 맛있게 먹는 여자였다. 저년이 미치지 않고서야…. 판근은 끌끌 혀를 차며 밥 먹는 여자를 경멸스럽게 쳐다보았다.

시린 물로 대충 설거지를 마치자 날은 이미 어두워져 있었다. 판근은 고구마 두 개를 아궁이에 묻어 놓고 하릴없이 마당을 어슬렁거렸다. 판근이 가까이 다가올 때마다 개가 낑낑거리며 펄쩍펄쩍 뛰어올랐다. 그러거나 말거나 판근은 못 본 척 그냥 지나쳤다. 개에게 매끼 밥은 챙겨줬지만 한 번도 쓰다듬어본 적은 없었다. 개는 이름조차 없이 그냥 '개'였다. 그조차도 판근이 입 밖으로 소리 내어 불러본 적 없었다. 그것은 판근이 여자를 대하는 태도와 같았다. 다만 다른 점이 하나 있다면 개한테는 욕을 하지 않는다는 것이었다.

판근은 아궁이에서 익은 고구마를 꺼내어 부뚜막 위에 올려 놓았다. 여자의 밥 먹는 꼬락서니를 보고 입맛이 뚝 떨어져서 저녁을 굶었더니 속이 무척 쓰렸지만 아무것도 먹고 싶지 않았다. 이따가 밤에라도 생각나면 먹을 요량으로 손 닿기 쉬운 곳에 그냥 아무렇게나 놔두었다. 만일 밤도둑이 와서 채가기라도 한다면…. 판근은 아무래도 상관없다고 중얼중얼 뇌까리며 부엌에서 나왔다.

가까스로 일을 마친 판근이 여자의 몸으로부터 떨어져 나오자 의자에 앉아 있던 용대가 일어서서 판근에게로 다가왔다. 판근 곁에 쪼그리고 앉은 용대는 땀범벅이 된 판근의 앞머리를 뒤로 쓸어 넘기고는 판근의 이마와 뺨과 턱을 부드럽게 어루만졌다. 그러고는 판근의 어깨를 두어 번 토닥이고는 아무 말 없이 일어서서 방을 나가버렸다. 용대가 그러는 동안 판근은 여자의 벌린 다리 사이에서 자신의 정액이 천천히 흘러내리는 것을 넋 놓고 쳐다보고 있었다. 여전히 사내들에게 붙들린 채 여자는 큰 대大 자로 뻗어 있었다. 어떠한 저항도 이미 소용없는 일이라는 것을 알고 있을 텐데도 여자는 계속 몸을 꿈틀거렸다. 곁에서 그 꼴을 지켜보던 청년 하나가 급하게 바지춤을 풀어헤치고 여자에게 달려들었다. 그러자 마치 기다리고나 있었던 듯 청년들이 목소리를 다투어 제가 먼저라며 순서를 정하고 나섰다. 판근은 토악질을 하며 부술 듯 방문을 박차고 뛰쳐나왔다.

거미가 줄을 드리우듯 여자에 대한 소문이 마을 곳곳에 퍼졌다. 판근의 늙은 어미가 소문을 물고 와 이불을 뒤집어쓰고 드러누운 판근의 머리맡에 앉아 세상이 어떻게 돌아가는 건지 당최 모르겠다는 소리를 섞어가며 소문을 전했다.

"집안이 그 지경으로 풍비박산이 났는디도 뽀얗게 분 처바르고 앉았다더라. 지 서방 멱을 따서 아즉꺼정 비린내를 풍기는 사내들 품을 요리조리 왔다 갔다 하매 기생 노릇을 하고 있댜. 그 집선 날마다 흥청망청 잔치판이 벌어지는디, 그 잔칫상 위에 홀딱 벗고 올

동백   203

라가서는 깨춤을 춘다더라. 시뻘건 아가리에 요래요래 술을 물고
서는 사내들 입에 부어준다. 사내들이 그 술을 받아 처먹고 정신
이 회까닥 돌아불믄 그 맛있는 음식들을 저 혼자 다 처먹는단다. 지
체 높은 양반집 마나님이 도야지가 돼부렀어야. 미친 게 아니고서
야…. 세상이 어떻게 돌아가려는지 아주 말세여, 말세."

누구에게로 향한 건지도 모를 분노에 사로잡혀 이불을 뒤쓰고 끙
끙 앓고 있던 판근이 갑자기 벌떡 일어나 앉았다. 그러고는 늙은 어
미에게 따지듯 물었다.

"그게 참말이요? 참말로 그러고 있대요?"

"벌써 동네에 소문이 쫙 나부렀어. 아니 땐 굴뚝에 연기야 날라
고."

판근은 이불을 걷고 밖으로 나왔다. 그러고는 바람벽에 걸려 있
는 낫을 떼 내어 숫돌에 썩썩 갈기 시작했다.

"낫은 뭐할라고?"

뒤따라 나온 어미가 걱정스러운 듯 물었다.

"산에 가서 싸릿가지나 꺾어오려고요. 울타리를 다 못 고치고 이
러고 있었는데, 이제 몸이 나았으니 마저 고쳐야지요."

날마다 잔치판이 벌어진다는 재혁의 집 별당은 고요했다. 어둠
에 싸여 살 맞은 짐승처럼 웅크리고 있는 재혁의 집 담장을 넘을 때
느꼈던 두려움을 비웃기나 하듯 별당엔 사람 그림자 하나 보이지
않았다. 판근은 숨을 죽이고 어두운 그늘 속에 숨어 한참을 기다렸
다. 그러나 어둠과 어둠 사이에는 깊고 단단한 정적만이 고여 있을

뿐 밤 벌레 우는 소리조차 들리지 않았다.

　판근이 낙담해 집으로 돌아가려 할 때였다. 여자가 흐느껴 우는 소리가 들려왔다. 순간, 귀신을 만난 듯 판근의 뒷머리가 쭈뼛 섰다. 손에 들고 있던 낫이 떨어지며 벽력같은 소리가 났다. 간이 쪼그라들고 심장이 방망이질 쳤다. 도망치려 했으나 발걸음이 떨어지지 않았다. 그렇게 우뚝 서서 방문 쪽을 노려보았다. 어느새 울음소리는 그쳐 있었다.

　얼마나 시간이 흘렀을까. 판근이 돌아가려 막 발걸음을 뗐을 때, 다시 흐느끼는 소리가 들려왔다.

　회오리치듯 매운 바람이 판근을 후려치고 지나갔다. 방 안에선 여자가 오장육부를 토할 듯 기침을 해대고 있었다. 개집에 들어가 웅크리고 있던 개가 나쁜 꿈이라도 꾸는지 낑낑 소리를 냈다.

　"에이, 버러지 같은 년."

　판근은 마루 끝에 앉아 중얼중얼 욕설을 내뱉었다.

　"차라리 도야지처럼 살고 있을 것이지. 차라리 분 처바르고 웃음이나 팔고 있을 일이지. 시뻘건 아가리로 독사처럼 술이나 머금고 있을 것이지. 흐흐, 으흐흐, 죽지도 못하고, 죽지도 못하고…. 에이, 개만도 못한 년."

　어둠 속에 웅크리고 앉아 중얼중얼 타령조의 넋두리를 하는 판근의 눈에 께적께적 눈물이 고였다. 겨울밤이라고도 봄밤이라고도 할 수 없는 애매한 밤, 판근은 따뜻한 방을 두고 마루에 나앉아 추위와 배고픔에 떨며 생각하고 또 생각했던 것을 다시 생각했다.

'그 밤 내가 죽이려던 것은 누구였을까?'

밤에도 꽃은 지는지 어둠 속에서 뚝뚝 동백꽃 떨어지는 소리가
들려왔다.

덕수 씨
화났다

덕수 씨는 그때 이혼을 했어야 했다고 거듭 생각 중이었다. 이제 막 하늘에서 하강한 선녀 같던 마누라의 면상이 교활하고 잔인한 살쾡이처럼 보이기 시작했을 때, 천사의 나팔처럼 달콤했던 아내의 목소리가 성마르게 울려대는 자동차 경적보다 더 시끄럽게 들리기 시작했을 때, '네'밖에 할 줄 몰랐던 그녀의 입에서 '아니오'가 벽력처럼 터져 나왔을 때, 그녀의 이타적인 배려가 이기적인 게으름으로 변하기 시작했을 때, '너 없으면 안 돼'가 '너 때문에 안 돼'로 서서히 자리바꿈하기 시작했을 때, 그때 정말이지 과단성 있게 요망한 마녀의 목을 따고 외로운 영웅의 길을 갔어야 했다고. 그랬다면 지금쯤 옆구리에 칼을 차고 큰 꿈을 향해 달려가는 용감한 전사가 되었을 텐데…. 그런데 이게 뭔가. 옆구리에 긴 게 세상을 안겨줄 칼이 아니라 고작 냄새 나는 쓰레기봉투라니. 덕수 씨는 생각할수록 원통하고 후회스러웠다. 그런데 그때가 정확히 언제였더라?

덕수 씨는 밤하늘의 별을 올려다보며 회상하기 시작했다. 마누라가 이 세상 그 누구보다 미워지기 시작했을 때가 정확히 언제였는지. 그러나 공해로 더럽혀진 밤하늘의 별들처럼 기억은 선명하게 떠올라주지 않았다. 어쩌면 그녀가 공식적으로 마누라가 되던 그 순간이었던 듯도 하고, 바로 몇 분 전 덕수 씨에게 쓰레기봉투를 안기며 지금 당장 버리고 오라고 눈을 흘기던 때인 듯도 싶었다. 어쨌거나 덕수 씨는 지금 무척 화가 났고, 뼈에 사무친 원수처럼 아내가 미웠다.

아파트 단지 쓰레기장에 미운 아내를 내던지듯 쓰레기봉투를 투척한 덕수 씨는 집에 들어가기 싫었다. 그래서 집에 들어가지 않기로 했다. 그러나 갈 곳이 없었다. 할 수 없이 덕수 씨는 아파트에 딸린 놀이터로 향했다. 미끄럼틀 아래에서 검은 그림자가 어른대고 있어서 벤치에는 앉을 수 없었다. 보나마나 머리에 피도 안 마른 것들이 입을 맞추고 있거나 담배를 피우고 있을 것이다. 어느 쪽이든 모르는 체하는 것이 예의다. 덕수 씨는 놀이터를 한 바퀴 휘둘러본 뒤 그네 쪽으로 터벅터벅 걸어갔다. 그네에 앉으려고 보니 너무 작은 것 같았다. 앉을까 말까 잠시 망설이다가 그냥 앉았다. 역시 그네는 너무 작아서 엉덩이에 꼭 꼈다. 일어설 때 빠지기나 할는지.

덕수 씨가 그네에 걸터앉자 그네가 앞뒤로 조금씩 흔들렸다. 시험 삼아 발을 떼보니 조금 더 많이 움직였다. 이번에는 그네를 엉덩이에 매단 채 뒤로 한껏 갔다가 발을 떼자 더 크게 움직였다. 공중에서 발을 구르려 했으나 발이 땅에 닿아 여의치 않았다. 땅에서 발

210

을 뗀 채 그냥 그녀의 움직임에 몸을 맡겼다. 그녀는 서너 번 앞뒤로 움직이더니 곧 움직임이 잦아들었다. 그렇다고 아주 멈추지는 않았다. 다시 한껏 뒤로 갔다가 발을 뗐다. 움직임이 커지긴 했으나 골반이 아파왔다. 그냥 참을까 하다가 그녀를 멈추고 일어섰다. 그녀가 엉덩이를 물고 놓아주지 않았다. 그녀의 받침대를 양손으로 잡고 힘껏 누르자 철렁 소리와 함께 몸에서 분리됐다. 아무도 보는 사람이 없었지만 창피했다.

"영웅의 운명을 타고났어. 북극성처럼 반짝반짝 빛나며 길잡이 노릇을 할 사주야. 그런데 짝을 잘못 만났구먼. 쯧쯧. 불이 물을 만났으니 하는 일마다 엎어지겠어. 웬 여자가 이렇게 기가 세누."

이미 오래전에 금과옥조로 여겨야 했을 점쟁이 영감의 말이 떠올랐다. 그러자 덕수 씨의 엉덩이가 안락한 말 잔등이 아니라 좁아터진 그녀 위에 올라앉게 된 것도 모두 아내의 탓이라 생각되었다.

덕수 씨는 행복한 결혼 생활에 대한 꿈이 있었다. 건전한 생각을 품은 군필軍必의 건장한 남자라면 당연한 바람이라고 생각했다. 그러나 사는 건 만만치 않았다. 자신의 꿈이 환상이었을 뿐이라는 것을 깨닫는 데는 그리 오랜 시간이 걸리지 않았다. 결혼 전 예쁘고 상냥하기만 했던 애인이 어쩜 그렇게 빠른 시간 동안 경솔하고 추악한 마누라가 될 수 있는 것인지 덕수 씨는 문득문득 놀라고 당황했다. 화장 전과 화장 후 여인의 얼굴처럼 사람 마음도 그렇게 쉽게 바뀌는 것인가 하여 눈물이 날 것 같았다.

본인의 입으로도 '생애 최고로 아름다운 모습'이라고 했듯이 결혼식 날의 아내는 몹시 예뻤다. 신부 대기실에 다소곳하게 앉아 있는 모습을 살짝 스치기만 했는데도 덕수 씨의 아래쪽에 힘이 불끈 들어갔다. 덕수 씨는 몰려드는 하객의 인사를 받는 와중에도 신부 대기실 쪽을 자꾸만 흘끗거렸다. 촬영기사가 신부와 함께 사진을 찍으라고 했을 때는 너무 고마워 만세를 부를 지경이었다.

"아이고, 신랑님 입이 귀에 걸리셨고만. 하긴 신부님이 저렇게 아름다우시니 그럴 만도 하네요. 자, 포즈 취하시고. 신랑님은 신부님 뒤에 서서 신부님 쪽으로 몸을 숙이세요. 자, 서로 얼굴 붙이시고. 좋습니다, 좋아요."

플래시가 축포처럼 팡팡 터질 때, 덕수 씨는 샘솟는 기쁨으로 가슴이 터질 것만 같았다.

'아, 이 여자가, 이렇게 아름다운 여자가 오늘부터 오로지 나만의 것이 된다니. 오, 신이시여, 감사합니다.'

덕수 씨는 타오르는 기쁨에 저도 모르게 신부의 얼굴에 쪽 입을 맞추었다.

그러나 이런 기쁨도 잠시뿐. 너무 잠시여서 덕수 씨는 혹 자신이 지나치게 기뻐한 나머지 정신이 어떻게 된 건 아닐까 하는 의심이 들었다. 그렇지 않고서야 어찌 분출하는 화산처럼 뜨거웠던 마음이 그렇게 순식간에 구멍 숭숭 뚫린 현무암 덩어리처럼 싸늘하게 식을 수 있단 말인가. 결혼식은 다 좋았다. 신부가 어여뻐서 좋았고, 양가 부모가 좋아해서 좋았고, 식장을 가득 메운 손님들이 쉴 새 없이 축하 인사를 건네는 것도 좋았다. 무엇보다 자신이 이 세상을 향해 펼쳐 놓은 드라마의 주인공 같아서 좋았다. 심지어 지루한 주례사도, 쉴 새 없이 식장을 드나드는 축하객들도, 미묘하게 음정이 맞지 않는 축가도, 유치하기 짝이 없는 축시도 모두모두 좋았다. 그것도 그냥 좋은 것이 아니라 너무너무 좋았다. 그런데 그 모든 형식의 끝, 결혼식의 대미, 이 세상에서 가장 아름다운 행진이 시작되려할 때부터 덕수 씨는 급격히 우울해지기 시작했다. 사회자의 입에서 '신랑 신부 행진!'이 우렁차게 터져 나오고, 신랑 신부가 걸어갈 길의 저 끝에서 아름답게 펑펑 터져오를 축포가 기다리고, 신랑 신부의 행복한 앞날을 기원하는 결혼 행진곡이 힘차게 울리는데, 덕수 씨는 너무 우울해서 한 발짝도 뗄 수 없었다. 옆에 선 신부가 옆구리를 쿡쿡 찌르고, 아무도 눈치 못 채게 조용히 눈을 흘기고, 팔짱 낀 팔에 억지로 힘을 주는 바람에 간신히 발짝을 떼긴 했으나, 덕수 씨는 자신이 걷는 길이 허방인 것처럼만 여겨져 눈앞이 아득했다.

짧은 결혼식 동안 덕수 씨의 마음에 생긴 변화를 눈치 챈 사람은 아무도 없었다. 순식간이었지만 매우 격렬했던 마음의 동요 때문에 덕수 씨의 우주가 바뀌었는데도 사람들은 여전히 웃고 떠들고 못다 한 정을 나누느라 정신이 없었다. 덕수 씨는 가족, 친지, 친구, 동료 들과 사진을 찍으면서 내내 생각했다. 쇼는 끝났다고. 덕수 씨가 울적한 마음으로 지옥의 한 순간을 경험하고 있는 그때에도 신부는 화사한 웃음을 잃지 않았다. 덕수 씨의 눈에는 그 웃음이 경박하고 한심해 보였다. 더 이상 신부가 예쁘지 않았다.

'좋다. 그건 그렇다 치자. 내가 내 마음의 변화까지 마누라에게

책임지라고 할 만큼 속 좁은 사람은 아니니까.'

덕수 씨는 아파트 단지를 배회하며 아내가 언제부터 미워졌는지에 대해 처음부터 다시 되짚어보기 시작했다. 생각에 잠긴 덕수 씨가 아파트 단지를 한 바퀴 돌아 놀이터로 되돌아왔을 때, 길고양이 한 마리가 덕수 씨의 발등을 빠르게 스치고 지나갔다. 덕수 씨는 소스라쳤다. 저도 모르게 엇! 비명을 지르자 미끄럼틀 쪽에서 큭큭 웃는 소리가 났다. 덕수 씨는 몹시 창피해져 짜증이 났다. 덕수 씨는 몸을 홱 돌려 미끄럼틀 쪽을 노려보았다. 웃음소리는 계속 나는데 사람 그림자가 없었다. 미끄럼틀 밑에 숨어 저희들끼리 연애하느라 시시덕거리고 있나 보았다.

'머리에 피도 안 마른 것들이….'

자신을 비웃은 게 아니란 걸 알고 마음이 놓였지만 한편으론 약이 올랐다. 덕수 씨는 발밑에서 돌멩이를 집어들어 미끄럼틀을 향해 힘껏 던졌다. 텅! 소리가 생각보다 컸다. 웃음소리가 그쳤고, 덕수 씨는 가슴이 콩닥콩닥 뛰었다. 당장이라도 미끄럼틀 밑에서 검은 그림자가 튀어나와 덕수 씨의 멱살을 잡기라도 할까 봐 덕수 씨는 부지런히 발을 놀려 놀이터에서 빠져나왔다.

놀이터에서 빠져나온 덕수 씨는 정처 없이 무작정 걸었다. 자신이 어디를 걷는지도 모르는 채 마냥 걸었다. 그렇게 걷고 있으려니 자신이 마치 사막의 낙타가 된 기분이었다. 거대한 모래산 뒤에 또 모래산, 그 뒤에 또 모래산. 한없이 이어지는 모래산을 넘고 또 넘어도 결코 끝나지 않을 모래산을 넘고 있는 한 마리 고독한 낙타.

그러고 보니 아내가 본격적으로 미워지기 시작한 게 그때였던 것 같다.

각고 끝에 신혼집을 장만하고 사람들을 초대하여 집들이를 했다. 덕수 씨나 아내나 결혼 전에 모아 놓은 돈이라고 해봐야 얼마 되지 않아 은행에서 대출을 받고도 집 얻을 돈이 한참 모자랐다. 돈에 맞춰 집을 얻자면 충분히 얻을 수 있었지만, 덕수 씨의 자존심이 허락하지 않았다. 적어도 아내가 마련해 올 살림살이를 다 넣으려면 평수가 어느 정도는 돼야 했다. 혼수품을 넣을 자리가 없어 되판다면 사나이로서 얼마나 쪽팔린 일이겠는가. 더구나 그 혼수품의 절반은 덕수 씨가 요구한 것이었다. 덕수 씨는 모자란 돈을 마련하기 위해 이리 뛰고 저리 뛰었다. 그러나 아무리 애를 써도 덕수 씨에게 돈을 빌려주는 사람은 아무도 없었다. 그도 그럴 것이 덕수 씨와 조금이나마 친분이 있었던 사람들은 이미 덕수 씨에게 돈을 떼어먹힌 경험이 있었기 때문이었다. 조금만 통 크게 생각한다면 굳이 받지 않아도 속 터져 죽을 일은 없는 액수였지만, 그래도 돈 거래는 그런 게 아니다. 꿔간 사람은 까맣게 잊고 있어도, 또 안 받아도 된다고 포기했어도 자꾸만 생각나는 게 꿔준 돈이니까. 어쨌거나, 덕수 씨가 갚으려는 마음이 없어서 그렇지 갚으려고 마음만 먹는다면 그동안 덕수 씨가 꾼 돈을 모아 집을 사도 될 정도였다. 그러니 누가 덕수 씨에게 선뜻 돈을 꿔주겠는가. 그래도 다행인 건 덕수 씨가 아무리 급박한 상황에서도 사채에는 손을 대지 않았다는 것이다. 그래서 덕수 씨는 애가 탔다. 사채를 쓰지 않고 돈을 구할 방법이 없었다. 며칠 밤낮을 고심하느라 덕수 씨의 눈이 십 리는 들어갔다.

결국 결혼식 날까지도 새 집을 구하지 못했다. 신부에게는 집들이 모두 마음에 들지 않는다고 둘러댔다. 신부와 함께 보러 다닌 집들마다 어떻게든 흠을 찾아내 트집을 잡았다. 집이 서향이네, 소음이 심각하네, 습하네, 덥네, 춥네, 이웃에 아이들이 있네, 이웃이 노인이네, 현관문 손잡이 장식이 구식이네, 벽지가 촌스럽네, 바닥재가 원목이 아니네⋯. 트집 잡을 것은 무수히 많았다. 점점 지친 신부가 말했다.

"한 가지라도 흠이 없는 집이 어디 있겠어요. 웬만하면 참고 살죠. 마음에 안 들면 2년 후에 이사하면 되잖아요."

덕수 씨는 철없는 아내의 말에 화가 난 척했다. 그러고는 교훈적인 목소리로 아내를 훈계했다.

"2년 후면 우리의 신혼도 끝나. 우리 인생에서 가장 꿀같이 달콤해야 할 때를 집 때문에 고생하며 보내야겠어? 서로만을 바라보며 위해주어야 할 때 집의 하자를 생각하며 신경 쓰느라 시간을 다 보내야겠냐구. 그리고 뭐 이사하는 건 쉬운 일인 줄 알아? 애초에 좋은 집을 구하면 이사 여러 번 안 다녀도 되잖아. 자기는 여지껏 한 집에서만 살아서 이사 스트레스가 얼마나 심한 건지 몰라. 한마디로 당신은 고생을 모른다고."

신부는 눈물을 글썽이며 진심으로 미안해했다. 참으로 착한 여자였다. 덕수 씨는 한편으로 마음이 짠해져 신부의 어깨를 잡고 맹

216

세했다.

"조금만 참으라구. 곧 좋은 집을 찾을 수 있을 거야. 그때까지만 불편해도 참고 견디자. 아주 잠깐이면 될 거야."

그러나 좋은 집은 쉽게 나타나지 않았다. 정확히 말하자면 돈이 나타나지 않은 거지만. 그렇게 결혼식을 올리고도 2개월 동안이나 집을 구하지 못해 덕수 씨의 좁아터진 자취방에서 그럭저럭 살았다. 아내가 마련한 혼수는 곧 찾아가겠노라 스무 번쯤 다짐하고 처갓집에 맡겨 놓은 상태였다. 그러던 어느 날 아내가 조심스럽게 봉투를 내밀었다.

"어차피 내가 살 집이니까."

아내는 겸손하게 이 말 딱 한마디를 했다. 어딘지 굳이 묻지 않아도 돈의 출처를 알 만했으나 덕수 씨는 그냥 모르는 척했다. 그게 겸손한 아내의 태도에 대한 예의고 보답이라고 생각했다.

그렇게 얻은 신혼집에서의 집들이였다. 그날 덕수 씨는 내내 기분이 좋지 않았다. 우선 자신의 손님보다 아내의 손님이 더 많아서 초장부터 자존심이 상했다. 아내의 손님은 초등학교 동창부터 현재의 직장 동료까지 열댓 명 온 데 비해 덕수 씨의 친구는 고작 셋뿐이었다. 영원한 우정을 맹세했던 그 많은 친구들은 다 어디 갔는지 하나도 안 보이고, 찍히면 피곤하니까 억지로 온 듯한 얼굴의 회사 동료 셋이었다. 그들은 그나마도 저녁만 먹고 애가 아프다는 둥, 사실은 오늘이 장모님 생신이었다는 둥, 고양이한테 밥 주는 걸 깜빡 잊었다는 둥 핑계를 대며 급히 돌아갔다. 덕수 씨는 못내 서운한 얼굴로 그들을 배웅하며 언젠가 다시 한번 초대하겠으니 부담 없이 오라고 말했다. 그들은 고개를 주억거리며 다음번엔 꼭 마지막까지 있겠다고 말했지만 어째 초대해도 영 오지 않을 것 같은 분위기였다.

자신의 손님을 배웅하고 돌아오니 이미 술판이 거나하게 벌어져 있었다. 아내의 손님들은 뭐가 그리 즐거운지 큰소리로 웃으며 떠들어대고 있었다. 덕수 씨가 어정쩡한 자세로 상머리에 앉자 아내의 초등학교 동창 중 한 명이 소주와 맥주를 섞어 만든 폭탄주를 건넸다. 결혼 전에 인사한 적이 있는데, 술을 말로 먹어도 끄떡없다고 해서 별명이 '말통'인 친구였다. 덕수 씨는 그 친구로부터 건네받은 잔을 받아들고는 어색한 웃음을 지어보였다.

"그런데 너희 그거 알아?"

한참을 웃고 떠들던 아내가 진지한 얼굴로 좌중의 시선을 모았다.

"사막에 말이야, 낙타가 있잖아."

"그렇지, 그렇지. 사막에는 낙타가 있지."

술에 취해 눈이 반쯤 풀린 아내의 직장 동료가 아내의 말에 추임새를 넣었다.

"그 낙타에게는 모두 주인이 있대."

"그렇지, 그렇지. 낙타에게는 주인이 있지."

"사막에서는 낙타가 주요한 교통수단이잖아. 마치 우리의 자동차처럼."

"그렇지, 그렇지. 마치 우리의 자동차처럼."

"그래서 사막에는 말이야, 낙타들의 동선을 관리하는 교통경찰이 있대. 야, 넌 좀 조용히 있어."

술 취한 동료가 뭐라 하기도 전에 아내가 빽 소리를 질렀다. 동료는 목을 자라처럼 움츠리고 겸연쩍은 듯 헤헤 웃었다. 덕수 씨는 동료 앞에서 카리스마 있게 행동하는 아내의 모습에 적잖이 놀라고 당황했다. 자신은 그동안 한번도 보지 못했던 모습이었다. 저렇게 당찬 아내가 자신에게만큼은 순한 양처럼 굴어주니 조금은 으쓱하고 감동적이기까지 하였다.

"사막에서는 낙타의 제한 속도가 시속 80킬로미터인데, 낙타가 이보다 더 빨리 달리면 사막의 교통경찰이 낙타 주인에게 딱지를 끊는대."

아내의 말이 끝나자 둘러앉은 동료들이 그게 무슨 말도 안 되는 소리냐며 각자 아우성을 쳤다. 사막에 교통경찰이 있다는 소리는 생전 들어본 적이 없으며, 설사 있다 치더라도 그 넓은 사막에서 어떻게 출퇴근을 하냐는 것이었다. 각자 아우성을 치며 저마다의 의견을 피력하는 와중에 술 취한 아내의 동료가 덕수 씨에게 몸을 기대며 물었다.

"그런데 낙타가 시속 80킬로미터 이상 달릴 수 있어요?"

순간 덕수 씨는 몹시 피곤해졌다. 그래서 귀찮다는 듯 술 취한 아내의 동료를 밀어냈더니 그는 그대로 옆으로 쓰러져 달팽이처럼 몸을 움츠렸다.

아내의 동료들은 밤이 지나고 새벽이 올 때까지 갈 생각을 안 했다. 도대체 매너라고는 눈을 씻고 찾아보려야 찾아볼 수 없는 사람들이었다. 덕수 씨가 아내에게 조용히 눈치를 주었지만 아내는 눈 하나 꿈쩍 안 했다. 덕수 씨는 앉아서 몸을 왼쪽으로 꼬고 오른쪽으로 꼬다가 꾸벅꾸벅 졸았다. 졸다 깨보면 아내와 동료들은 그 자세 그대로 서로 부어라 마셔라 하고 있었다. 참다 참다 화가 난 덕수 씨가 아내와 그의 동료들을 향해 말했다.

"저, 시간이 많이 늦었는데 안 가보셔도 돼요?"

덕수 씨 딴엔 나무라려고 한 소리인데, 매너 없고 눈치도 없는 아내의 동료들은 그 말을 걱정하는 소리로 받아들였나 보았다. 그들은 아주아주 천진한 얼굴로 "저희는 괜찮으니 걱정하지 마세요. 피곤하면 들어가서 먼저 주무셔도 돼요." 이러는 것이었다.

그렇게 그들은 밤새 놀다가 다음날 점심 때 중국집에서 짬뽕을 시켜 먹고, 꺼억 트림이 나올 때까지 수다를 떨다 돌아갔다. 난장판이 된 집 안을 치우려 거드는 사람 하나 없이 모두들 처음 올 때처럼 해맑은 얼굴로 또 보자는 인사말만 남기고 사라져버렸다. 매너 없고 눈치 없고 싸가지까지 없는 사람들이었다.

아아, 그때 알아봤어야 했는데. 덕수 씨는 탄식했다. 그때 마누라의 요망한 면모를 파악하고 단단히 조치를 취해두었더라면 지금 이 순간, 이 늦은 밤에 하릴없이 거리를 배회하는 일은 없었을 거라고 덕수 씨는 생각했다. 그러자 설악산 흔들바위만큼이나 무거운 한숨이 가슴 저 밑바닥으로부터 터져 나왔다.

덕수 씨는 너무 오래 걸어서 다리가 아팠다. 배도 좀 고픈 것 같왔다.

'이쯤에서 그냥 들어갈까?'

그러나 덕수 씨는 이내 고개를 흔들었다. 사나이가 먹은 마음이 있는데, 그 뜻을 이루기도 전에 꺾을 수는 없었다. 덕수 씨는 쓰레기를 버리러 갔다가 갑자기 행방불명된 남편 때문에 아내의 속이 바짝바짝 타들어가서 마침내 검은 숯덩이가 되길 바랐다. 그래야 자신이 얼마나 소중하고 근사한 존재였는지 알아줄 거란 계산에서였다. 돈 한 푼 없이, 휴대 전화도 없이 사라진 것이 극적 효과를 더해줄 거였다. 덕수 씨는 지금쯤 안절부절못하고 있을 아내를 떠올리자 통쾌하기 이를 데 없었다. 기다리고 기다리다 아파트 주변을 살피고, 여기저기 전화를 해보고, 이윽고 경찰서에 실종 신고를 하겠지만 실종된 지 하루도 되지 않았으므로 경찰서에서는 실종 신고를 받아주지 않을 것이다. 그리하여 결국 한밤중에 쓰레기를 버리고 오라고, 그것도 지금 당장 버리고 오라고 소리 지른 자신을 책망하며 후회의 눈물을 펑펑 흘리고 있겠지.

"그러니까 있을 때 잘했어야지."

덕수 씨는 한때 아내가 가출을 감행하여 온밤 내내 자신을 애태웠던 것을 떠올리며 지금 자신이 행하고 있는 복수가 이치에 합당하며 정의로운 것이라고 생각했다.

아내는 실로 별것 아닌 일로 집을 나가버렸다.

늘 고분고분했던 아내가 결혼 후 자신이 마련한 돈으로 집을 구하자 급격히 변해버렸다. 게다가 집들이 때 자신의 세력을 확실하게 과시한 후에는 기세가 등등하여 사사건건 덕수 씨를 우습게 보기 시작했다. 그때마다 아주 사소하게 말다툼을 하였으나 덕수 씨는 넓은 아량을 베풀어 부당하다고 생각되는 것들조차 아내의 뜻에 맞추어 다 받아주었다. 매일매일 화가 났지만 덕수 씨가 꾹꾹 참은 이유는 아내가 집을 마련했기 때문은 분명 아니었다. 그것은 아내를 사랑하고 존중했기 때문이었다. 그런데도 아내는 이러한 덕수 씨의 순정을 무시한 채 크고 작은 일이 발생할 때마다 덕수 씨의 자존심에 상처를 입혔다.

싸움이란 게 늘 그렇지만, 그날 싸움의 발단도 지극히 사소했다. 너무나 사소해서 차마 부끄러운 그런 일이었다.

그날은 일요일이었고, 연휴의 두 번째 날이었다. 전날 아내는 오후 2시까지 잠을 잤고, 일어나서 한 일이란 세탁기에 빨래를 돌린 게 전부였다. 다 된 빨래는 덕수 씨가 널었다. 아침과 점심도 덕수 씨가 차려먹었고, 저녁은 아내의 의사대로 자장면을 시켜 먹었다. 충분한 휴식을 취하며 토요일을 게으르게 보낸 아내는 일요일인 다음날도 오전 11시가 다 되도록 잠을 잤다. 그래도 덕수 씨는 아내를 깨우지 않았다. 아침도 혼자 차려 먹었다. 아내의 잠을 방해하지 않으려 보고 싶은 프로그램이 있었으나 티브이도 켜지 않았다. 무료한 덕수 씨는 인터넷 서핑을 하기 시작했고, 우연히 부대찌개를 검색하게 되었고, 부대찌개의 영상을 보자 갑자기 부대찌개가 먹고 싶어졌다. 이때 시간은 마침 12시 점심시간을 향해 치닫고 있었다.

전날 아내가 충분한 휴식을 취했다고 판단한 덕수 씨는 자고 있는 아내를 흔들어 깨웠다.

"여보, 나 부대찌개 먹고 싶어."

실눈을 뜬 아내가 말했다.

"사 먹고 와."

다시 덕수 씨가 말했다.

"사 먹는 거 말고 집에서 한 걸 먹고 싶어."

아내가 누운 채 기지개를 켜며 말했다.

"그럼 해 먹어."

덕수 씨는 조금 화가 났지만 꾹 참고 부드러운 목소리로 말했다.

"당신이 해줘."

아내가 옆으로 돌아누우며 말했다.

"재료도 없잖아. 그런 건 사 먹는 게 훨씬 싸고 맛있어."

덕수 씨가 돌아누운 아내를 흔들며 말했다.

"당신이 해줘. 당신이 한 걸 먹고 싶단 말야. 재료는 내가 사올게. 응? 해줘."

"재료가 뭐 필요한지 알기나 해?"

"당신이 적어주면 되지."

"나도 몰라."

"내가 인터넷에서 검색해 놓은 기 있어. 그거 보고 적어줘. 당장 사올게."

이때부터 시작된 아내의 짜증이 재료를 다듬고 음식을 만드는 내내 계속되었다.

"한 달에 딱 한 번 있는 휴일에 쉴 자격도 없는 거야, 내가?"

아내는 이런 식의 푸념을 구시렁구시렁 늘어 놓으며 부대찌개를 만들었다. 덕수 씨는 아내의 짜증을 들으며 혹시 아내가 부대찌개에 침이라도 뱉는 건 아닐까 걱정했다. 하릴없이 부대찌개를 만드는 아내 주위를 오가며 감시를 했다. 다행히 침을 뱉진 않았다.

환상적인 맛까지는 아니어도 아내가 만든 부대찌개는 매우 맛있었다.

"어때? 맛이 괜찮아?"

덕수 씨는 아내의 물음에 솔직히 대답하기 싫었다. 부대찌개 하나 얻어먹으려고 들인 그동안의 노력이 참담했다. 깊게 우러난 국물을 한 숟갈 한 숟갈 떠먹을 때마다 점점 더 참담해졌다. 그래서 점점 더 화가 났다. 화가 난 덕수 씨는 아무 대답도 하지 않았다. 그러자 아내가 빈정거리듯 말했다.

"하긴, 음식 만드는 사람 기분이 좋아야 음식 맛도 있는 거지."

너무나 뻔뻔스러운 말에 덕수 씨는 기가 막혔다.

"입 다물고 밥이나 먹어."

"뭐?"

"네 입에서 나오는 말은 다 시끄럽고 듣기도 싫으니까 입 다물라고."

"쳇, 이게 지금껏 땀 뻘뻘 흘리면서 음식 만든 사람에게 할 소리야? 그냥 맛있다고 한마디 해주면 안 되는 거야?"

"맛이 있어야 맛있다고 할 거 아냐. 너처럼 하면 아무리 산해진

224

미를 갖다 줘도 다 맛없어. 이깟 부대찌개 하나 해주면서 온갖 짜증에 생색은. 너하고 결혼해서 내가 너한테 밥 얻어먹은 적이 얼마나 돼? 너는 나한테 미안하지도 않아?"

"나 안 먹어. 다 먹고 상 치워!"

"나도 안 먹어. 네가 치워."

"싫어. 당신이 치워!"

"좋은 말 할 때 치워라."

"나한테 명령하지 마!"

이쯤 되니 덕수 씨의 참을성도 임계점에 다다랐다. 덕수 씨는 화가 폭발하여 자신도 모르게 상을 뒤엎어버렸다. 깨지는 소리를 내며 그릇들이 부서졌다. 반찬들이 바닥에 어지러이 흩어지며 냄새를 피워 올렸다. 부대찌개 국물이 사방으로 튀었다. 덕수 씨는 상이 엎어지던 그 순간 이내 자신의 잘못을 깨달았으나 아내에게 약한 모습을 보일 수는 없었다. 그리하여 덕수 씨는 더욱 눈을 부라리며 아내에게 말했다.

"치워! 안 치우면 오늘 나한테 맞아 죽을 줄 알아."

그리고는 다급하게 방으로 가 화난 척 방문을 쾅 닫았다. 바깥 소리에 귀기울여보니 한참 동안 아무런 기척이 없다가 곧 사금파리 부딪치는 소리가 들려왔다. 방문 틈으로 살짝 내다보니 아내는 울고 있는 듯 눈가를 연신 훔쳐내며 깨진 그릇들을 치우고 있었다. 그 모습을 보니 마음 한편이 짠했다.

덕수 씨는 침대로 가 베개에 얼굴을 묻고 아내에게 사과를 할 것인가 말 것인가 고민했다. 화를 참고 참다가 폭발한 거였지만 그렇다고 상을 엎어버린 건 좀 과한 행동인 것 같았다. 그렇다고 사과를 하자니 이 문제의 원인은 아내에게 있었고, 자신은 게으른 데다 드세기까지 한 아내의 발화에 의해 크나큰 마음의 상처를 입은 피해자였으므로 좀 억울한 느낌이 들기도 했다.

"아, 몰라. 아, 몰라. 젠장, 난 모른다고!"

덕수 씨는 얼굴을 베개에 파묻은 채 발버둥쳤다. 생각하면 할수록 상황을 이렇게까지 복잡하게 만든 아내가 점점 더 미워졌다. 아내가 미워지자 미안한 마음이 점차 사라지면서 아내에게 사과를 받으면 받았지 사과를 해야 할 하등의 이유가 없는 것처럼 생각되었다. 그럼에도 불구하고 덕수 씨의 가슴 한구석은 뭔지 모를 회한으로 내내 찜찜했다. 그리하여 덕수 씨는 닫힌 문을 자꾸만 흘끔거리며 생각했다. 언젠가는 사과를 하겠지만 지금은 아니라고. 어리석은 아내가 자신의 잘못을 깨닫고 참회의 눈물을 흘리며 빌어오면 그때 가서 지아비의 어진 마음으로 통 크게 용서하고 자신이 저지른 잠깐의 실수에 대해 용서를 빌겠다고.

깜빡 잠이 들었나보았다. 눈을 떠보니 집안이 괴괴했다. 방문 틈으로 바깥을 내다보니 아내가 보이지 않았다. 방문을 열고 밖으로 나가서 화장실 문을 열어봤다. 아내는 없었다. 집안 구석구석, 심지어 식탁 밑까지 찾아봤으나 아내는 없었다. 잠깐 나갔나보다 생각하고 있을 때, 냉장고 문에 붙은 쪽지를 발견했다.

'당신의 폭력성에 치가 떨려. 참는 것이 우리의 앞날에 어떤 도움

이 될지 생각 좀 해봐야겠어. 찾지 마.'

덕수 씨는 가슴이 쿵 내려앉는 듯했다. 득달같이 아내의 휴대 전화로 전화를 걸었지만 아내는 끝내 받지 않았다. 여기저기 전화를 해봤지만 모두 한결같이 해맑은 목소리로 아내의 안부를 물었다. 경찰서에 가서 실종 신고를 하려고 했지만, 담당 경찰은 짜증스러운 목소리로 집에 가서 기다려보라고만 했다. 경찰이 남의 집 부부 싸움까지 관여하면 언제 민중의 지팡이 노릇을 할 수 있겠냐는 거였다. 그러면서 싸웠다고 집을 나가는 여편네들은 집 나가면 개고생이라는 걸 깨달을 수 있게 생고생을 해봐야 한다는 것이었다. 덕수 씨는 남의 아내에 대해 함부로 말하는 경찰에게 화가 났으나 꾹 참고 발길을 돌려 집으로 왔다. 혹시라도 전화가 걸려올까, 문자라도 왔을까 수시로 휴대 전화를 들여다봤지만 아내에게선 아무런 소식이 없었다. 속절없는 기다림의 시간 동안 아내에게 용서를 구하는 문자 메시지를 수백 통 보내는 것 말고 덕수 씨가 할 수 있는 일이 아무 것도 없어서 덕수 씨는 자꾸자꾸 눈물이 났다.

그때의 심경을 떠올리자 덕수 씨는 슬슬 아내가 불쌍해졌다. 어쩌면 순간의 화를 참지 못하는 자신에게 더 큰 문제가 있는 것일지도 모른다고 덕수 씨는 자책했다.

꼬르륵.

배가 고팠다. 다리도 아프고 추웠다. 그때의 아내도 지금의 자신처럼 춥고 배고프고 다리 아팠을 거란 생각이 들자 아내에게 점점 미안해졌다.

'이럴 줄 알았으면 휴대 전화라도 들고 나올걸.'

덕수 씨는 후회했다. 전화도 안 되고, 돈도 없이 나가 오랫동안 아무 소식도 없는 남편이 얼마나 걱정될까? 덕수 씨는 집을 향해 바삐 걸었다.

'아내는 이 한밤을 눈물로 적시며 뼈저린 후회를 하고 있을 거야. 그러는 게 아니었는데 골백번도 더 생각하며 반성하고 있겠지. 내가 문을 열고 들어서는 순간, 쏜살같이 뛰어와 내 품에 안기며 잘못했다고 싹싹 빌 거야. 휴대 전화는 왜 안 가져간 거냐고 따져 묻기도 하겠지만 그건 어디까지나 걱정이 되어서 하는 소리니까 통 크게 받아주지 뭐. 영웅의 운명을 타고난 자답게 모든 것을 깨끗이 용서하자. 그러나 이 말 한마디는 꼭 하자. 그러니까 있을 때 잘하랬지!'

생각할수록 덕수 씨는 즐거워졌다. 지금 이 순간만큼 집으로 돌아가는 길이 즐거웠던 적은 없는 것 같았다.

덕수 씨가 문을 열고 안으로 들어가자 누린내가 확 끼쳤다.

'아닐 거야. 아닐 거야.'

속으로 되뇌며 한 발짝 한 발짝 안으로 들어서는 덕수 씨의 마음에 실망감과 함께 간절한 염원이 싹텄다.

'아닐 거야. 제발, 이건 꿈이라고 해줘.'

덕수 씨의 눈에서 눈물이 솟구쳤다.

그 시간, 아내는 아무렇지 않은 얼굴로 순대를 먹고 있었다. 그것도 걸신들린 것처럼 두 개씩 집어먹고 있었다. 젓가락도 없이 손으로. 쩝쩝 소리를 내며 순대를 먹고 있는 아내의 얼굴에는 집을 나가서 죽었는지 살았는지 소식도 없는 남편에 대한 걱정 따윈 없었다.

"잘도 처먹는구나. 돼지 같은 년!"

눈물을 삼키자 눈물 대신 욕설이 튀어나왔다.

"뭐?"

"넌 남편이 밤늦게 나가서 안 들어오는데 걱정도 안 되냐? 돼지 같이 먹을 게 목구멍으로 들어가냐고, 씨발!"

순간 덕수 씨의 이마로 순대가 날아들었다. 첫 번째 순대가 덕수 씨의 이마를 정통으로 맞추고 바닥으로 떨어지자 연이어 순대들이 날아왔다. 순대는 덕수 씨의 눈두덩과 뺨과 머리를 사정없이 맞추고 바닥으로 떨어졌다.

"내가 순대 먹을 자격도 없는 사람이야, 당신 눈에는?"

적반하장도 이런 적반하장이 없었다. 덕수 씨는 달려가 아내의 오른쪽 뺨을 짝 소리 나게 올려붙였다. 연이어 왼쪽 뺨도 짝 소리 나게 때렸다.

"이 돼지 같은 년아. 말이면 단 줄 알아? 네가 남편을 얼마나 좆같이 봤으면 이런 식으로 무시를 해! 너 오늘 내 손에 뒈져봐라, 이년아."

덕수 씨의 주먹이 아내의 몸에 꽂혔다. 처음에 뺨을 맞고 눈물을 뚝뚝 흘리던 아내는 덕수 씨의 주먹이 무차별적으로 날아들자 신음 소리조차 없이 온몸으로 그것을 다 받아냈다. 한참을 그렇게 공중에 매달린 샌드백처럼 고요히. 덕수 씨는 아무 저항 없이 곰처럼 맞고만 있는 아내가 더욱 미워져서 아내의 머리채를 잡아 바닥에 패대기쳤다. 저만치 나가떨어진 아내가 몸을 말았다. 그러고는 고통스러운 듯 웅크린 채 한동안 움직이지 않았다.

"아, 왜, 뭐, 뭐어!"

눈이 튀어나올 듯 노려보며 상상에 빠져 있던 덕수 씨에게 아내가 턱을 바짝 치켜들고 대들었다. 덕수 씨는 그 모양새가 마치 목털을 잔뜩 곤추세우고 꼬꼬댁거리는 암탉 같다고 생각했다. 꼴도 보기 싫었다. 덕수 씨는 분노에 차 씩씩거리며 아내를 노려봤다. 그리고 말했다.

"내가 뭘! 나는 생각도 못하냐?"

아내는 덕수 씨를 향해 크게 콧방귀를 뀌었다.

"흥, 웃기시고 있네. 생각은 아무나 하냐?"

그러고는 접시에 하나 남은 순대를 마저 집어 들었다. 덕수 씨는 또다시 순대가 날아들까 봐 얼른 팔을 들어 올려 얼굴을 감쌌다. 아내는 그런 덕수 씨를 보고 피식 웃더니 하나 남은 순대를 자기 입에 쏙 집어 넣었다. 그러고는 덕수 씨를 향해 혀를 쑥 내밀더니 벌떡 일어서서 안방으로 가 방문을 쾅 소리 나게 닫았다. 아내가 갑자기 일어나는 서슬에 상 위에서 팽그르르 돌던 접시가 그때까지도 몸을 부르르 떨고 있었다.

'저런, 돼지 같은 년. 아주 그냥 끝까지 처먹어대는구나. 아우 씨, 그때 저년의 목을 땄어야 했는데!'

덕수 씨는 지금 무척 화가 났고, 뼈에 사무친 원수처럼 아내가 미웠다.

거짓말의 매혹과 이야기의 미래

-

최진석

문학평론가

1. 인간, 거짓말—이야기에 중독된 존재

누구든 어린 시절에 한 번쯤 솔거에 관한 이야기를 들어본 적이 있을 듯하다. 신라 시대의 유명한 화가였던 그가 어느 날 황룡사 담벼락에 소나무 그림을 그렸는데, 실제 나무와 구별이 가지 않을 정도로 똑같이 묘사했기에 그만 작은 새들이 그림의 나뭇가지에 앉으러 날아왔다가 벽에 부딪혀 죽었다는 것이다. 세월이 흘러 그림의 빛이 바래졌어도 새들은 끊임없이 찾아왔는데, 어느 승려가 새로 칠을 하자 그 후로는 더 이상 날아오지 않더라는 후문까지. 이 전설 같은 이야기가 시사하는 바는 의미심장하다. 한편으로 그것은 예술이 현실보다 더욱 근원적인 이상理想을 구현한다는 심미적 미학관을 보여준다. 예술은 우리가 살아가는 이 세계의 사물들을 흉내 내지만, 그 미학적 진정성은 현실을 가뿐히 초월해버린다. 다른 한편, 이 이야기는 예술이, 즉 현실에 내려온 이데아의 모상이 매혹적인 동시에 대단히 위험한 사물이란 점을 드러낸다. 솔거의 그림에는 새들이 미혹당했지만, 근대의 소설에는 인간이 낚여 들어 파탄에 이른다. 허구가 던지는 매혹과 위험이랄까, 관건은 그것이 진짜냐 가짜냐에 있지 않다. 인간은 가짜란 사실을 뻔히 알면서도 부러 달려들어 파멸을 맞이하는 존재니까.

라캉(Jacques Lacan)에 따르면 인간 본성의 가장 역설적 측면은 실재(the real)에 대한 열망, 그것을 위해서라면 무엇이든 내던질 수 있는 무모한 욕망에 있다. 살려는 본능은 다른 어떤 동물보다도 강하지만, 동시에 인간은 자신이 추구하는 욕망, 현실 너머의 진정한 실재에 도달하기 위해서라면 기꺼이 자기 목숨도 바칠 수 있는 불가사의한 존재이다. 문제는 그런 실재, 욕망의 대상이 위대한 대의나 거창한 이념 같은 게 아니라 황홀경의 감각이란 점에 있다. 가령 자신이 만든 조각상에 반해 현실의 여성들에게는 아무런 욕망도 느끼지 못하게 된 피그말리온의 신화를 떠올려보라. 그를 사로잡은 매혹의 본질은 이성적인 사유나 합리적 판단이 아니라 감각의 몰입에 다름 아니었다. 신화에서 피그말리온은 아프로디테의 축복을 받아 인간으로 변한 조각상과 사랑의 결실을 맺게 되지만, 우리는 이 신화의 근대적 변형들을 통해 그 매혹적인 이야기가 결코 아름답고 행복하게 끝나지 않을 수 있음을 잘 안다. 메리 셸리(Mary Shelley)의 『프랑켄슈타인』(Frankenstein, 1818)은 진정한 사물을 창조하고 사랑하려는 욕망이 얼마나 파멸적일 수 있는지 섬뜩할 정도로 생생히 보여주지 않았는가. 핵심은 인간이 매혹의 이면에 자리한 위험을 알고 있음에도 불구하고, 거기에 자신을 기꺼이 내맡긴다는 사실이다.

신화와 전설, 그 밖에 예술의 오래된 형식들은 자연의 형상이나 인간의 모상을 통해 그 위태로운 매혹을 실체화해왔다. 신, 괴물, 타자는 그렇게 알려진 매혹의 이미지들이다. 하지만 인간이 가장 오랫동안 매혹되어왔던 것은 자신의 말, 곧 이야기였노라고 말해도 좋을 듯하다. 태곳적 누군가의 웅얼거림으로부터 비롯되었을 이야기의 기원은, 이유를 알 수 없이 던져진 이 세계 속에서 인간이 자신을 설명하고 견디며 살아가기 위함이었다. 물론 이야기는 언어에 투영된 이미지, 말로 조형된 가짜 형상에 불과하다. 그러나 오직 이야기만이 자연과 타인, 자기 자신과의 지루하고도 외로운 투쟁에서 인간의 무기이자 친구, 생존의 버팀목이 되어주었다. 이야기는 자신을 속이고 세계를 왜곡시키며, 마침내 파국으로 가는 길을 열어놓기도 한다. 하지만 이야기가 없었더라면 천국과 지옥을 오가는 지독하고도 감미로운 감각의 만족을 인간은 영영 알지도 못했을 터. 알면서도 속고, 속으면서도 기꺼이 달려드는 그 매혹의 자리에 소설이 있다. 가짜이지만 진짜보다도 강렬하며, 거짓말이되 참말보다 진정 어린 이야기로서의 소설. 그렇다면 이야기에, 거짓말에, 소설에 우리 인간은 본래적으로 중독된 존재라 불러도 틀리진 않으리라.

2. 즐거움, 삶을 위한 이야기의 효용

소설의 즐거움을 탐색하는 것은, 그러므로 거짓말의 매혹을 따지는 일과 다르지 않다. 왜 우리는 거짓말을 하는가? 바꿔 말하면, 왜 우리는 소설을 읽는가? 일상생활에서 거짓말은 타인을 속이고 이익을 편취하는 부도덕한 행위를 가리키지만, 소설에서는 전혀 다른 의미를 갖는다. 밀란 쿤데라(Milan Kundera)를 빌리면, 소설이라는 허구 즉 거짓된 이야기는 인식과 존재의 두 방향에서 도덕 이상의 무엇인가를 발생시킨다. 단도직입적으로 말해 소설의 거짓은 인식론적으로 우리에게 새로움을 일깨워주며, 존재론적으로는 다른 삶의 가능성을 열어준다는 것이다. 새로움과 다름, 이것은 소설이라는 거짓말이 우리에게 던져주는 쾌락의 선물이자 사건이다. 일상의 공허를 견디고 생활의 곤경을 넘어설 수 있는 디딤돌로서 소설은, 그 허용된 거짓말은 우리의 삶을 비로소 삶이 되게 해준다. 지금 독자의 손에 쥐어진 박혜지의 첫 소설집은 과연 어떤 거짓말로 우리를 유혹하는가?

첫 번째 작품 「최고의 거짓말」로 시작해보자. 시월의 어느 오후, 갑을병정 네 사람은 고시원 근처 편의점에 앉아 시간을 흘려보내는 중이다. "저마다 슬프고 지치고 무엇엔가 실망한 기색이 역력"한 그들은 우리 시대의 청춘이 직면한 곤고함을 대변한다. 젊은 그들에게는 일이 없고, 사랑이 없고, 희망이 없다. 나이가 들면서 자연스럽게 몸과 마음에 젖어 드는 피로감이 아니라 처음부터 세상의 벽에 부딪혀 피어날 높이를 상실한 청춘의 무기력이 그들에게 배어 있다. 이런 그들이 선택한 놀이가 '거짓말하기'다. 하지만 이 놀이는 얼토당토않은 망상의 경쟁이 아니라 "자기가 할 수 있는 가장 최초의 기억"에 근거한 이야기의 경연이 되어야 한다. "가장 그럴듯하게" 늘어놓은 기억의 서사야말로 개연성에 바탕을 둔 소설의 정의 아닌가. 현실로부터 취재하여 구성된 이야기지만, 현실 그 자체와는 같지 않은 허구의 상상력. 누구의 이야기가 과연 최고의 거짓말일까?

네 명의 젊은이는 시간의 순서를 거슬러 오르는 완연한 소설의 서사를 통해 거짓의 향연에 빠져든다. 먼저 갑이 내놓은 거짓말은 그가 갓 출생했을 때로부터 돌까지의 기억이다. 엄마의 향긋한 냄새와 분리를 명령하는 아버지의 폭력, 그리고 홀로 성장해야 한다는 예감으로 가득한 고독의 추억이 거기 있다. 흡사 오이디푸스 콤플렉스를 극화한 듯한 이 이야기에는 유아가 겪을 법한 친근함과 거부감, 혼자됨의 감각이 진짜처럼 천역덕스레 녹아들어 있다. 바통을 이어받은 정은 엄마 배속으로 되돌아간다. 한국 현대사와 미묘하게 겹쳐지는 이 기억은 그가 칠삭둥이로 태어나기까지 엄마의 양수 속에서 느꼈던 자유의 경험을 풀어낸다. 좁디좁은 자궁 속 자유와 대비되는 이 넓은 세상의 부자유가 그를 태아적 이야기로 끌어들인 셈이다. 정자 시절을 회고하는 을은 본격적으로 소설의 궤적을 밟아간다. 엄마 배속에서 수정이 이루어지기까지 아버지의 여성 편력을 술회하는 그의 기억은 남성적 욕망의 저열함과 부질없음을 곁에서 목격이나 한 듯 들려준다. 그저 바람둥이 아버지의 여성 편력이 다는 아니다. 흥미롭게도 을은 모든 이야기의 취소 가능성을, 그의 아버지가 고자가 될 뻔했다는 점을 통해 강조한다. "그때 아버지가 진짜 고자가 되었다면, 아버지는 좀 더 행복하지 않았을까." 만일 그랬다면, 지금 이 기억을 떠올리는 을의 삶 또한 좀 더 행복했을까? 아예 태어나지 못했으니 생의 고통을 느낄 겨를도 없었겠지만, 이야기하기의 즐거움 또한 누릴 수 없지 않았을까. 마지막으로 병의 이야기. 유아에서 태아로, 정자 시절로 거슬러간 그들의 기억담은 이제 전생까지 뻗어간다. 식민지 시절의 독립군으로 활동하던 병은 호랑이마저 감복시키는 애국심으로 친일파 아버지의 집에 잠입하지만, 부뚜막의 밥 한 그릇을 허겁지겁 먹다가 급체로 숨지고 말았다. 제아무리 대단하고 위대한 소명 내지 이상을 품고 있어도, 급히 먹은 한 끼 밥에 죽을 수 있는 게 사람의 운명이란 것.

누구의 이야기가 승리했을까? 을의 손을 들어준 심사평이 그럴듯하다. "이야기의 분량이 이야기꾼의 성실성을 가늠케 했고, 자칫 부끄러울 수도 있는 이야기를 솔직담백하게 토로한 점을 높이 샀으며, 무엇보다 그나마 가장 믿을 만한 거짓말"이라는 것. 이 단편의 주제가 단지 한량들의 심심파적에 그치진 않을 성싶다. 오히려 여기엔 '거짓말의 발명'이자 '이야기꾼의 탄생'이라 부를 만한 사건이 있다. 일상에 지치고 실망한 청년들은 삶을 되찾기 위해, 무의미를 넘어서기 위해 거짓말을 시작했다. 무기력에 빠졌던 그들이 활력을 되찾는 과정은 그들이 자신의 욕망에 몰입하여 이야기꾼이 되면서 비롯되었다. 일과 사랑, 희망이 없던 청년들은 작가가 '되는' 기묘한 존재의 변환을 경험한 셈이다.

정체된 삶을 되살리는 거짓말의 힘은 박혜지 소설의 주제이자 원동력이라 말해도 과언이 아니다. 때로 그것은 환상의 형태를 띠고 나타나 사람들을 겁주기도 하지만, 또한 생의 투지를 불사르는 불쏘시개로 밝혀진다. 「오합지졸 특공대」를 보자. 등장인물들은 하나같이 사회의 하층부를 살아가는 '별 볼 일 없는' 사람들이다. 신체적 불구성으로 상징되는 이들의 불완전한 삶은, 어느 날 철물점 이 씨의 도난 사고로 불거진 "이상한 것"에 대한 두려움과 호기심으로 들썩이게 된다. "신출귀몰"한 "검은 그림자"라고도 불리는 그것은 귀신인지 사람인지 알 길 없는 미지의 대상이다. 재미있게도, 등장인물들이 안고 있는 신체적 불구는 하나같이 '그것'과 관련되어 있다. 가령 채소 행상 박 씨가 다리를 잃고, 청소부 동 씨가 팔을 상실한 것은, 그들의 삶에 '그것'이 끼어들었기 때문이다. 담배 가게 성씨가 화재로 얼굴이 상한 것도, 오 박사가 설암에 걸린 것도 똑같은 이유다. 이쯤 되면 도대체 '그것'이 무엇인지 궁금해 죽을 지경이다. 사람들은 각자의 단점을 서로의 장점으로 보완하게 되고, 요란스런 추적 끝에 그것을 잡아내는 데 성공한다. 그런데 범인은 너무나 뜻밖의 대상이다. 정말 그것이 모든 이들의 현재 삶을 규정지은 사건의 원인일까? 일상에 대한 사실적 묘사가 도달한 비현실적인 환상의 대상. 어쩌면 그것은 사람들의 나약하고 수동적인 삶에, 서로에 대한 믿음과 의욕, 소통의 씨앗을 던져주는 빌미가 아니었을까. 현재의 불운을 설명해주고 반목하는 상대방을 이해하며, 어떻게든 함께 손을 맞잡을 수 있게 해준 매개물이 바로 '그것' 아닌가. 우리는 범인의 정체를 어떤 실체적 대상에서 찾을 필요가 없다. 등장인물들이 찾고자 했던 것은, 설령 거짓이라 할지라도 자신의 지금 삶을 받아들일 수 있게 해주는 이야기였기 때문이다. 어쨌거나 이 '오합지졸'을 '특공대'로 묶고, '특공대'로서 활약하게 해준 핑계는 거짓말이었던 셈이다.

　이토록 역동적인 거짓말의 힘은 「성스러운 피: 해커」에서 더욱 상승 고도에 이른다. 1인칭 화자의 내밀한 개인사를 반추하는 이 이야기에서 가장 신비스럽게 여겨지는 요소는 제목에 있다. 왜 '해커'일까? 작품에는 컴퓨터나 프로그램 해킹에 관한 어떠한 암시도 나오지 않는다. 오히려 작품은 옛날이야기를 읊조리는 듯 먼 과거에서 발원하여 식민지 시대와 해방 공간을 암유하는 단서들로 가득 차 있다. 이야기는 사랑과 욕망, 배신과 복수, 처절한 생존의 욕구로 점철된 한 편의 서사드라마처럼 진행된다. 음모와 음모가 중첩된 누대에 걸친 이야기가 막바지에 도달해서야, 우리는 화자가 어떤 "엄청난 일"을 저지른 후 자신을 변호하고 있다는 사실을 깨닫게 된다. 하지만 그가 구체적으로 무엇을 어떻게 벌였는지, 앞으로 어떤 일을 하겠다고 으름장을 놓는 것인지는 알 수 없다. 아마도 화자는 자신이 해킹으로 이 세상을 발칵 뒤집어 놓을 수 있음을 경고하는 듯하다. "그러니 나를 더 이상 화나게 하지 마라. 아직까지는 그런 대로 즐기고 있다. 하지만 내가 조용히 돌변하는 순간이 언제 닥칠지 당신들은 모른다. 나는 성스러운 피를 물려받았다." 놀라운 것은 화자의 해킹 실력이 아니라 '말빨'이다. 이 소설계의 '해커'는 자신의 선조들이 행했던 엄청난 원한과 배신과 복수의 드라마가 자신의 핏줄에 내재해 있음을 공공연히 이야기로 풀어냈고, 자신에게도 그와 같은 원한과 보복의 능력이 있음을 내세운다. 이보다도 위협적인 으름장이 또 어디 있을까? 진짜인지 가짜인지 헷갈리며 빨려 드는 거짓말의 힘이 이보다 강할 수 있을까?

3. 맹목, 파멸로 인도하는 이야기의 역설

만일 거짓말이 삶을 북돋우는 긍정의 힘이기만 하다면 얼마나 좋으랴. 굳이 양치기 소년의 일화를 떠올리지 않더라도, 거짓말이 자신을 망가뜨리는 족쇄나 덫이 되는 경우를 우리는 잘 알고 있다. 우리네 삶은 좋은 의도든 나쁜 의도든 거짓말로 뒤섞여 있고, 때로 그것은 생의 의지를 촉발하지만 때로는 좌절과 절망, 폭력과 고통의 수렁으로 인도하는 지름길이 되기도 한다. 거짓말의 부정성은 그 긍정성만큼이나 매혹적인 권능과 자태로써 우리를 유혹해 파멸에 이르게 만드는 것이다. 이야기에 중독된 자들의 사연이 그러하지 않을까. 소설은 그렇게 거짓말의 부정적 힘이 어떻게 우리를 홀리고 마침내 자멸로 이끌어 가는지를 보여주는 훌륭한 서사적 양식이 아닐 수 없다.

인간사의 가장 강력한 유혹 가운데 하나는 원수를 용서하라는 종교적 가르침일 것이다. 극복 불가능한 고난을 적극적으로 받아들임으로써 오히려 넘어설 수 있으리란 희망은 그 자체가 거대한 도박인 탓이다. 당장은 고난에 찬 삶이 위로를 받을지 몰라도, 궁극적으로 희망이 거짓부렁으로 드러날 때 더 큰 고통이 엄습해온다. 「공격적 용서」는 이 위태로운 거짓말의 매혹을 소설적으로 실험하는 단편이다. 잔혹하게 살해당한 딸을 추모하기 위해 매년 두 차례 딸이 살던 하숙방을 방문하던 화자는, 역시 고통에서 헤어나지 못하는 방 주인 노부부로부터 그만 찾아와달라는 부탁을 듣는다. 범인에 대한 울분과 딸에 대한 슬픔으로 방황하던 그에게 어느 날 다른 희생자의 아버지가 찾아와 '공격적 용서'를 권한다. 논리는 간단하다. 신은 인간에게 감당 못 할 재앙을 주지 않기에 먼저 공격적으로 용서에 나서는 것만이 인간의 유일한 선택지라는 것. 가족의 만류와 반대를 무릅쓰고 용서를 행한 화자는 홀로 버려진다. 그가 진정한 마음의 위안을 얻었는지는 불확실하다. 오히려 그는 아직 아무것도 용서하지 못했음을 고백한다.

> 나는 위안을 얻고자 용서를 택한 게 아니었습니다. 내가 나약한 존재라서 신의 뜻에 순응하기로 한 것도 아니고요. 다른 식으로 고통을 느끼고 싶었습니다. 이를테면 고통의 극한이라고 할까요. 범인을 용서한 나를 영원히 용서하지 못하는 그런 고통 말입니다.

가족들에게 버림받으면서까지 용서를 감행한 진짜 이유는, 정신분석적으로 말해 화자가 자기 처벌의 욕망에 사로잡혔기 때문이다. 이제 법의 심판에 놓인 범인을 정죄할 가망성은 사라졌으니, 유일하게 가능한 처벌은 그를 용서한 자기 자신에 대한 것뿐이다. 즉 용서를 행함으로써 자신의 내면에 범인을 향한 증오를 깊이 각인시키는 방법이다. 모두를 용서해도 "나 자신만은 용서하지 않을 것"이라는 화자의 단언이 이를 암시하고 있다. 그런데 여기에는 하나의 전제가 있다. 화자가 공격적으로 용서를 베풀기 위해서는, 그래서 자신 안에 증오를 새겨 넣기 위해서는 용서받아야 할 범인이 있어야만 한다. 범인이 용서를 원하든 그렇지 않든, 그의 실존이 확보되어야만 그를 용서한 화자의 죄과가 깊어지고 증오 또한 사라지지 않을 터이다. 그런데 범인이 죽고 없다면 어떻게 되겠는가? 공격적 용서에 관한 화자의 논리(이야기) 또한 붕괴되지 않겠는가? 사랑이든 증오든 우리가 의지하고 있는 이야기(거짓말)가 얼마나 빈약한 논리적 고리에 매달려 있는지를 이 단편의 마지막 장면은 사실적으로 증거하고 있다.

결국 이야기란 하나의 관점이다. 자신의 현재를 설명하고 스스로에게 납득시키며, 그로써 현실을 버텨나가도록 독려하는 기만의 환상이 거기에 있다. 「나라에서」는 미애, 판근, 여옥, 광식 네 사람을 통해 이 시대를 바라보는 서로 다른 관점들을 전시한다. 먼저 미애. 그녀는 이데올로기적 차이를 단지 생각의 차이로 환원시키고, 존중의 미덕만이 자유라는 가치를 보호하리라 믿는다. 하지만 이데올로기에 관한 애초의 궁금증조차 곧 잊어버리는 그녀는 실상 어떠한 관점에 대해서도 자신만의 판단을 내리지 못하는 사람일 뿐이다. 금연을 둘러싼 사회 분위기에 불만을 가진 판근은 민주주의를 모든 개인의 동의와 똑같이 여긴 채 자신만의 입장을 고수하려 든다. 그에겐 '국민 대다수의 의견'이란 입증 불가능한 허구일 뿐이다. 그러나 취중 분위기에 휩쓸린 그 역시 곧 자신이 문제 삼은 개인과 민주주의의 문제를 진정한 문제로 제기하진 못한다. 평생 이장이 알려주는 대로 투표하던 여옥은 각자의 주관적 판단을 존중하는 새 이장을 불신한다. 자신의 판단을 타인에게 위임하고, 위임이 거부되자 이를 원망하는 여옥의 모습은 타인에 대한 의존을 자신의 주체성과 혼동하는 어리석음을 대변하고 있다. 보수적 사고에 사로잡힌 광식은 자신의 맹목과 역사를 동일시하여 타인들을 향해 무차별적인 증오를 뿜어낸다. 온 세상이 취했으나 자기 자신만이 깨어 있다는 광적인 신념이 그로 하여금 스스로를 눈멀게 만든 것이다. 미애, 판근, 여옥, 광식은 저마다의 세계관에, 이야기에 갇혀 있다. 하지만 이 '거짓말'은 그들을 구하지 못할 것이다. 그들은 "서북쪽 1천 킬로미터 상공에서" 천천히 다가오는 "그것"의 도래를 알지 못한 채 파국을 맞이할 운명이다. 실제로 어떤 사건이 벌어졌는지 작가는 말해주지 않지만, 맹목에 빠진 각자의 이야기가 거짓으로 판명날 경우 벌어질 파탄을 짐작하기란 어렵지 않은 일이다.

자신이 믿는 이야기의 진위 여부, 진짜인지 가짜인지 알 수 있다면 우리는 파국을 피할 수 있을까? 행복에 도달할 수 있는 걸까? 그럴 수 있다면 처음부터 거짓말의 매혹에 관해 떠들 필요도 없었을 것이다. 문제는, 설령 파멸이 예고되었을지라도 이야기에는 떨쳐낼 수 없는 강렬한 매혹이 내재되어 있다는 사실이다. 「처형」은 그와 같은 파멸의 유혹, 자신의 이야기에 홀린 나머지 스스로 죽음을 향해 행진하는 연인의 사연을 다루고 있다. 작품은 수, 창, 묘월, 그리고 다른 사람들의 시선으로 전개된다. 신정일치적 공동체가 배경을 이루며, 신을 모시는 성壂처녀는 남성을 사랑해서는 안 된다는 규율이 강고하게 지켜지는 곳이다. 처형을 앞둔 성처녀 수, 수와 간통에 빠진 죄를 뒤집어 쓴 창, 그리고 수의 죽음을 지켜보는 묘월의 대사가 이어지면서 그들 사이에서 무슨 일이 생겼는지 짐작해볼 수 있다. 작품의 백미는 투석형으로 수를 처형하는 장면에 이어지는 묘월의 말과 행동이다. 같은 성처녀로서 묘월은 수를 사랑하고 있었으며, 연인의 죽음을 끝까지 지켜보았다. 억울하고 잔혹한 죽음에 사무쳐야 할 그녀는, 하지만 대단히 평온한 모양새다. 수는 죽었지만 이제 곧 영원히 묘월의 것이 될 터이기 때문이다. 그렇다. 묘월은 수의 시신과 하나가 될 기쁨에 몸을 떨고 있다. 충격으로 인해 정신착란에 빠진 게 아니다. 오히려 묘월은 멀쩡한 정신 상태를 보이며, 마치 오랫동안 염두에 두었던 일인 양 자신의 기도를 실천한다. 섬뜩하기 짝이 없으나, 그것이야말로 진정 사랑하는 사람을 영구히 자기 곁에 두고자 하는 연인의 욕망 아닐까?

중얼거림을 멈춘 여인이 눈을 번쩍 뜨고 옷을 풀어헤쳤다. 풀어헤친 옷 사이에서 시퍼렇게 날이 선 비수가 떨어졌다. 여인은 냉정한 눈빛으로 비수를 쏘아보았다. 천천히 손을 뻗어 비수를 들어 올렸다. 비수는 손아귀에 맞춤하게 쥐어졌다. 여인은 한데 모은 살과 뼈를 다시 한번 바라보았다. 여인의 검은 눈이 기쁨으로 빛났다. 그러고는.

갈라진 배에서 창자들을 꺼냈다. 배속이 텅 비자 여인은 죽은 여자의 흩어진 살과 뼈를 그 속에 집어넣었다. 꽉 깨문 입술이 뜯겨 나갔다. 악문 이들이 부서져 나갔다. 점점 감겨오는 여인의 눈에 성스러운 신전의 제단이 보였다. 보름의 달빛처럼 밝고 따스한 빛이 신전에 가득 고였다. 천사의 음악과도 같은 웃음소리가 신전 곳곳에 메아리쳤다. 아아, 마침내 하나가 된 나의 나. 죽어가는 여인의 얼굴 가득 웃음이 피어났다.

엽기적 공포소설을 읽는 듯한 이 장면은 모골이 송연할 정도로 두렵다. 시신과 하나가 된 묘월의 모습이 끔찍한 탓만은 아니다. 차라리 우리의 두려움은 묘월이 사로잡힌 이야기, 즉 영원한 사랑을 위해 기꺼이 자신의 죽음을 이용하는 그녀의 망상적 논리 때문이다. 묘월은 끝내 수와 영원한 결합을 이루었다고 믿었지만, 그녀의 욕망은 결국 죽음에 삼켜져버린 것이고 자신의 이야기에 먹혀버린 것이 아닌가. 우리의 욕망이, 이야기가 과연 그녀의 욕망과 이야기로부터 멀리 떨어져 있는 것이라고 누가 감히 자신할 수 있겠는가.

4. 앎, 거짓말의 본질과 이야기의 운명

「최고의 거짓말」과 「오합지졸 특공대」가 삶을 추동하는 거짓말의 긍정성을 보여주었다면, 「성스러운 피: 해커」는 거짓말에 삶을 위협하는 어두운 힘이 있음을 드러냈다. 결은 다르지만 어느 단편에서나 거짓말은 삶이 투박한 사실(fact)의 세계에만 갇혀 있지 않으며, 허구에 의해 변용될 수 있음을 시사한다. 다른 한편, 「공격적 용서」나 「나라에서」, 「처형」은 거짓말이 부정적 위력을 발휘해 삶을 기만하고 파괴적 향락에 빠뜨려버릴 수 있음을 주장한다. 삶을 구하기도 하고 죽이기도 하는 거짓말—이야기. 그 가운데 어떤 것이 우리 삶에 다가올지, 그저 막연하게 지켜보고만 있어야 할까? 한 명의 '거짓말쟁이'이자 '이야기꾼'으로서 작가는 일상의 자질구레한 측면들과 역사의 세밀한 지점들을 한데 엮어 그 운명을 변주하고자 한다. 이제 한 가지 질문을 던져봐도 좋겠다. 거짓말쟁이이자 이야기꾼인 작가는 허구의 매혹을 어떻게 대하고 있는가? 혹시 그녀 자신도 매료되어 버리진 않았을까? 이야기의 달콤하고도 위험한 매혹을 넘어서는 셰에라자드의 지혜는 어디에 있을까?

「동백」은 한국전쟁을 전후한 이데올로기적 대립이 시골 민촌에 끼친 잔혹한 영향력에 대한 소설이다. 친구이자 주인이었던 양반 재혁은 동네 청년들에 의해 죽임을 당하고 그의 처는 성적 능욕의 대상이 되어 치욕스럽게 살고 있다. 신분 질서가 유지되었을 때 실제로 재혁이 어떤 방식으로 청년들을 대했는지는 정확히 알 수 없다. 다만 그가 주인공 판근에게는 친근한 태도를 취했고, 무엇보다도 글을 가르쳐주었으며 문학을 소개해주었다는 점이 부각되어 있다. 판근은 재혁을 통해 시를 접하게 되었고, 사랑이라는 관념에 눈을 떴다. 판근의 뇌리에 깊이 새겨진 이 기억은, 그가 동네 청년들이 갖고 있던 계급적 적대나 증오와는 다른 감정으로 재혁과 그의 처를 대했던 이유를 제공한다. 바꿔 말해, 전쟁과 폭력이 지배적인 시대임에도 불구하고 우리는 판근에게 시의 마음이, 타인에 대한 동정과 연민이 심어졌다고 말해도 좋을 듯하다. 재혁의 처가 비참하게 유린되는 장면에서 억지로 끌려가 동참해야 하는 판근의 심정은 단지 두려움이나 역겨움, 막연한 동정심만은 아니었던 것. 그는 재혁이 "누구나 쓸 수 있는 것"이라 말했던 시를 마음에 담았고, 그것이 그의 마지막 양심을 지켜주는 보루가 된 게 아닐까. 그럼, 거친 낫을 부여잡고 그가 죽이려던 것은 누구였을까? 치욕의 밑바닥을 헤매던 재혁의 처를 향했던 걸까, 자신을 모욕하던 석환의 무리였을까, 그도 아니면 이 모든 수치와 혐오를 뒤집어썼던 자기 자신이었을까? 한때 재혁이 읽어주었던 시가 더 큰 파멸을 멈춰 세우는 데 일정하게 작용했으리라 믿는 것은 지나친 일일까.

「덕수 씨 화났다」는 다른 방향에서 그와 같은 부정성의 제지를 다룬다. 이 작품은 단막 희극을 닮았다. 언젠가 알콩달콩한 사랑을 나누었던 덕수와 그의 아내는 결혼한 이후 미묘하게 달라진 분위기를 느끼게 된다. 원인은 덕수에게 있다. 영웅의 운세를 점지받았으나 부인의 드센 기세로 인해 좌절되고 말리란 점쟁이의 예언은 그의 성격과 판단에 지속적인 영향을 끼쳤기 때문이다. "결혼 전 상냥하기만 했던 애인"은 어느새 "추악한 마누라"가 되어 사사건건 신경을 건드린다. 그는 아내가 자신의 자존심을 심각하게 훼손시킨다고 단정하는 것이다. 물론 우리는 덕수의 열패감이 어떻게 생겨

났는지 충분히 추론할 수 있다. 신혼집을 사기 위해 돈을 더 모으자는 덕수의 주장을 뒤집고, 아내는 처가에서 돈을 빌려와 새집을 마련했는데 그것이 그의 자존심을 긁어놓은 것이다. 하지만 곰곰 따져보면 이는 표면적인 이유일 뿐이다. 실상 덕수는 결혼식장에서 행진곡에 맞춰 신부와 입장할 때부터 "급격히 우울해지기 시작했"다. 무엇 때문에 그랬는지는 명확지 않다. 다만 점쟁이가 자신을 영웅으로 호명했으되 부인 때문에 성취하지 못하리라 예언했다는 점을 고려할 때, 덕수에게 결혼의 완성이란 곧 그 자신의 영웅 서사가 붕괴하는 징조로 받아들여졌으리라 추론할 만하다. 요컨대 덕수의 우울과 분노, 망상은 자신에 대한 이야기가 거짓말로 밝혀질지 모른다는 맹목적 불안에서 기인한 것이다.

이제부터 우스꽝스런 장면들이 펼쳐진다. 아파트 단지를 배회하는 덕수에게 낯모르는 사람들의 비웃음 소리가 들리고, 집들이에 찾아온 아내의 친구들은 노골적으로 그를 조소하는 듯 보인다. 자신의 중요성, "영웅의 운명"을 되찾을 것인가 영영 상실할 것인가? 마침내 점심상을 뒤엎고 가출한 덕수는 후회와 참회로 가득한 아내의 얼굴을 기대하며 돌아오지만, 눈에 띈 것은 "아무렇지도 않은 얼굴로 순대를 먹고 있"는 그녀의 모습이다. 여기서 우리는 두 개의 환상적 장면을 연달아 목격하는 바, 하나는 다시 상을 엎으며 발악하는 덕수의 모습이고 다른 하나는 분을 삼킨 채 얌전히 귀가하는 대목이다. 먼저 아내를 때리고 패대기치는 덕수의 폭력적 망상은, 정말 실현된다면 돌이킬 수 없는 파국을 낳을 것이다. 당연하게도 그의 영웅 놀이도 역시 끝나고 말 일. 그러나 인간은 현실을 철회하면서까지도 자신의 망상적 이야기를 지속하고 싶어하지 않는가? 아내에게 맞서는 대신 굴복함으로써 덕수는 망상 기질을 간직하게 된다. 앞으로 덕수와 그의 처가 어떤 결말로 나아갈지 더는 알수 없다. 하지만 망상을 망상으로 내버려둠으로써, 즉 망상을 실현시키지 않음으로써 우리는 당장의 더 큰 재앙을 모면하게 되는 아슬아슬한 무대극을 감상하고 말았다.

거짓말과 환상. 이야기는 필연적으로 이 두 가지 요소를 짜깁기하여 직조 되며, 그로 인해 우리는 삶을 지속하기도 하고 감히 죽음에 접근하기도 한다. 곰곰 생각해보면, 이야기가 본래 거짓말인가 아닌가, 또는 거짓말은 선한가 악한가를 따지는 것 자체가 무익하다. 현실을 살아가는 인간은 도덕 철학자가 아닌 까닭이다. 오히려 중요한 것은 이야기를 향유하면서도, 그것이 필연코 갖는 거짓의 속성을 파악하고 삶의 동력으로 적절히 끌어오는 데 있을 게다. 이점에서 마지막으로 언급할 「거대한 무덤」은 대단히 의미심장하다. 줄거리를 따라가보자.

나라가 바뀌고 새로운 군주가 즉위한 시점에 화공畵工인 청년이 불려갔다. 그가 받은 명령은 세상을 구할 미륵을 그리되 그 미륵이 군주를 연상하도록 그려야 한다는 것이었다. 청년보다 앞서 다른 화공들이 임무를 수행했으나, 흡족하지 않아 모두 죽음을 맞았다. 헛되게 죽지 않고 부귀영화를 얻으려면 권력에 부합하는 그림을 그려야만 한다. 하지만 그림을 다 그리면, 아마도 죽임을 당할지도 모른다. 두려움과 불안, 의혹에 사로잡힌 가운데 시간은 흐르고, 마침내 청년은 인간의 고뇌와 오욕이 담긴 "진짜 그림"을 그리기로 작정한다. 그렇게 한 달 동안 그는 얼굴만 남겨놓은 미륵의 전신상을 완성해낸다. 권력이 원하는 모습대로 완수하여 아름다운 아내에게 돌아갈 환상에 젖어보기도 하고, 인간세계의 진정한 고뇌를 그려 예술적 성취를 느끼고 싶어하기도 한다. 하지만 어느 쪽이든, 권력을 위해 복무한다는 점에서는 다르지 않다는 생각은 그를 억누른다. 세상을 속이고 타인을 기만하며, 자신마저 그르치는 거짓부렁의 예술에 매달려야 할까?

갑작스런 앓은 청년을 깨어나게 만들고, 천신만고 끝에 그려낸 미륵상을 깨부수도록 촉발시킨다. 그때 갑자기 철창이 부서지면서 사람들이 쏟아져 들어왔고, 군주가 바뀌었음이 선포된다. 자유가 찾아온 것이다. 청년은 더 이상 미륵상을 완성할 것인지 말 것인지 고민할 필요가 없다. 그저 집으로 돌아가면 되는 것이다. 하지만 그는 자신이 갇혀 있던 방으로 되돌아가기로 결심한다. 아직 부수지 못한 미륵상을 완전히 파괴하지 않는다면, 그가 남긴 거짓의 흔적은 두고두고 자신을 괴롭히고, 세상의 다른 사람들을 배반할 테니까. 청년 화공은 자신이 도달한 앎, 곧 예술이 거짓 이야기가 되어 세상을 타락시키고 폭압적 권력의 시녀가 될 것이라 확신한다. 이는 그의 깨달음이자, 자신과 세상의 현재를 이해하고 설명하는 이야기—논리일 터. 자기가 포함되어 있고, 포함됨으로써 기만의 어두운 힘으로 작용할 거짓말을 제거하는 것만이 그가 취할 유일한 윤리적 행동일지 모른다. 이야기가 거짓말로 판명 났을 때, 그 환상과 아집을 고수하기보다 스스로 취소하고 지울 수 있는 용기야말로 소중할지 모른다. 그러나 돌아가는 길에 마주친 어느 청년은 그에게 또 다른 깨우침을 선사하고 있다.

참 딱도 하슈. 임금이 바뀌었소. 하루아침에 임금이 바뀌더니 얼마 지나지도 않아 다시 또 임금이 바뀌었소. 이게 장난인 것 같소? 어제의 나와 오늘의 내가 다르지 않고, 어제 내가 누웠던 땅과 오늘 내가 누운 땅이 같은데 나는 이미 어제의 백성이 아니란 말이오. 어차피 세상은 모두가 거짓말이오. 저 따위 동굴쯤 부숴도 그만 안 부숴도 그만이오.

세상에는 많고도 많은 이야기가 존재한다. 진실된 이야기와 거짓된 이야기, 모두가 뒤섞여 혼류하고 있다. 어떤 것은 우리를 기만하고 어떤 것은 우리를 충만케 할 것이다. 문제는 거짓과 진실, 진짜와 가짜의 구분에 있지 않다. 그저 이야기를 관통하고, 그 가운데서 살아가며 이야기의 힘을 판단하는 '나'의 실존이 문제다. 이야기가 진실이라면 진실인 대로, 거짓이라면 거짓인 대로 판단하고 이용할 수 있을 테니까. 데카르트(René Descartes)가 말했던가. 전능한 악마가 자신을 속일지라도, 속임을 당하기 위한 자기만은 분명히 실존할 것이라고. 모든 인식과 판단은 바로 그렇게 자신에게서 출발할 수밖에 없다. 청년 화공이 완성하지 못한 미륵의 얼굴은, 그가 연명하기 위해 일부러 남겨둔 것도 아니고, 세상을 구해야 할지 속여야 할지 윤리적으로 방황하며 연기해둔 것도 아니다. 오히려 화공은 미륵의 얼굴을 어떻게 그려야 할지, 진정한 구원을 가르치는 미륵의 표정이란 어떤 것일지 감히 알 수 없었기에 미완성으로 남겨둔 것일 터. 그렇다면 이 마지막 깨달음이야말로 그가 미륵을 만났다는 증표임이 분명한 것.

"다시는 저곳에 가지 않을 겁니다."
청년과 나는 마주 보고 웃었다. 내가 가리킨 그곳에는 거대한 무덤이 펼쳐져 있었다. 하마터면 그곳에 영원히 묻힐 뻔했다.

결말이 유쾌하고 흐뭇하다. 세상의 모든 이야기가 거짓인지 진실인지는 중요하지 않다. 어차피 우리가 믿는 한은 모든 거짓말도 진실이 될 테니까. 그렇다면 거짓 또한 우리를 살게 하며 우리가 맹목에 매달리지 않는 한 거짓은 그 자체로 우리를 죽게 만들지 못할 것이다. 우리가 흔쾌히 거짓을 듣고 즐기며, 무람없이 거짓말을 할 수 있는 까닭 또한 거기 있지 않겠는가? 인생을 "거대한 무덤"으로 보는 것조차 '거대한 거짓말'이며, 우리는 그런 거짓말을 통해서만 진실로 나아갈 수 있으리라. 그것이 이야기의 운명이라면 지나친 말일까.

5. 소설, 이야기의 매혹과 거짓말의 미래

도처에서 소설의 침체와 몰락에 관한 소문이 들려오는 시절이다. 사람들은 더는 소설을 읽지 않고, 곁에 두려는 이들 또한 몹시 드물다. 소설이 남을 속이기 위한 거짓부렁이거나 현실을 헤쳐나가는 데 아무런 도움도 필요도 못 되는 무용함의 상징이 된 지도 오래다. 그럼 여전히 소설을 쓰는 사람들은 도대체 무엇을 하고 있는 걸까? 돈이든 출세든 실용적 목적을 넘어서는 어떤 매력이 소설에 있다면, 그것을 무엇이라 불러야 옳을까?

발터 베냐민(Walter Benjamin)에 따르면 이야기꾼이란 듣는 이에게 어떤 조언을 건네주는 사람이다. 여기서 조언은 특정한 질문에 대한 답변이 아니다. 만약 그렇다면 이야기꾼은 물음에 대응하는 정확한 해답 이외에는 내놓을 게 없을 것이다. 대신 베냐민은 조언을 정답 없는 말, 앞선 이야기를 계속하게 촉발하는 제안을 내놓는 행위라고 다시 규정짓는다. 우리는 자기 자신과 타인, 세상의 행보에 관해 끊임없는 궁금증을 갖고 살며, 현재와 이어지는 미래의 이미지에서 그 흔적을 찾고자 한다. 예컨대 길 건너편에서 왜 아이가 울고 있는지 관심을 보이고, 내 선물을 받은 사람이 어떤 반응을 할지 궁금해하며, 무더웠던 이번 여름이 내년에도 반복될지 예상해보려 한다. 당연하게도, 실증적인 사실관계를 따져 묻는 게 아니라면 우리의 예상과 예측은 언제나 상상의 산물일 수밖에 없고, 곧장 거짓말의 영역에 귀속될 것이다. 그런 거짓말에 우리가 붙여준 이름이 바로 이야기다. 매 순간 우리는 자신과 타인, 세계에 거짓말—이야기를 불어넣고, 공상의 타래를 이어 붙이며 살아가고 있다. 하지만 우리의 공상은 단속적이고 무질서하며, 망각하기 쉬운 것이기에 한 편의 정연한 서사 속에 담아낼 필요가 있다. 그것이 소설가에게 주어진 과제인 것이다. 그러니 소설가를 이야기꾼이자 거짓말쟁이라 부르지 않을 이유도 없겠다.

하지만 소설가가 자기의 내밀한 속내나 구구절절한 사연을 털어내지 못해 안달난 사람은 아니다. 잘 알려져 있다시피, 개인적 사정에 갇혀 글을 쓰는 사람은 오래 쓰지 못한다. 다시 베냐민을 끌어들인다면, 소설가는 타인의 거짓말에, 타인의 이야기에 조언해주는 자다. 바꿔 말해, 누군가의 욕망에 뼈대를 잇고 살을 붙여 그럴듯한 거짓말로 포장하는 사람인 것이다. 그가 소설을 계속해서 쓸 수 있는 이유는 우리가 원하기 때문이지 결코 그 자신에게서 솟

아니는 욕망의 화수분이 있어서가 아니다. 결국 소설가를, 그의 소설을 불러내는 것은 우리 자신이라는 것. 그렇다면 '소설가는 왜 쓰는가?'라는 애초의 질문은 거꾸로 되물어야 한다. 우리는 왜 소설을 읽는가? 박혜지 작가의 첫 번째 소설집은 그에 관한 문학적인 응답들로 가득 차 있다. 무기력에 빠진 청년들은 적어도 거짓말을 하는 순간에는 자신이 아닌 타인으로서 살게 되고, 곤고한 하층민의 삶에 찌든 주민들은 자기 삶을 설명해줄 '그것'으로 인해 활력을 되찾는다. 인간이란 본래적으로 이야기에, 거짓말에 중독되어서만 살아갈 수 있는 존재 아닌가. 이야기는 우리의 현재를 설명하고 납득시키며, 이후의 미래를 살도록 독려하는 힘이기에 우리는 믿지 않을 수 없다. 만일 우리가 이전과 다름없는 이후를 살아야 한다면, 그 누가 희망 따위를 입에 올리겠는가? 미래에 대한 거짓말, 오직 거짓말로 장식된 미래만이 우리로 하여금 현재를 버티고 미래를 희원하게 만드는 원동력일 수 있다. 뻔하디뻔한 우리의 삶은 이야기—거짓말에 기만당할 때만 비로소 '다르고' '새롭게' 변형될 수 있는 것. 쿤데라가 말했듯 소설이 인식론적이고 존재론적인 의미를 지닌다면, 그것은 소설이 본시 이야기의 형식을 빈 거짓말이며 거짓말의 속성에 침윤된 이야기이기 때문이다.

따라서 이야기에 미래가 있다면, 그것은 우리가 거짓말을 기꺼이 욕망하는 순간에야 나타날 것이다. 현실과 멀리 떨어진 환상일수록, 환상이되 현실을 저 멀리까지 끌고 가는 막무가내의 거짓말일수록 이야기는 욕망의 대상이 된다. 바로 그것이 거짓말쟁이를 그토록 매력적으로 만들고, 미래에 관한 그의 조언을 흔쾌히 듣게 만드는 이유이다. 박혜지가 다음 책에서 건네주어야 할 것도 역시 그와 같은 매혹적이고 위험한 거짓말, 미래의 이야기가 아닐 리 없다. 그러므로 간곡히 요청하노니, 소설가여 우리에게 또 다른 거짓말을 해보시라!

발표 지면

최고의 거짓말 《작가들》 2014년 여름 | **오합지졸 특공대** 《충북작가》 2014년 상반기 | **성스러운 피 : 해커** 《리얼리스트》 2014년 하반기 | **나라에서** 23.5동인 세태 풍자 소설집 《돌멩이 하나》 | **공격적 용서** 충북민예총 20주년 기념 문학작품집 《서로 다른 꿈을 꾸되 숲을 이루나니》 | **처형** 《아시아》 2013년 겨울호(제5회 구상문학상 젊은작가상 당선작) | **거대한 무덤** 《실천문학》 2016년 가을 | **동백** 미발표 | **덕수 씨 화났다** 미발표

오합지졸 특공대

박혜지 소설집

초판 1쇄 발행 · 2019년 3월 20일

지은이 · 박혜지
펴낸이 · 황규관

펴낸곳 · 도서출판 삶창
출판등록 · 2010년 11월 30일 제2010-000168호
주소 · 04149 서울시 마포구 대흥로 84-6, 302호
전화 · 02-848-3097
팩스 · 02-848-3094
홈페이지 · www.samchang.or.kr

종이 · 대현지류
인쇄제책 · 스크린그래픽

ISBN 978-89-6655-108-8 03810